Uma questão de Confiança

Louise Millar

Uma questão de Confiança

Você deixa seu filho com uma amiga.
Todo mundo faz isso. Até que algo sai errado...

Tradução
Shirley Gomes

Editora Novo Conceito

Publicado originalmente no Reino Unido por Pan Books,
Pan Mcmillan Limited, em 2012

1ª Impressão — 2013

Edição: Edgar Costa Silva
Produção Editorial: Alline Salles, Lívia Fernandes, Tamires Cianci
Preparação de Texto: Ana Issa Oliveira
Revisão de Texto: Helô Beraldo (coletivo pomar), Elisabete B. Pereira
Diagramação: Vanúcia Santos
Impressão e Acabamento: Geográfica Editora

Este livro segue as regras da Nova Ortografia da Língua Portuguesa.

Dados Internacionais de Catalogação na Publicação (CIP)
(Câmara Brasileira do Livro, SP, Brasil)

Millar, Louise
Uma questão de confiança / Louise Millar; tradução Shirley Gomes. -- Ribeirão Preto, SP: Novo Conceito Editora, 2013.

Título original: The playdate
ISBN 978-85-8163-193-6

1. Ficção inglesa I. Título.

12-14609 CDD-823

Índices para catálogo sistemático:
1. Ficção : Literatura inglesa 823

Rua Dr. Hugo Fortes, 1.885 — Parque Industrial Lagoinha
14095-260 — Ribeirão Preto — SP
www.editoranovoconceito.com.br

Aos meus pais

Sexta-feira

Capítulo 1

Callie

A água está fria. Sabia que estaria, apesar do sol imenso dessa manhã de verão que passa pelos salgueiros e chega até o lago verde-escuro e aveludado. Tiro rapidamente o meu pé e massageio os dedos macios e gelados. Uma folhinha amarela gruda no meu tornozelo. Não sei se estou pronta para isso.

— Tem lodo nessa água — falo.

Suzy faz o beicinho que adota quando está tentando que Henry coma brócolis.

— Ah, que é isso, está uma delícia! — Rimos.

Ela se levanta, erguendo-se no seu 1,65 metro. Com um movimento rápido, tira o vestido cinza atoalhado pela cabeça e chuta os chinelos. De pé à beira da água, vestindo um biquíni preto, ela avalia. Uma senhora desliza em sua direção com braçadas suaves e longas, uma touca de borracha azul sobre os cabelos espetados. Suzy sorri e espera pacientemente que ela passe.

Recosto-me, apoiando nos cotovelos. Há cerca de 20 mulheres no gramado, em grupos ou sozinhas. Algumas estão lendo, outras, conversando. Duas estão deitadas bem próximas, rindo, com as pernas entrelaçadas. Volto-me para Suzy, que ainda espera a senhora sair de seu caminho. Levo um minuto para perceber que estou encarando o corpo dela. Não que eu não a tenha visto nua um monte de vezes antes, andando atrás das crianças pelo vestiário da piscina ou na cozinha, ao limpar uma blusa suja de molho. O estranho é ver seu corpo livre das crianças.

Nos dois anos e meio em que conheço Suzy, quase sempre houve uma criança grudada nele: mamando, escarranchada no quadril, contorcendo-se no seu braço.

De repente, me dou conta do quanto ela é jovem. É impressionante como seu corpo se recuperou bem de três filhos. Ela tem uma cintura grossa e a barriga lisinha, sem nenhum vestígio de pneuzinhos que a Rae deixou em mim. Os seios abundantes estão empinados, aceitando gentilmente o suporte do biquíni, mas sem precisar dele de fato. Sua pele é sedosa e macia; seu porte, forte e atlético. Enchendo o peito de ar, ela levanta os braços, com a segurança de uma garota que passou a infância nadando em lagos nas montanhas do Colorado, e mergulha no lago das mulheres de Hampstead, expulsando das águas um pato assustado.

Deito-me de costas e me concentro no lugar em que estamos. Uma mosca zumbe na minha orelha. O clima em volta do lago é calmo. Um refúgio atrás das árvores do parque Hampstead Heath, onde as mulheres nadam, relaxam e sorriem sem a companhia dos homens. Talvez o aposento sagrado dos haréns seja assim.

O que pode ser melhor do que isso? Ficar deitada ao sol do início do verão, numa sexta-feira à tarde, sem nenhuma criança nem trabalho com que se preocupar.

No entanto, não é assim que me sinto, de jeito nenhum.

O sol quente bate em meu rosto, e isso é pouco prazeroso. Tento me concentrar nos barulhos a minha volta para relaxar. Costumava colecionar sons interessantes, armazenando mentalmente o mais leve murmúrio, eco ou sussurro de vento que ouvisse e de que gostasse, no caso de um dia precisar deles. Hoje há o canto de um passarinho, o som suave das braçadas de Suzy, o estalo de um esquilo num galho.

Não adianta. Embora estique muito as pernas, a tensão que contrai minhas coxas e nádegas não diminui. Minha mente não para. Preciso contar para Suzy. Não posso esconder esse segredo dela. Já escondo muita coisa. Sento-me novamente e verifico onde ela está. Ela atravessou para o outro lado do lago e está voltando.

Ah, que diabos! Estou aqui, agora. Levanto-me, vou até a escada e cautelosamente entro na água escura. Um aviso diz que há tartarugas e lagostins ali.

— Muito bem! — grita Suzi, batendo palmas para me encorajar.

Viro os olhos, para mostrar que não estou convencida. Tremendo, vou entrando na água fria e lamacenta. Pouco a pouco, aquela água congelada vai tomando meu corpo, até que fico quase submersa.

— Nade e pronto — diz Suzy.

Seu claro sotaque americano ecoa pelo lago e a salva-vidas nos olha.

Distancio-me da margem. Não sou boa nadadora. Suzy se aproxima, virando-se de costas e olhando para o céu claro e o topo das árvores.

— Isso é tão bom! Na próxima semana, vou reservar para nós um dia naquele spa de Covent Garden de que lhe falei.

Minhas pernas afundam e engulo água. Debato-me com força. Não consigo tocar no fundo.

— Ei, você está bem? — ela pergunta, segurando meu braço. — Vamos nadar até o meio do lago e depois voltar.

Inspiro, limpo o nariz e a acompanho.

— Suze, não posso gastar dinheiro com coisas desse tipo agora.

— Não seja boba, querida, eu gasto por você — ela responde. Dinheiro nunca é problema na casa dos Howard. O negócio de Jez está prosperando mesmo agora, nesses tempos incertos. Para Suzy, não há sentimento ligado ao dinheiro como acontece comigo. Ele não fica grudado nela como uma censura de mãe que interfere em qualquer decisão, esmagando sonhos e lhe dizendo "quem sabe, da próxima vez".

Percebendo que estou bem, Suzy me deixa para trás e sai nadando sozinha. Pergunto-me que direção tomar no lago. É uma sensação estranha nadar num lago natural, sem as beiradas ladrilhadas me dizendo para onde ir, só a pequena inclinação de terra escura riscada pelas raízes escorregadias das árvores. Não há nenhuma estrutura retangular para servir de medida. É adorável, Suzy tem razão. Só que agora a minha mente implora por cantos e beiradas, começos e fins.

Ouço um barulho na água e me viro. A senhora está subindo as escadas e saindo do lago. Surpresa, percebo que ela tem uns 90 anos. Bronzeada, a pele flácida se dependura de seus ossos velhos e fortes como uma cortina. Lembro-me de minha avó, sentadinha por vinte anos depois que meu avô morreu, assistindo à TV e esperando por seu fim. Como é que pode? Aquela velhinha assiste à TV e a outra vai a um lago ao ar livre, num dia de verão, e boia em meio a ninfeias e martins-pescadores?

A falta de consciência dessa mulher sobre seu corpo lhe dá um ar de segurança enquanto passa por duas jovens que fofocam animadas, com os olhos protegidos em estilosos e exagerados óculos escuros, os membros magros, bronzeados. Provavelmente esposas de executivos de Hampstead. Imagino que a senhora pudesse ser uma antiga sufragista ou uma famosa botânica que passara a juventude viajando em lombo de burro pela América do Sul para coletar novas plantas. Sei lá, percebo que ela não tem tempo para jovens mulheres como aquelas. E para mim. É provável que tenha conquistado o direito de passar seus dias fazendo essas coisas maravilhosas. E sabe que alguém está pagando pelas horas que passamos aqui.

Isso não está certo. Isso tem que acabar.

Inspirando fundo pelo nariz, nado o mais rápido que consigo até a escada e seguro o corrimão com as mãos pingando. Saindo da água, meu corpo parece estranhamente pesado. Pesado, suponho, por causa da culpa que carrego.

Preciso encontrar as palavras e contar para Suzy. Não posso continuar assim.

Na Páscoa, ficou claro que Suzy tinha um monte de planos para mim e para ela. Nunca tinha tirado umas horas do dia sem os filhos, reclamava, desde que se mudara para Londres. Mesmo quando Jez está em casa, ele diz que não consegue lidar com os três juntos, então, ela está sempre com um.

Portanto, desde que Peter e Otto entraram na escola, em maio, e Henry e Rae estão terminando o primeiro ano na escola primária, Suzy finalmente tem a oportunidade de fazer a lista de coisas que selecionou da revista *Time Out* e de um guia de Londres. Em junho, saímos quase todos os dias. Ela sabe que não tenho dinheiro, então fizemos coisas gratuitas. Patinamos no Regent's Park, ignorando o aviso de "Proibido Patinar". "Vão ter que nos pegar", disse Suzy furiosa ao ver o aviso. Ela tinha esperado muito para dar longas e deslizantes passadas pelo chão liso do jardim das rosas, sem o impedimento dos carrinhos e patinetes de nossas crianças. Não gosto de infringir regras, mas concordei.

Outro dia, comemos sanduíches em Trafalgar Square depois de uma visita à National Gallery para ver os Botticelli e os Rembrandt. Perscrutamos através das cercas do número 10, da Downing Street, para ver o primeiro-ministro, e também fomos ver o Big Ben de perto. Suzy até me fez ir com ela à Torre de Londres, e insistiu em pagar a entrada. Enquanto esperava, entre turistas alemães, para ver as joias da Coroa, tive que rir de mim mesma. Não eram essas as coisas que eu fazia com os amigos em Londres, antes de ter Rae, mas volto a me lembrar de que Suzy é norte-americana e não de Lincolnshire, como eu, e que ela queria fazer coisas de turista do mesmo jeito que eu queria subir no Empire State Building quando Tom e eu passamos uma deliciosa semana em Nova York.

Hoje foi o dia do lago das mulheres de Hampstead.

— Devíamos vir aqui todos os dias — disse Suzy, enquanto nos vestíamos. — As pessoas vêm.

Às vezes, quando ela diz essas coisas, me sinto como no lago hoje. Fico girando em torno de mim mesma, tentando encontrar algo sólido e familiar em que me agarrar, mas não encontro nada.

São 3h25 da tarde. Suzy levou vinte minutos, no seu Fusca amarelo conversível, de Hampstead Heath até o Alexandra Park, no norte de Londres. Ela estaciona ao lado da escola das crianças, ignorando completamente o aviso de "Carga e Descarga".

— Pegue as crianças, parceira — ela grita sobre a balada americana horrível que gosta de ouvir bem alto no carro, ignorando os olhares das mães que cruzam o portão da escola.

Rio, apesar do constrangimento, e pulo para fora. Ambas conhecemos a rotina. Pego Rae e Henry, e ela pega Peter e Otto na pré-escola. Fazemos isso sem falar, nos guiando pela nossa rotina compartilhada como cavalos adestrados, com um gentil sinal de cabeça ou uma corrida na direção da escola.

— Vou levá-los ao parque — digo, fechando a porta.

— Legal, garota — Suzy grita com alegria, vai embora enquanto acena com a mão.

Viro-me para a entrada em arco com a centenária placa de tijolos "Meninas". Instantaneamente, encolho os ombros. A sólida parede do Alexandra Palace fora erguida dramaticamente atrás da escola, como uma onda prestes a engolir o pequeno edifício vitoriano. Corro portão adentro, viro à direita na secretaria infantil e esboço um sorriso para as outras mães. Todo mundo me disse que, em Londres, é tendo filhos que a gente realmente conhece os vizinhos. Devem ter uma vizinhança diferente da minha. Algumas mães me cumprimentam com a cabeça e depois continuam a marcar os dias em que os filhos vão se encontrar para brincar, na agenda que cada uma delas carrega. Tentei tantas vezes entender o que fiz de errado! Minha melhor hipótese é que isso se deva ao fato de "Callie" e "Tom" estarem separados, em dois endereços diferentes de Londres, na lista de contatos dos pais da classe de Rae. Ao contrário de "Felicity e Jonathan", "Parminder e David" e "Suzy e Jez". Suzy diz que, se as mães não vão ser amigáveis comigo porque sou divorciada e desempregada, e moro num apartamento alugado, ela e Jez não vão aceitar o convite delas para coquetéis bobocas nos seus sobrados eduardianos em The Driveway, a única rua além da nossa que fica na área com garantia de matrícula nesta pequenina escola. Ela diz que esse é o preço que pagamos por "colocar nossos filhos nessa escola fina, cujas vagas são disputadas", e que "elas são um bando presunçoso da classe média por me ignorar", e "que sou muito melhor do que elas".

Tento acreditar nela, mas, às vezes, é difícil. Às vezes acho que seria bom se nos sentíssemos parte disso tudo. Às vezes acho que, se uma dessas mães convidasse Rae para brincar em sua casa, eu lhe beijaria os pés.

A porta da sala de aula se abre e Henry e Rae precipitam-se para fora, parecendo sujinhos e estressados.

— O que tem pra comer? — murmura Rae.

Dou a eles os biscoitos de arroz que sempre carrego na bolsa. Ela tem tinta vermelha no cabelo castanho e as mãos estão oleosas, como se não as tivesse lavado o dia todo. Como sempre, procuro sinais em seus olhos. Está cansada demais? Muito pálida? Agarro-a e a aperto, beijando seu rosto até ela se contorcer e rir.

— Tudo bem, Henry? — pergunto. Ele parece aturdido e ligado, verifica se Suzy está atrás de mim. Se estivesse, ele, agora mesmo, estaria choramingando e demonstrando uma desaprovação pelo abandono visível dela. Coloco Rae no chão e o abraço para mostrar que compreendo. Ele se apoia em mim um pouquinho e suspira. Depois, os dois saem correndo porta afora, devorando o lanche como cachorrinhos.

No portão da escola, Henry começa a correr. Ele faz isso todo dia, mas estou tão ocupada enfiando seus desenhos na bolsa que ele ainda me pega desprevenida.

— Henry! — grito. Corro atrás dele pela calçada, agarrando Rae, que o segue cegamente, e me esquivando de um homem, uma mulher e duas meninas. O homem se vira. É Matt, o pai divorciado da outra classe. Ou "o cara gostoso com quem Callie deve se enroscar", como Suzy o chama. E eu acabei de gritar na orelha dele.

— Desculpe — digo, levantando a mão para enfatizar.

Ele sorri, sereno, passando a mão pelo novo corte de cabelo. Constrangida, fico vermelha.

— Tonta, tonta, tonta — resmungo.

Alcanço Henry no parquinho, atrás da escola.

— Henry, você não pode correr assim. A Rae segue você e é perigoso porque ela pode cair — tento explicar.

Henry dá de ombros com um "desculpe", pula num balanço em pé e se joga no ar com impulsos violentos, como se tentasse sacudir o excesso de energia como o ketchup de uma garrafa. Rae se senta no balanço ao lado, brincando com uma bonequinha que ela sempre consegue esconder de mim, embora eu procure muito por ela antes de sairmos para a escola. Vou vasculhar suas mangas na segunda-feira. Eles não falam muito, Henry e Rae. Mas, como diz a professora deles, parecem estar ligados por um fio invisível. Onde quer que um deles esteja, o outro não está muito longe; como eu e Suzy.

Às vezes, fico imaginando como Rae se sente. Será que se sente como eu?

Olho para ela e penso em Suzy, e mal consigo imaginar como vai ser para ambas quando eu não estiver aqui.

Capítulo 2

Suzy

Então... ele estava de volta.

Assim que Suzy abriu a porta de sua casa, na Churchill Road, número 13, às 3h45 da tarde, pôde perceber pelos sapatos jogados no meio do saguão de entrada que a reunião de Jez com Don Berry, na cidade, tinha terminado cedo.

— OK, encrenquinhas — disse a Peter e Otto, livrando-os das coisas que tinha dado para que carregassem do carro até a casa. Sem deixar o largo sorriso murchar, que usava como um feixe luminoso para impedir que eles descambassem para uma histeria pós-escolinha, ela chutou os mocassins do marido para a sapateira cheia de sandálias bonitinhas.

— Alguém quer beber alguma coisa? — gritou, tirando o paletó do corrimão e pendurando-o no cabide. Os meninos assentiram, entusiasmados. — E quem quer um biscoitinho que a mamãe fez? — disse com uma voz engraçada. Os meninos assentiram com ainda mais entusiasmo. — Legal! — gritou, cutucando-os enquanto andavam para a cozinha.

Peter riu.

Otto reclamou e empurrou sua mão, lançando um aviso, quase uma ameaça, com seus olhos escuros.

Esse garotinho ia precisar de mais atenção, ela percebeu.

— E aí, garoto? — disse, carregando-o no colo de novo. Ele resistiu, gritando e agarrando o cabelo dela. — Não — murmurou no ouvido dele, segurando-o com força. O corpinho dele, com o peso de uma criança forte e que começava a andar, começou a relaxar. Seus dedos se soltaram. Beijou-o delicadamente, sentindo o cheirinho salgado de suor e feijão. — Meu garotinho lindo — murmurou. Só de segurá-lo, seu corpo já pedia mais. Uma menina, dessa vez. Uma menina chamada Nora, com as sardas infantis de Suzy e o cabelo avermelhado, e não a cabeleira escura de Jez, com seus genes dominantes da classe alta inglesa.

Otto esfregou o nariz na camiseta de Suzy, marcando esse território com caca de nariz, e suspirou.

— Tudo bem, querido — ela sussurrou, apertando a bochecha contra a bochecha molhada dele. — Você está cansado.

— Hum — ele assentiu.

Ela o colocou no chão, suspirando de satisfação por tê-lo compreendido, e ficou olhando seus passos titubeantes atrás de Peter até a cozinha, com os cachinhos pretos balançando.

O sol do meio da tarde brilhava através da parede de vidro que ficava nos fundos da casa e iluminava sua cozinha italiana. Os meninos subiram no imenso sofá. Ela adorava esse lugar. Era impossível, agora, lembrar como ele era antes, ou seja, um amontoado de cômodos vitorianos. Ela achou que Jez estava brincando quando contou o preço da casa. Dava para comprar um sítio no Colorado. Ele, então, explicou como o proprietário tinha acabado de conseguir permissão para derrubar as paredes e ampliar o fundo, mas ele e a namorada tinham decidido se separar. De repente, Suzy percebeu como seria: uma sala grande para a família, cheia de brinquedos e de novos amigos que fariam em Londres, e ela oferecendo a todos grandes pratos fumegantes com massa; as crianças correriam em volta da mesa, brincando; ela e Jez abririam um vinho juntos. Jez tinha razão. A sala tinha funcionado.

Ele é que não tinha estado muito ali ultimamente.

Suzy tirou papel e canetinhas da gaveta da mesa da cozinha e colocou-os na mesa com um biscoito e uma bebida, beijando cada um dos meninos enquanto os ajudava. Ligou o forno, tirou do congelador uma bandeja de almôndegas que tinha feito mais cedo e virou-se para lavar as mãos.

Foi então que ela viu.

Ele tinha feito de novo.

O jornal estava aberto na bancada de vidro ao lado de uma caneca branca com o brilhante lado interno violado por uma turva linha de café. Havia migalhas ao seu redor e vestígios de um sanduíche comido sem um prato nem a consideração por quem faria a limpeza.

Sapatos jogados, paletós, xícaras sujas e migalhas. Sobras de creme de barbear. Banheiros molhados. Azeite destampado. Uma casa cheia de sinais que Jez não imaginaria.

Apertando os dentes, Suzy dobrou o jornal e o colocou no lixo de reciclagem. Ela e os meninos voltaram-se para as passadas pesadas que desciam a escada na direção da cozinha. Jez encheu a entrada como uma nuvem negra prestes a chover.

— Olá, tiveram um bom dia, meninos? — sussurrou com mau humor. Peter sorriu, tímido. Otto começou a choramingar de novo. Jez lançou um breve olhar para sua mulher e passou os olhos pela cozinha. — Não acho o carregador do telefone.

— Coloquei na sua escrivaninha — ela disse secamente, pegando Otto no colo. — Precisei usar a chaleira.

Ele ergueu as sobrancelhas. Ela não se aguentou.

— Você quer que eu guarde isso também? — perguntou, indicando a caneca suja com a cabeça.

Ele parou, deu de ombros.

— Ou deixe aí.

Ela apertou Otto, como um escudo.

— Tudo bem, mocinho? — Jez disse, bagunçando o cabelo dele ao sair da cozinha.

Ela colocou Otto no chão e começou a cortar um pepino orgânico, concentrando-se nas estrias desiguais para se distrair da urgência de seguir Jez. Num sobressalto, percebeu que Peter a olhava, silencioso, franzindo as sobrancelhas de seu rosto suave. Dos três, Peter era o mais sensível. Era quem se punha de lado, deixando que Otto e Henry pegassem primeiro os brinquedos favoritos, afagando com gentileza o braço de Suzy quando seus irmãos se batiam ou se chutavam. Ela lhe soprou um beijo para mostrar que estava tudo bem e começou a arrumar os pratos na mesa, tentando se concentrar no plástico azul com bolinhas.

Três pratos para os três meninos e, quem sabe, um para Rae. Será que Rae gostava de almôndegas? Sim, gostava, era de linguiça que ela não gostava...

Como Jez pôde dizer isso?

Deixando a jarra de lado, ela apontou o controle remoto para a TV na parede. Ficou brava por dentro por quebrar a própria regra de não deixar as crianças verem TV no fim de semana, e zapeou até encontrar *Postman Pat.* Surpresos, os meninos viraram as carinhas para a parede.

— A mamãe vai fazer xixi — disse, sorridente. — Já volto.

Verificando que não a estavam seguindo, ela subiu as escadas na ponta dos pés, passando pelo primeiro andar, e seguiu até o escritório que Jez fizera no sótão. A porta estava bem fechada.

Ela a empurrou.

A porta se abriu, revelando Jez no computador, diante de uma parede forrada de mapas e projetos que não tinham significado algum para ela além do dinheiro que aparecia em sua conta bancária. Ela desistira de fazer com que ele explicasse no que estava trabalhando. "Só quero entender, querido, para que possa dar o apoio se necessário." Ele, porém, dissera que não tinha sentido; que avisaria se houvesse algum problema.

Jez ainda estava com a calça cinza do terno Paul Smith e a camisa chumbo da reunião na cidade, mais cedo. Mesmo se não fosse encontrar clientes, ele se vestia de modo impecável. Virou-se para ela, forçando um rangido na cadeira de couro giratória, com sua figura de 1,87 metro de altura e 90 quilos, Jez parecia imenso em qualquer cenário. Mesmo entre os homens do Meio-Oeste, na cidade natal dela, com suas mãos de caubóis e que passavam a semana na cidade em ternos de escritório e os finais de semana caçando nas montanhas, Jez saíra-se bem, ficando ombro a ombro com eles no bar local, enfrentando as gozações sobre seu sotaque britânico com um humor fino que logo lhe renderia um tapinha nas costas e uma dose de uísque.

À época, essa força fazia com que ela se sentisse segura. Não imaginara o que significaria conviver com o lado ruim disso.

— O que foi? — ele perguntou, encarando-a com olhos que não exprimiam nenhum sentimento.

"O quê? O que você acha?", ela queria dizer. Mas eles já não se falavam.

Então, num impulso, ela fez outra coisa.

Desatou a parte de cima do biquíni por baixo do vestido.

Jez a olhava. Levou um segundo para se dar conta.

— Ah, não... — disse com firmeza, balançando a cabeça e virando-se para a tela do computador com um meio sorriso, demonstrando como achava essa ideia ridícula.

A rejeição a feriu. Mas era tarde demais. Ela foi até ele e colocou as mãos sobre seus ombros, puxando-o no girar da cadeira.

— Não. Por favor, saia daqui — disse, o humor sumindo rapidamente de sua voz, os músculos firmes dos ombros se despregando com facilidade dos dedos dela.

Porém, ela não era muito menor que ele e, antes que Jez pudesse interrompê-la, ela o tinha enganchado com uma perna e empurrado o peito contra o rosto dele, impedindo que ele a afastasse.

— Suzy! — ele resmungou. — Pare, eu disse. Não quero. Deixe isso pra lá.

Como poderia parar? Lutando contra a humilhação, ela pegou a mão dele e tentou colocá-la dentro de sua roupa, carente de algum tipo de conexão com o marido, mesmo que ele apenas risse de seu desespero. Aí ela poderia se unir a ele, abraçá-lo e brincar sobre querer mais bebês. Qualquer coisa que quebrasse o silêncio.

— Ah, quer parar, cacete! — ele gritou de repente, agarrando seus pulsos e segurando-os acima da cabeça dela. — Você não está ouvindo? Eu não quero! — Seus olhos estavam separados por centímetros de distância.

Vendo suas pernas nuas, que cheiravam ligeiramente à água do lago e o montinho de pano que se tornara o vestido, ficou envergonhada. Corou.

— OK, me solte — ela sussurrou.

A campainha soou lá embaixo. Era Callie com as crianças.

Jez segurou seus pulsos mais um pouco. De repente, ela sentiu o aperto diminuir.

— Está bem — ele falou em voz baixa.

Por um momento, sua expressão se suavizou.

Deus, ela agora percebia! Ele tinha pena dela.

A campainha soou de novo, lá embaixo.

Ela baixou o olhar.

— Sou sua esposa — sussurrou, tão baixinho que não teve certeza se ele a ouviu.

Depois disso, ela saiu do escritório.

Capítulo 3

Callie

Enquanto passamos pelo parque, de volta à Churchill Road, Rae e Henry estão de mãos dadas. Andamos pela nossa sossegada rua de casas vitorianas, olhando as jardineiras dos vizinhos. Digo "vizinhos", mas a verdade é que, fora Suzy, as pessoas da Churchill Road são apenas gente com quem, por acaso, eu divido um código postal. Havia uma simpática mulher da minha idade no número 25, quando me mudei. Perguntei a ela uma vez onde tinha conseguido suas jardineiras de ferro batido. Ela foi amigável, e cheguei a pensar em convidá-la para um chá. Dois dias depois, vi um caminhão de mudanças em frente da casa, e ela se foi. Nem soube seu nome.

Entramos no portão de Suzy, no número 13. Havia jardineiras vazias no vizinho, número 15. Cresce em mim um pouquinho de esperança. Quem sabe as pessoas novas sejam simpáticas?

Toco a campainha de Suzy e espero. Nenhuma resposta.

Bato à porta.

Nada.

É estranho. Abro a caixa do correio e ouço o ruído da televisão. Devem estar no jardim. Procuro na bolsa a cópia das chaves que eu e Suzy trocamos há muito tempo; coloco-a na fechadura, rezando para não dar de cara com Jez se recuperando do *jet lag* e nu como da outra vez; depois desse episódio, fiquei um mês sem conseguir encará-lo.

Ouço passos apressados na escada quando começo a virar a chave.

— Desculpe... estava no banheiro. Oi, queridinho! — Suzy fala para Henry, arrebatando-o do chão em um abraço e cobrindo o rosto dele de beijos. — Como foi o dia? Senti saudades. — Henry luta, tentando conter o riso.

— Fica para o lanche? — ela pergunta. — Tem almôndegas!

— Tem certeza? — pergunto.

— Claro.

Nunca resisto a ficar na casa de Suzy quando sou convidada. Deveria tentar, mas não tento. Trata-se da escolha entre ficar na casa dela ou ir para casa e ouvir o clique carcerário da porta do nosso apartamento, indicando que não vou ver outro adulto até o dia seguinte.

Suzy ergue Rae e a beija também.

— Você está tão bonita hoje, querida.

— Obrigada, tia Suzy.

— Boa menina — diz Suzy e a beija de novo antes de colocá-la no chão.

Rae parece tão segura nos braços de Suzy, e sempre fico agradecida quando ela parece segura.

Na cozinha, guardo na gaveta as canetinhas e o papel, e ajudo a servir a comida para as crianças.

— Jez está? — pergunto.

— Hum-hum — ela responde, indicando com a cabeça o andar de cima. — Mês que vem é o lançamento daquele grande contrato canadense. Depois disso, ele está falando em nos levar para algum hotel em Devon, que tem parquinhos para as crianças e babás, para que ele e eu possamos ter um tempo de papai-mamãe. Conhece?

— Ah, não... — suspiro.

Ela vê minha expressão.

— Ah, querida, desculpe.

— Não, tudo bem. Tom vai voltar logo e, daí, vou ter uma folga.

Ela faz uma careta:

— Uma folga? — fala com sarcasmo.

Dou de ombros.

— Cal, essa de ele ligar para você a cada dez minutos tem que acabar — Suzy comentou, baixando a voz diante do olhar de Rae.

— Eu sei — suspiro. — É porque ele não a vê com regularidade, acha que qualquer resfriadinho é sério. É pior do que eu...

Suzy passa o braço pelo meu ombro.

— Bom, ele tem que aprender. Você está se exaurindo, querida. Bem, você já sabe, pode deixá-la aqui quando quiser sair.

Sair? Quase dou uma gargalhada. Sair para onde? E quem paga? Só não ri porque sei que ela é bem-intencionada. Então, sorrio.

— Você já tem muito com que se preocupar, mas obrigada pela oferta.

Suzy me beija e começa a limpar o prato das crianças.

— Adivinhe com quem falei hoje? — digo, sorrindo, enquanto ela se vira num rodopio.

— Não me diga! Safada!

Suzy me faz rir quando usa esses xingamentos. Eles perdem a força e ficam engraçados, como se a rainha chamasse alguém de "filho da puta".

— Topei com ele quando ele estava conversando com Maddy, na sala das mães.

— Não diga! — Suzy enfatiza de novo, me lançando olhares engraçados. — Já sei! Rae e Henry têm que convidar a filha dele... como ela se chama... para o lanche.

— Eles nem a conhecem!

Os degraus rangem. Paramos de falar imediatamente. Jez entra na cozinha.

— Oi, como vai? — pergunta, inclinando-se para me dar um beijo no rosto.

— Bem, obrigada. Como foi Vancouver?

— Frio — ele responde. Pega uma cerveja na geladeira, um pouco de queijo do montinho que Suzy ralou e coloca na boca. Ela sorri para ele e o afaga de leve nas costas.

— Quer comer, querido? — Suzy pergunta quando ele abre a cerveja.

— Não. Lembre-se de que vou sair hoje à noite. Don chegou dos Estados Unidos.

— Ah, sim.

— Então, vou tomar um banho. Como estava o lago? — ele me pergunta.

— Bom, obrigada — eu digo. — Frio.

Ele dá um meio sorriso e toma o caminho da porta. Dever cumprido. As fronteiras estão bem delimitadas. Sou amiga de Suzy.

Suzy jamais reclama e está sempre me contando das coisas boas que Jez faz para ela, mas é impressionante quantas vezes o vejo precisando dar um telefonema importante quando ela está prestes a dar banho nos meninos ou quando é preciso trocar as fraldas. Então, hoje, depois de nos servir um vinho, sou eu quem troca Otto, com Rae lhe fazendo caretas, atrás de mim, para que ele ria, enquanto Suzy encoraja um hesitante Peter a usar o vaso. Enquanto ela cuida do banho dos meninos, coloco a louça na lavadora e a ligo.

— Bom, vamos embora — eu digo juntando Rae e as coisas dela, e tomando o rumo da saída. — Obrigada pelo lanche.

— De nada. E venha no fim de semana, querida. Não temos nada planejado.

Lá fora, as jardineiras vazias na calçada me fazem relembrar. Aponto a cabeça para a casa número 15, vizinha, e falo:

— Já os conheceu?

— Parecem legais — ela dá de ombros. — Ah, querida, me deixe marcar o tal dia no spa, na semana que vem — Suzy volta a tocar no assunto, erguendo os meninos. — Faça de conta que é presente de aniversário adiantado.

Ainda faltam três meses para o meu aniversário. Olho para ela, um menino embaixo de cada braço. O vestido manchado de molho de tomate. Suzy. Sempre fazendo tanto pelas crianças. E por Rae. E por mim.

Recebendo tão pouco.

Está errado, penso. Isso tem que acabar.

— Ligo para você de manhã — aceno.

Sábado à noite, prometo a mim mesma. Quando as crianças estiverem dormindo. Amanhã à noite conto para ela.

Capítulo 4

Debs

Debs avaliou as mulheres pela fresta da cortina que os donos anteriores tinham deixado na casa e que ela estava usando até que colocassem suas próprias cortinas. Eram mulheres mais jovens que ela, de uns 30 e poucos, talvez, e tinham a segurança que uma porção de mulheres ali parecia ter. Podia ver isso na maneira lânguida e segura de se portarem. A voz alta que chamava os filhos pelos nomes na rua, e de uma loja a outra, sem constrangimento. O que faziam essas mulheres, ou seus maridos, para, tão jovens, terem tais propriedades nesta parte do norte de Londres? Aqui estava Debs, quase chegando aos 48, comprando uma casa pela primeira vez.

Ela já tinha visto a americana antes. Estava entrando no número 13 quando eles chegaram ontem com o caminhão de mudança. Debs estava tão cansada que não ouviu direito quando a mulher se apresentou e disse seu nome. Sue? Susan?

Debs aproximou os olhos da cortina, inadvertidamente, fazendo uma barraquinha com o nariz. A americana estava no portão acenando para a outra mulher, que atravessou a rua com uma criança e entrou no número 14. Debs contou as crianças que ficaram brincando no jardim da frente. Um... dois... três... três meninos? Três? Minha nossa! Ela já ouvira um tendo um chilique no jardim, ontem à tardinha, guinchando sem parar como um papagaio de voz aguda, e até pensara que teria uma enxaqueca.

— Debs, não comece — suspirou uma voz atrás dela.

Virou-se para Allen, que segurava uma chave de fenda.

— Eu não estava... — começou a explicar, pulando para trás, mas ele se virou e saiu antes que ela pudesse terminar.

Que coisa chata! Agora, ele iria espiá-la de novo.

Isso não era bom.

Erguendo a cabeça, ela se viu no espelho acima da lareira de mármore e sorriu com força até os olhos se juntarem por trás dos óculos. Então, andou da sala de visitas até o novo saguão vitoriano. O saguão ainda a deixava desconfortável. Comparado com os quartinhos de seu apartamento em Hackney, que um arquiteto tinha planejado esticando uma pessoa e depois traçando uma linha para as paredes da altura entre a cabeça e os pés, este saguão parecia uma caverna. Uma caverna onde ela se perdia. Ela se estendia até as cornijas do teto que estavam se soltando, onde aranhas dependuradas ficavam olhando para ela e depois se elevavam pelo vão da escada até o sombrio primeiro andar. Não. Ela não gostava daquele cômodo. Mas não ia dizer isso a Allen. Rapidamente, andou ao longo do corredor em direção à sala de jantar, nos fundos da casa.

— Temos uma escada própria! — ela exclamou, tentando um tom alegre. Allen deu um sorriso contido e continuou levantando uma prateleira, arrumando os óculos que tinham escorregado do nariz.

Do que ela estava falando? Ele lá se importava com isso? Deus sabe o quanto ele subira e descera escadas, para cima e para baixo, na sombria gaiola de King's Cross em que morava sua mãe, levando-lhe xícaras de chá.

— Segura isso firme um pouco, amor? — Allen disse.

— Claro, querido — Debs respondeu, segurando um pedaço de prateleira de MDF enquanto ele a prendia com uma chave de fenda.

— Não... — ela cismava, olhando para as mãos sardentas e grossas de Allen girando a chave de fenda, os olhos salientes de tanta concentração. Talvez ela tivesse se apressado em assumir o valor de ter as próprias escadas nessa nova casa.

No entanto, o que poderia fazer? Ela não tinha culpa. Foram aqueles meses. Todos aqueles meses em que a mulher de cima aparecia ao meio-dia e meia. Estalando os sapatos de tribunal no chão de tacos do hall comum. Sempre oito passos. Depois, 15 batidas escadas acima, mais oito estalos passando pela porta de Debs, e mais 15 toques até a porta da frente.

— Vamos lá — Debs diria deitada na cama, tampões nos ouvidos, um travesseiro em volta deles. Com certeza esta noite ela acertaria a chave, não? Não. Em geral, ela tentava duas, atrasando o baque inevitável de sua porta da frente, e, depois, o ruído surdo de passos pelo chão acima de Debs, antes que a televisão fosse ligada e invadisse o quarto escuro de Debs com uma reverberação abafada pelas duas horas seguintes, enquanto ela se deitava inerte, o maxilar dolorido de contração, os olhos pesados e doloridos pelas horas no escuro encarando, com raiva, o teto.

Allen tirou o MDF de Debs e ela voltou de seus pensamentos.

— Está bem. Entendi. Você não quer nos fazer uma xícara de chá, não é, querida?

— Boa ideia! — ela respondeu animada.

Debs andou pela cozinha e foi procurar uma caixa de suas conhecidas canecas perto das xícaras de porcelana da casa da mãe de Allen.

Sim, escadas, pensou, colocando saquinhos de chá no bule da mãe de Allen. Tinha perdido tanto tempo concentrada em finalmente ter as próprias escadas que se esquecera de algo muito importante.

Laterais.

Casas geminadas têm laterais também.

E agora, finalmente, Allen estava ocupado numa tarefa, e isso era algo que ela iria aproveitar.

— Obrigado, querida — ele disse assim que ela colocou ao seu lado a xícara de chá com creme.

— Bom, acho que vou cuidar de outra caixa — ela disse, tentando parecer trivial. — Se você fica bem aqui sozinho...

Segurou a respiração. Allen assentiu, tomando o chá, com os olhos já voltados para as instruções da montagem.

Tentando não correr, Debs voltou ao saguão e apanhou uma das caixas que Allen tinha tido tanto cuidado em codificar com cores. Laranja para cozinha, vermelho para livros, laranja e vermelho para livros de culinária. Ela pegou uma caixa amarela (roupas), subiu as escadas e entrou no amplo quarto da frente da casa, que acompanhava o saguão e a sala de estar do andar de baixo. Fechou a porta silenciosamente, foi até as janelas e puxou as cortinas, inundando o quarto de um rosa aveludado.

Debs voltou à porta e colocou a caixa de roupas no chão com cuidado. Então, ajoelhada ao lado dela, encostou bem a orelha na parede que dividia com a mulher americana. O papel de parede florido cheirava a mofo. Moldou o rosto nele até que o relevo de uma glicínia encostou em sua bochecha.

Em princípio, nada. Um ligeiro sussurro.

Ácaros, disse a si mesma, encostando mais a orelha no papel. Ou formigas.

Passou-se um instante. O que era isso agora? Se prendesse a respiração e ficasse quieta, conseguiria perceber um leve tique-tique-tique. Encanamentos, talvez? Isso não seria ruim. É provável que não ouvisse nada a alguns centímetros de distância e, certamente, não da cama.

Até aqui, tudo bem. Encostou-se novamente e esperou. Um minuto se passou, e outro.

Depois outro. Não ouviu mais nenhum som.

Desencostou-se um tanto da parede e, enquanto esperava, começou a mexer na caixa, colocando as gravatas de Allen numa pilha e suas meias marrons e cinza em pilhas separadas.

Será que teria tanta sorte? Que não houvesse nenhum...

"Será que pode esperar até que eu termine, Jez?"

O grito abafado foi um choque tão grande que Debs afastou a cabeça da parede num movimento súbito, sentindo uma pontada no pescoço.

O quê? De onde tinha vindo isso?

Ficou agachada no chão, olhando em volta, nervosa, como se o dono da voz estivesse no quarto.

Debs esperou um instante, então encostou de novo a orelha na parede, cuidadosamente. Havia um novo barulho agora. Água correndo. Como uma torneira pingando. Não. Mais leve, como...

Não podia ser.

O jato de água do banheiro bem ao lado da cabeça dela quase a derrubou de joelhos. Seguiu-se um grande borbotar e gorgolejar de encanamentos.

Um banheiro. O quarto vizinho deve ser uma suíte. Com um imenso e barulhento banheiro que ela ouviria ao longo da noite?

Palpitações martelaram no peito de Debs como batidas em pregos. Começou a sentir pressão na cabeça, como se alguém tivesse espremendo seu couro cabeludo.

De repente, a porta do quarto cutucou sua perna.

Allen.

Subitamente, Debs levantou-se, enfiou as mãos na caixa de roupas que tinha levado para cima, tirando-as e fazendo as gravatas de críquete de Allen voarem pelo quarto.

— Está tudo bem, querida? — Allen perguntou, enfiando a cabeça pela porta e olhando a gravata, que agora pendia da penteadeira, e depois para as cortinas fechadas. Foi até elas e as abriu.

Ela forçou um sorriso, esfregando o pescoço.

— Só desencaixotando.

Ele franziu o nariz.

— Talvez seja melhor esperar até que esvaziemos o saguão — ele sugeriu.

— Hum, talvez tenha razão — ela assentiu, levantando-se.

Allen estendeu a mão para ajudá-la. Então, lançou um olhar para o quarto imenso. A luz do sol irrompeu pelas janelas, espalhando uma luminosidade reconfortante pelas paredes. A cama tinha acabado de ser arrumada com o edredom creme que haviam comprado e, de cada lado, estavam as luminárias de madeira, combinando.

— Sim... Vamos ser felizes aqui — Allen disse, assentindo com a cabeça.

Soava como uma ordem, ela pensou. E depois dos últimos seis meses, ela não poderia culpá-lo.

Na casa vizinha, Debs ouviu a porta da frente bater e alguém sair pelo portão. Será que eles iam fazer esse barulho toda vez que alguém saísse?

— Ah, sim, querido — ela concordou, virando-se e sorrindo para Allen. — Claro.

Capítulo 5

Callie

Levo um tempo para perceber que é um telefone que estou ouvindo tocar esta noite.

A questão é que, às vezes, sonho com sons. Sei que a maioria das pessoas sonha com imagens, mas eu não, desde criança. Em geral, o cenário me mostra sentada em algum lugar vazio como o campo de batatas do meu pai no inverno, sob o céu liso e acinzentado de Lincolnshire, ouvindo apenas o silêncio. Então, começam a surgir sons a minha volta; nos ouvidos, os tons perfeitos e não adulterados. Talvez ele comece com o vento passando por mim, farfalhando os ramos de uma árvore. A música começa em notas dissonantes, como lufadas de vento soprando através de canos vazios de irrigação. Junta-se, depois, o batimento do coração. Um batimento pesado, retumbante. É quando, em geral, eu acordo e me flagro suando, com o coração palpitando de pânico. Pulo da cama, corro até o quarto de Rae e verifico se ela ainda está respirando.

Porém, não se trata do batimento do meu coração, ou de sonho, ou mesmo de Rae choramingando no sono que me despertou esta noite. Na verdade, é Tom.

— Oi — ele grita no telefone. — Recebi seu recado. O que foi?

— Um momento — digo, me debatendo para trazer o fone ao ouvido. Há um ligeiro eco vindo do lado dele. Telefone por satélite.

— O que está acontecendo? — ele pergunta, parecendo preocupado.

— Ah. Nada. Rae está ótima — respondo, tentando me sentar.

— Então, é o quê? — ele fala bruscamente.

— Tom? — respondo, piscando os olhos para abri-los. — Você sabe que são duas horas da manhã?

Faz-se silêncio enquanto ele se dá conta de que no Sri Lanka ele está cinco horas adiante, e não atrás, da hora britânica.

— Droga! Fiz isso de novo?

Tom é um cameraman da vida selvagem talentoso, que pode dizer tudo que alguém queira saber sobre os hábitos de acasalamento de um chacal-dourado ou do feneco, mas quando se trata de números, ele chega à beira da dislexia. Antigamente, eu achava legal e engraçadinho quando ele me acordava às duas horas da manhã de Uganda ou Papua Nova-Guiné, ouvindo dele o arrependimento incrédulo por ter se confundido de novo.

— Vamos lá, me diga o que tem feito — eu diria, me enterrando no escuro das cobertas, para fazer de conta que ele estava ao meu lado e ouvir sobre a busca da toca de uma aranha ou que ficou preso no topo de uma árvore com a câmera enquanto, lá embaixo, seus guias espantavam um leopardo.

Mas Tom e eu não brincamos mais. Nunca mais.

Vamos direto ao ponto.

— Liguei porque tenho novidades — eu digo.

— O quê?

— Bem... é que eu vou voltar a trabalhar.

Faz-se uma pausa. Uma grande e profunda pausa que se estende de Londres pela noite estrelada do mar da Arábia até o Sri Lanka.

Talvez eu tenha sorte, penso. Afinal, tive sorte com Rae quando contei a ela hoje à noite. Ela ficou tão entusiasmada que cuspiu a pipoca que estávamos comendo em nossa festinha semanal da meia-noite de sexta-feira.

— Você vai trabalhar? — ela gritou, estridente. — Como a mãe de Hannah? Uma fazendeira?

— Uma farmacêutica — ri, imaginando Caroline, de madeixas com luzes e terninho Karen Millen, arrumando o feno. Rae já me disse que Hannah é a maior expectativa que tem para ter como melhor amiga.

— Não, tenho um trabalho diferente. Mas sabe o que isso significa? Significa que não vou poder pegar você na escola.

— Oba! — grita Rae. — Então vou poder participar das atividades com Hannah.

— Ah, sim — respondi, confusa. E agradecida. Já sentindo falta dela.

Isso foi com Rae. Mas Tom é Tom.

— O quê? Você está brincando! — ele rosna ao telefone.

— Não estou — suspiro. — Tom, escute! Não posso ficar em casa para sempre. Era para ser apenas seis meses, aí virou um ano. Agora, são cinco. Preciso voltar a trabalhar em algum momento.

Ele não diz nada, então, sigo tateando.

— Na verdade, acabei de ligar para Guy, da Rocket, para ver se por acaso ele tinha alguns dias de frila, e aí ele, de repente, me pediu para fazer o som do primeiro curta de Loll Parker, aquele artista norueguês que fez aquela coisa na Tate.

Parei, lutando contra o sorrisinho involuntário que fica aparecendo nos cantos da minha boca desde terça, quando falei com Guy.

"Caramba, Cal!", era o queria que Tom dissesse. "Parabéns! Nada como ser tão boa no seu trabalho que o antigo patrão agarrou você assim que você ligou, depois de cinco anos!"

— Desculpe, Cal. Será que tem alguma coisa que não entendi? — Foi o que ele, na verdade, disse. — Quem vai tomar conta de Rae?

Ainda me sinto como se o universo tivesse saído do eixo quando essa frieza sai dos lábios de Tom. O meu Tom sempre falou como se houvesse uma brincadeira no final de suas frases. O meu Tom nunca falou comigo desse jeito. Nunca, em quatro anos. Tento me apegar à ideia de que ele só está preocupado com Rae.

— Bom, ela ficará mais tempo na escola, para as atividades extras, por algumas semanas — eu digo, tentando me lembrar de que ele vai precisar de algum tempo para se acostumar com a ideia, assim como eu. — Ela está bem animada com isso, aliás. E a equipe é treinada em primeiros socorros, assim como os professores. Mas se o trabalho der certo e eu gostar dele, e se Guy me oferecer mais trabalho, então... não sei... Provavelmente vou procurar quem cuide dela de acordo com meus horários.

Faz-se outra pausa, ainda mais comprida.

— Tom?

— O quê? — ele pergunta, seco.

Arrisco.

— Olha, sei que é pedir muito, mas você poderia conversar comigo sobre isso? Guy me disse que muitos dos técnicos saíram. Eu disse que não tem problema, mas na verdade estou completamente apavorada...

Há outro silêncio.

— Na verdade, Cal, não estou nem aí. Não acredito que você vai largar Rae com estranhos. Depois de tudo pelo que passamos... E eu estou a malditos oito mil quilômetros de distância. O que posso fazer?

Naquela noite, Rae e eu tínhamos comemorado meu novo trabalho. Fizemos "coquetéis" de limonada, suco de maçã e anilina rosa, e dançamos.

Inspiro profundamente. Fique calma, penso.

— Tom, eu não sei, talvez... Você ficou longe um tempão este ano, e...

— Ah, é, é isso o que acontece quando a gente tem dois aluguéis pra pagar, Cal.

Expiro.

— Tá bom, mas acho que você não consegue perceber como ela é ótima. Ela quer fazer coisas por si mesma. Soube pela professora que ela resolveu, sozinha, participar do coral da hora do almoço, e agora está animada porque vão se apresentar no final do semestre. E você devia tê-la visto hoje, tentando correr com o amigo até o parque. Está louca para ficar longe de mim. Ela quer ser normal. Quero dizer, ela é normal, Tom.

Então, dou meu último golpe no ringue.

— E isso significa, você sabe, que vou ganhar meu próprio dinheiro de novo e não vou ficar pedindo para você o tempo todo. Talvez, aí, você não tenha que ficar trabalhando tão longe...

Ele, então, bufa.

— Sabe de uma coisa, Cal? Essa é a questão. Tudo é você.

Como? Percebo o temperamento de mamãe tomando conta de mim. Prendo a respiração. Conto até dez.

— Na verdade, não passa nem um minuto pela minha cabeça que isso tenha a ver com o que é bom para Rae, Cal. Acho que se trata do que é bom para você...

— Tom, isso não é justo! — Ouço a mim mesma exclamar no telefone.

Por favor, penso. Não faça isso, Callie. Não o deixe fazer isso.

— Ah, é? — ele bufa. — Você reconhece? É exatamente isso, é...

Não adianta. Quando o temperamento da mamãe me possui, ele chega de algum ponto das minhas entranhas. Não é a primeira vez que desejo que ela tivesse ficado mais tempo para me ensinar a controlá-lo.

— Tom? — digo. — Por que você não vai... ah... vá... vá se foder!

Tarde demais. Bato o telefone, viro-me na cama e grito sobre o travesseiro.

Idiota!

Burra, burra, burra.

Fiz de novo. Toda vez a mesma coisa.

Fico ali deitada, com o rosto enterrado no algodão macio, chateada comigo mesma. O travesseiro fica úmido com minha respiração. De alguma forma, esse calorzinho me conforta.

Ah, meu Deus! Aposto que Kate, a assistente de câmera dele, estava lá ouvindo tudo. Aposto que estava deitada com a cabeça no ombro de Tom, com aquele cabelo maravilhoso cor de amora se esparramando nele.

Por que deixo que ele me provoque?

Rosnando, rolo da cama e ando pelo quarto, balançando a cabeça. Não vou chorar. Não vou chorar. Não vou deixar que Tom acabe com esse tiquinho esquecido de autoestima que Guy me devolveu esta semana.

Confusa, pego minha caderneta de endereços, desesperada para conversar com alguém, mas já sabendo que isso não faz sentido. As páginas estão esfarrapadas, cheias de contatos riscados e entradas desatualizadas. Sempre penso em substituir esse caderninho, mas, intimamente, sei que, se esquecer todos os colegas de escola que deixei em Lincolnshire e os amigos de faculdade e trabalho que acabaram desistindo de ligar quando dei à luz uma criança com um problema cardíaco, aos 27 anos, e, durante três anos, fiquei cansada demais para tomar um drinque ou até para atender ao telefone, não sobrará ninguém na lista.

Vejo os poucos contatos que permaneceram com determinação. Estão apagando por conta própria, a tinta está borrando com o tempo. Presto atenção neles por alguns segundos. O pai de Fi morreu há três meses no hospital de Lincoln e eu não a procurei desde que ela ligou para me contar, pois, para ser sincera, ela mencionou que seus amigos a estavam ajudando e percebi, com uma pontada de mágoa, que não mais me incluía nessa categoria. Como posso ligar para ela, no meio da noite, querendo que me ouça despejar tudo isso? E tem Sophie. Conto os meses que ela está em Zurique, a trabalho. Já são quatro, e eu ainda não dei um jeito de anotar o número do telefone de lá, que ela me mandou num cartão-postal irônico de uma leiteira das montanhas, uma quase esquecida referência e, agora, provavelmente, esquecida de vez, a uma noite em que ela morreu de rir enquanto eu, bêbada, tentava lhe mostrar como ordenhar uma vaca em nosso confuso e velho gato.

Guardei o caderninho.

Quando foi que perdi a habilidade de conservar e fazer amigos? Quando foi que só ficou a Suzy?

Embora ainda seja junho, o ar está fresco e denso. Solto a trava da velha janela. Ela solta um rangido forte. Noto que o rachadinho no vidro do canto está aumentando. Sempre quero informar ao senhorio. Qualquer dia vou abrir a janela e o vidro vai acabar caindo.

Uma luz captura meus olhos. A mulher nova, do 15, está acordada também. Consigo ver a silhueta dela através das cortinas rendadas. Está de pé, colocando livros na prateleira da sala de estar. Há centenas deles. Como minha mãe costumava ter. As prateleiras em volta da lareira estão quase cheias.

Um livro, penso enquanto observo essa mulher. Quando foi a última vez que li um livro? Mamãe e eu costumávamos devorá-los, trocando-os entre nós, esperando para saber o que a outra achou. Agora estou cansada demais até para abrir um. Às vezes, fico pensando: cansada do quê? De fazer compras e cozinhar. De lavar e secar. De levar um monte de coisas para um monte de lugares: Rae para a escola, as latas de lixo para o portão, nosso gato velhote para o veterinário. Minha cabeça se tornou um motor de carro com um pedal quebrado. Movimenta-se rápido demais, porém, na verdade, não sai do lugar.

A presença dessa mulher é estranhamente consoladora. Ela parece um tanto velha, com cabelos grisalhos e óculos de armação escura. Antes, vi o marido dela voltando das compras. Ele é mais baixo do que ela, com cabelos alongados e ruivos, costeletas, óculos grossos e um nariz grande demais para o rosto dele.

A mulher se vira. É engraçado. Está usando um desses roupões macios e aveludados que minha mãe costumava usar também. Toco a vidraça quebrada, testando-a gentilmente com o dedo.

Churchill Road acima e abaixo, janelas escuras devolvem meu olhar.

Ah, Deus, não posso continuar vivendo assim!

A doença de Rae nos deixou secos. Sou uma palha. Uma concha vazia. Não me admira que outras mulheres me evitem. Percebem que vou sugá-las também. Talvez Tom esteja certo. Talvez tudo esteja relacionado a mim. Eu e meus intermináveis problemas. As mulheres percebem que preciso de tudo e que não tenho nada a oferecer em troca de amizade. Todas elas, ou melhor, menos Suzy.

Observo a mulher olhando para uma colcha. Será que vou conhecê-la um dia? Ou vamos nos cruzar na rua sem dizer palavra, como eu faço com todas as pessoas daqui?

Uma lembrança me vem à mente. Uma noite agradável. Tenho 8 anos e estou andando timidamente na direção de nosso chalé da fazenda, incumbida de levar uma bandeja de lasanha para nosso novo funcionário e sua mulher. Ela está bem quente e a toalha, colocada com cuidado sobre meus braços estendidos, não absorve mais o calor ardente. Ando entre os sulcos de lama seca, abertos pelo trator da estrada da fazenda, até um canto com urtigas, onde Tuppence, nosso gato, está se lambendo ao lado de uma pilha de velhos mourões de cerca. O casal está levando um sofá pelo portão do chalé. A mulher, que usa um lenço de bolinhas na cabeça, vira-se para mim e vejo seus olhos encararem a bandeja. Meu estômago se aperta de dúvida. E se eles não quiserem a lasanha? Como a mamãe sabe que eles vão querer? O medo me domina. Paro e me viro. Minha mãe está observando da janela da casa da fazenda, me estimulando com um agitar de mãos, e eu, então, sei, à maneira dos meus 8 anos, que às vezes é preciso se empenhar com as pessoas. É preciso ter coragem, se dispor a conhecê-las.

Fiz isso durante algum tempo. Fiz isso muito bem ao crescer. Depois, me esqueci de como fazer isso e minha mãe não estava mais ali para me estimular com sua agitação de mão e me recompensar com um beijo na volta.

Observo a mulher do outro lado da rua. Ela fecha um livro e se levanta. Talvez seja porque seu roupão lembra o da mamãe, mas, nesse exato instante, decido que está na hora de mudar as coisas. Ela parece simpática.

Capítulo 6

Suzy

Suzy acordou num sobressalto.

Alguma coisa estava errada.

— Mamãe... — Otto sussurrou.

Ela se virou e puxou o corpo de Otto mais para perto.

— Tudo bem, querido — disse, não muito certa disso.

Levantou a cabeça da caminha de madeira, onde estivera deitada com as pernas dobradas, e olhou para o relógio de coelhinho, cujas orelhas estavam acertadas para não pularem antes das 7 horas da manhã. A carinha marcava 2h40.

Virou-se e se sentou.

— Jez? — chamou na escuridão da casa.

Nada.

Devagar, afastou-se de Otto, membro a membro, até que conseguiu tirar todo o corpo da cama quentinha dele. Enfiando o cardigã por cima do pijama, ela desceu silenciosamente as escadas até o corredor, onde uma única lâmpada continuava acesa esperando Jez voltar para casa. Nada. Seus sapatos e seu casaco não estavam ali. Ainda fora, em sua noite de sexta-feira com Don Berry. Sua terceira noite fora desde que chegara de Vancouver, na segunda.

Subiu devagarinho as escadas e sentou-se no degrau de cima. Se olhasse para cima, para o teto do segundo andar, e depois para baixo, para o saguão, era ali que tinha mais espaço.

Nossa, como ansiava por espaço!

Fechou os olhos e convocou uma imagem de casa: caminhadas pelas encostas através do prateado das bétulas e dos arbustos de juníperos que encrespavam a planície, acima da qual as nuvens corriam a uma velocidade vertiginosa em um céu de azul profundo; encontrar um lugar para acampar junto de uma rocha, onde pudesse se sentar e observar a trilha dos veados, quando o rangido dos passos deles, no gelo, seria o único som ali, além de um ou outro avião pousando em Denver, a 30 quilômetros de distância. Com algum esforço, ela conseguiria evocar até a lembrança do suave anoitecer de lá, e a maneira como ele banhava sua pele de dourado antes de se enredar num grande redemoinho de violetas e carmins na atmosfera. Ah, e as estrelas! Milhares delas e não a eventual luminosidade opaca de um pedaço tenebroso de céu que cobria Londres como uma tampa mal ajustada.

Sentiu um nó no estômago de saudade de casa. Com certeza ele não poderia ter se esquecido do Colorado. Quem ela era?

Uma nova imagem circulou em sua cabeça. De Jez aparecendo à porta, numa sexta-feira de trabalho, com um sorriso, e fazendo-lhe sinais. Na mão, balançava uma chave.

— Bob me emprestou o chalé dele para o fim de semana — disse, num profundo sotaque inglês que enviava reverberações provocantes ao corpo dela. Ergueu as sobrancelhas e abraçou Suzy.

— Legal — ela respondeu, sorrindo, sentindo os dedos dele afagarem-na gentilmente, desesperada por mais.

Ela o tinha levado para sua primeira caminhada no campo naquele fim de semana. Tinham descido em uma ravina esculpida pela água durante milhões de anos, numa rocha muito alta, e caminharam por horas ao longo de um rio ensolarado até chegar a um dos lagos preferidos dela. Não havia mais ninguém no local, então, estenderam uma toalha no barranco e nadaram nus no meio do lago, os braços dela em volta do pescoço dele, sentindo-o bem perto. Naquele dia, saber que ele não sairia dali sem as instruções dela a tinha entusiasmado. Jez era todo dela.

— Você está gostando? — ela perguntara.

— Sim — ele sorrira, passando a mão pelas suas nádegas e coxas, a pele dela retesada pela água fria.

— Existe um monte de lugares como este. Aonde ninguém vai. Posso mostrá-los para você.

— Você não tem medo? — ele lhe perguntou. — Tão longe, sozinha?

— Do quê?

— Não sei — ele disse. — De urso?

— Urso não é problema — ela respondeu. — Você joga uma pedra, grita. Abana os braços.

Ela se lembrava de como ele rira.

— Você é uma menina interessante — ele a puxara ainda mais para perto.

De volta à cabana, no fim da tarde, eles tinham encontrado uma banheira do lado de fora.

— Sabe, acho que talvez esse tenha sido o melhor dia da minha vida — ela murmurou no ouvido dele, meio bêbada, enquanto sentavam-se nus, com as pernas entrelaçadas, bebendo cerveja, com o vapor flutuando em volta deles.

— Hum — ele se aninhou ainda mais no pescoço dela.

Ela esperou que ele concordasse.

Mas ele não o fez. E se tivesse que admitir, ele nunca o faria.

Seu marido tinha sido um mistério na época, e continuava sendo um mistério agora.

Suzy bocejou, passou pelo quarto de Otto e foi até o seu, deitando-se no meio de sua cama vazia e enorme.

Os lençóis estavam frios. Enrolou-se bem para se aquecer.

Amanhã. Amanhã daria o telefonema. Que escolha tinha?

Sábado

Capítulo 7

Debs

Eram 11 horas da manhã seguinte quando a campainha tocou. No quarto de cima, Debs levantou a cabeça, surpresa. Quem seria? Quem a procuraria num sábado de manhã? Será que o jogo de críquete de Allen tinha sido cancelado?

O sol estava de volta ao quarto, projetando um espetáculo luminoso de feixes de pó pelo cômodo. Ela tinha estendido a mão para tocar num deles antes, observando dançarem em seus dedos partículas de pele humana, pó e cabelo deixados pelas pessoas que ali dormiram ao longo de centenas de anos.

Ela, no fim das contas, não dormira mal. Os pensamentos sobre a menina Poplar não a deixaram acordada, desta vez. Allen viera para a cama em seu pijama de lã verde um pouco depois que ela se virara devagar para o outro lado. Ela se perguntara se isso seria diferente quando se mudassem para a casa nova, mas, até agora, nada indicava isso.

Ouviu a descarga do banheiro vizinho uma vez, às 10h30 da noite, e depois não ouviu mais. Isso seria suportável, ela supôs. Teria que esperar para ver. Não havia notado a vizinha que morava no andar de cima em Hackney por três anos. Então, numa noite, ela ouviu a porta se abrir e os saltos dela batendo nos degraus. E essa rotina barulhenta nunca mais parou.

Massageando o pescoço tenso, Debs levantou-se e saiu do quarto, pegando no caminho a última caixa amarela vazia com a etiqueta "Allen". A gaveta de meias dele estava, agora, lotada de pares marrons e cinza que ainda cheiravam um pouco a sapato, mesmo depois de lavados. Essa era uma das coisas mais esquisitas de morar com um homem pela primeira vez. Esses odores alheios.

Com a caixa vazia diante de si, sua visão do patamar de cima estava bloqueada.

— Ai! — gemeu, ao sentir a pontada de alguma coisa no joelho, e tombou de lado na parede com tempo apenas para estender a mão esquerda. Uma dor aguda e crônica percorreu seu braço e ombro até atingir o pescoço dolorido. — Ah! — queixou-se. Tarde demais, lembrou-se das últimas palavras de Allen antes de sair esta manhã para o clube de críquete, em Barnet: "Deixei outra caixa para você aí fora do quarto, querida".

Mancando escada abaixo, ela esfregou o joelho com uma das mãos e segurou o pescoço com a outra. Seu pescoço tinha doído a noite inteira. Era tudo de que precisava: um joelho machucado também.

A campainha tocou de novo. Ah, pelo amor de Deus!

— Estou indo — Debs falou, chegando ao vestíbulo. O sol da manhã rompia pelas rosas do vitral da porta da frente, criando um prisma de vermelhos e rosa no espelho do antigo cabideiro que a mãe de Allen deixara para ele. Era exageradamente entalhado e tinha lugar para guarda-chuvas grandes, ganchos para chapéus e prateleiras para Deus sabe o quê. Allen tinha herdado da mãe várias coisas que deixavam Debs pouco à vontade, inclusive um relógio, do vovô, bem feio, que agora ficava do lado oposto ao cabideiro, e a cristaleira da sala de estar que acabrunhava o cômodo com suas taciturnas portas de mogno e as instáveis pilhas de um aparelho de jantar Burleigh verde, de 1930, a maior parte dele raiado de rachaduras marrons. Era como se a mãe dele ainda estivesse ali, reprovando-os em todos os cantos.

Ela inspirou fundo.

— Olá! — disse através do vidro.

— Hã... olá! — disse a voz do outro lado. Era uma mulher jovem. Parecia nervosa.

— Posso ajudá-la? — Debs perguntou.

— Só quero... é que...

Debs olhou pelo olho mágico. Uma mulher com cabelo castanho-escuro cacheado macio e longo estava à porta com uma garotinha que se parecia muito com ela, mas tinha os cabelos ligeiramente mais claros e os olhos mais escuros. Segurava nas mãos um prato coberto com papel-alumínio e uma garrafa.

Não!

Sentindo-se mal, Debs abriu a porta.

— Sim? — disse baixinho, mexendo a cabeça.

— Oi — disse a mulher. Ela parecia insegura. — Sou Callie, do outro lado da rua.

— Ah, sim? — Debs disse.

— Desculpe, a senhora está bem? — a mulher perguntou, olhando o pescoço que Debs massageava.

— Ah, só levei um tombinho — Debs explicou.

— Acho que vim na hora errada — a mulher disse.

Sim, pensou Debs. Veio mesmo.

— Só queria deixar essa lasanha e um vinho para lhe dar as boas-vindas a nossa rua. Moro do outro lado, com Rae.

Debs olhou as duas de cima a baixo. Podia pegar a comida e fechar a porta?

O que Allen esperaria que ela fizesse? Refletiu bastante.

— Ah, que gentileza! — Forçou-se a dizer. — Gostaria de entrar?

O rosto da jovem se iluminou.

— Obrigada, seria ótimo. Ficaremos só uns minutinhos.

Debs convidou-as para entrar, sorrindo para a garotinha. A mulher, Callie, era bem magra, notou, vestia jeans, uma túnica bordada e sandálias. Parecia uma dessas moças naturalmente magras que

Debs costumava invejar na escola. Consciente de si mesma, puxou o longo blusão de marinheiro sobre os quadris generosos. A menina usava um vestido de verão de tamanho pequeno, que revelava a pele da cor de um pãozinho.

— Sou Debs — disse, tentando fazer seus dedos pararem de tremer enquanto pegava os presentes de Callie. — Bem, aceitam uma xícara de chá?

— Sim, obrigada... tem certeza? — Callie olhou em volta para as caixas ainda fechadas.

— Claro! — Debs exclamou, saindo da frente delas. — Só me deem um minuto para achar as coisas. Estamos ainda na bagunça. Há muito tempo mora por aqui, Callie? — perguntou, colocando água no bule de chá e ligando-o.

Isso sempre funcionava. Se fizesse perguntas, as pessoas em geral falavam sobre si mesmas e a deixavam em paz.

— Cerca de dois anos — Callie disse, sorrindo.

— E vocês, são daqui?

Callie balançou a cabeça.

— Na verdade, não. Não mesmo. Estivemos em Tufnell Park antes. Mas nós... — Lançou um olhar a Rae, dando de ombros. — Bem, há muitos parques agradáveis por aqui. E a senhora? De onde vem?

— Hackney, querida — Debs respondeu, cuidando da água e colocando os saquinhos de chá no bule. — Eu e Allen acabamos de nos casar, na verdade... — Ela olhou para a garotinha e piscou, vendo as orelhas dela se erguerem. Podia perceber a garota avaliando essa senhora e imaginando como ela ficaria num vestido de noiva. Seu rosto pareceu indignado.

— Ah, parabéns! — Callie disse. — Que maravilha!

— Obrigada — Debs despejou a água quente no bule. Ah, não! Agora é capaz de a mulher perguntar sobre o casamento e isso era algo que Debs não ia conversar com ninguém.

— E você, querida? — ela disse. — O que você faz?

Callie olhou para ela completamente surpresa e, de repente, deu uma risada.

— É engraçado alguém me perguntar isso. Bem, anos atrás fui engenheira de som... a senhora sabe, quem faz os efeitos sonoros para anúncios de TV e filmes. Vou recomeçar na segunda-feira, depois de muito tempo...

Não estava dando certo. Debs conseguia sentir o tremor das mãos piorando. Tarde demais, ela tentou se virar e colocar o bule no balcão antes de sentir que ele escorregava pelos seus dedos.

O bule caiu no chão com um barulho forte e espatifou-se em todas as direções.

Fez-se um silêncio atordoante.

— Desculpem — Debs disse, olhando a fisionomia assustada de Rae. — Ah, meu Deus, que trapalhada! O que Allen vai dizer? É o bule da mãe dele. — Ela sorriu, se apoiando na mesa.

Callie parecia mortificada.

— Sinto muito, é culpa minha, fiquei distraindo a senhora. Vou ajudá-la.

— Não! — disse Debs, mais alto do que pretendia. Foi o que conseguiu fazer para que a palavra não saísse como um guincho. — Por favor, deixe isso. Peço desculpas. Só estou muito cansada por causa da mudança.

— Nós não chegamos em boa hora, desculpe. Estamos nos intrometendo — disse a jovem, corando. — Por que não fazemos isso outro dia, quando a senhora já estiver acomodada?

— Claro — disse Debs. — Me deem alguns dias e, quando tudo estiver no lugar, venham tomar uma xícara de chá.

Exceto pelo fato de que, de agora em diante, ela ficaria em alerta. Não atenderia a porta.

— Na verdade — disse a jovem, com certo estremecimento na voz —, talvez seja atrevimento meu, mas notei todos esses livros...

— Ah, sim... — Debs respondeu com desconfiança. — Tenho livros demais. Allen sempre me pede para me desfazer de alguns, mas gosto deles.

— É que faz muito tempo que não leio um livro. Preciso retomar esse hábito. Será que um dia eu poderia dar uma olhada neles? — A jovem fez uma cara nervosa.

Ah, Senhor! No que Debs estaria se metendo?

— Mãe... — Um queixume veio da porta. Ambas se voltaram e viram a menina na porta da frente. — Quero ir embora.

— Desculpe — disse Callie. — É melhor irmos. Rae está um tanto cansada hoje.

— Bom, foi muita gentileza sua trazer a lasanha — Debs agradeceu, aliviada, acompanhando-a até a porta. — Allen vai gostar quando chegar do críquete.

Na porta, Debs parou, viu uma caixa marcada de verde que deveria ser colocada no sótão, e teve uma ideia.

— É Rae, não? Você gosta de bonequinhas, querida? — perguntou.

A garotinha assentiu.

— Gostaria de ficar com essa? — Debs tirou da caixa o bonequinho de uma repugnante rena natalina, com chifres de feltro e um nariz de pompom vermelho. — Era da mãe de Allen. Foi ela quem o fez.

Quieta, Rae pegou o boneco. Segurou-o nos dedos com um sorriso e, então, olhou para Debs. Sem aviso, ela fez o boneco correr pelo braço de Debs e depois bateu no nariz dela com força.

— Rae! — gritou Callie.

Debs inspirou fundo.

— Nossa!

— Sinto muitíssimo! — Callie disse. — Rae, você não faz essas coisas! Em geral, se comporta bem. Peça desculpas.

— Não — Rae disse, olhando carrancuda para Debs.

— Não sei o que dizer — Callie disse. — Estou envergonhada.

— Ah, não é nada, querida — Debs respondeu. — Não foi de propósito.

— Bem, me desculpe mais uma vez — disse Callie, tirando o bonequinho da mão de Rae e devolvendo-o à caixa. — Vou conversar com ela quando chegarmos em casa. Mais uma vez, obrigada.

Debs deu adeus e fechou a porta quando elas saíram.

— Ah... — gemeu, apoiando-se na parede. Sentia como se houvesse pesos amarrados às suas coxas. Massageou o joelho machucado, o pescoço e o nariz dolorido. O bonequinho feio da caixa, de olhos de botão azul, ria dela.

Nada com que se preocupar, no entanto. Já tinha conhecido menininhas como essa antes e sabia como lidar com elas.

Quando Allen voltou do críquete e chegou em casa, às 3 horas da tarde, ela já tinha se recuperado. A maioria das caixas verdes estava no andar de cima, esperando que ele as colocasse no sótão, e ela estava descascando batatas.

— Querida, tem um minuto? — Ele a chamou do jardim.

"O que seria agora?", pensou Debs, e lavou as mãos.

Saiu e deu de cara com ele, a americana da casa vizinha e um homem de cabelos pretos ondulados, penteados para trás. Destacava-se de Allen, de rosto bochechudo e olhos empapuçados e cansados. Sentiu a palma das mãos fria e úmida.

— Querida, esses são Suzy e Jez, da casa vizinha — disse Allen. — Acabaram de me dizer que quarta-feira é dia de coleta de lixo reciclável.

— Já nos vimos! — Suzy disse, acenando para Debs. — Olá, como vai?

— Bem, obrigada — Debs gaguejou.

— Debs, este é Jez. — Suzy apontou para o marido. Ele era tão bonito que Debs mal podia encará-lo. Nunca tinha encarado homens como ele, no caso de acharem, por um segundo horrível qualquer, que pudesse estar flertando com ele. Era mais difícil lidar com a ideia do desprezo deles do que com sua pequenez.

— Olá — ele disse. Era inglês, de voz profunda e sincopada. Lançou um sorriso educado para ela, mal registrando sua feição.

— Escutem, vocês devem aparecer para um chá — Suzy disse. — Vou convidar Callie, ela mora do outro lado da rua.

— Ah, sim — Debs disse. — A moça que trabalha com efeitos sonoros.

— Efeitos sonoros? — Suzy perguntou. — Ah, não. Quer dizer, ela fazia...

— Ah, acho que ela disse que ia começar a trabalhar na próxima semana... — Debs disse. Por que essas pessoas simplesmente não a deixavam em paz? Ela estava ficando confusa de novo?

A fisionomia da mulher mudou um pouco.

— Acho que não.

Debs a encarou.

— Venha, querida. Prazer conhecê-los — Allen disse, sorrindo para Suzy.

Suzy e Jez se dirigiram ao portão da casa deles, ele fazendo um sinal educado com a cabeça.

— Tudo bem, querida? — Allen perguntou.

Debs lhe deu um beliscãozinho no rosto.

— Mais ou menos. Levei um tombo e bati o joelho, mas está melhor agora.

— Ah, que coisa! — Allen lhe deu um tapinha no braço.

Quando Allen se curvou para colocar a sacola de críquete no chão, ela notou um pedacinho do bule Burleigh junto da porta do porão. Ah, céus! Deve ter caído da sacola plástica que tinha levado ao porão, para escondê-la embaixo das tábuas do assoalho. Tomou a frente, rapidamente, antes que ele se levantasse, pegou o caquinho e o enfiou no bolso da calça.

Capítulo 8

Suzy

— Hum, bem, pelo menos não parece que eles vão dar festas barulhentas... — Suzy disse, ao fecharem a porta de casa.

— Quem? Os duendes? — Jez resmungou.

— Jez! — ela riu, batendo no braço dele. — Não diga isso. Os meninos vão ouvir e repetir.

Jez piscou para Henry, que deu um risinho contido, feliz por ser incluído na brincadeira.

— Ela parece meio fora do ar mesmo. Acha que Callie trabalha.

— Foi o melhor restaurante de todos! — Henry gritou, correndo escadas acima para brincar em seu quarto, segurando um balão que a garçonete lhe dera.

Suzy sorriu.

— Sim, foi ótimo. Obrigada.

— Ótimo — Jez disse.

Eles se entreolharam por alguns minutos e...

O telefone de Jez tocou, estridente.

— Um minuto — ele disse, respondendo à chamada. Desapareceu na sala da frente, fechando a porta.

Deus, ela poderia jogar aquele telefone pela janela! Ele irrompia na vida deles a toda hora, todo dia, trazendo notícias ou recados que levavam Jez para longe. Quem estaria ligando para ele num sábado?

Suzy acompanhou Peter e Otto até a cozinha, tentando não pensar mais no assunto, e arrumou o trenzinho para eles. As coisas estiveram melhores esta manhã e ela não queria estragar nada. Tudo bem, Jez só voltou do encontro com Don Berry às 4 horas da manhã, e, tudo bem, ele acordou Otto ao bater a porta, embriagado, e então deixou que ela se virasse com o choro do pequeno. Porém, desde que se levantou, estava de muito bom humor. Até tinha lhe enlaçado pela cintura enquanto falavam com o casal vizinho, de um modo que curiosamente a fazia recordar daquele dia no lago, no Colorado. O cheiro dele tão perto alertou seus sentidos. O cálido odor de vinho e alho no seu hálito. O peso da mão possessiva em suas costas.

Pensando bem, era bastante excitante. Algo havia mudado desde ontem.

Talvez tudo não passasse de fantasias da cabeça dela. Talvez não houvesse nada com que se preocupar afinal, pensou, substituindo a manta do sofá que Jez tinha usado como cobertor durante a noite. Quem sabe ele apenas não estivesse estressado depois de todos esses meses tentando estabelecer o tal contrato canadense e, ao discuti-lo na noite passada com Don Berry, sentira a pressão aliviar?

Suzy foi até a cozinha e preparou um café fresco para quebrar o efeito alcoólico da garrafa de vinho que haviam tomado no almoço. O calendário chamou sua atenção. Contava os dias desde o início de junho. Dez, onze... é provável que estivesse ovulando bem agora.

Abriu a geladeira, entusiasmada com planos para a noite. Lá dentro, aspargos brigavam por espaço com morangos. Havia alguns bifes na prateleira do meio e duas garrafas de vinho branco. Ótimo.

Tudo o que tinha a fazer era colocar as crianças mais cedo na cama, tomar um banho...

Jez entrou na cozinha, prestando atenção em algo que Henry estava gritando lá de cima. Suzy lançou um olhar para o rosto dele enquanto enchia o bule de café.

Espere aí! O que era isso?

Olhou de novo.

A cabeça de Jez estava num ângulo ascendente enquanto respondia a uma pergunta de Henry sobre algo relativo a planetas. Lá estava. Bem ali. Onde sua bochecha costumava afundar, uma nova camada de pele sutilmente arredondava o contorno.

Será que estaria ficando mais redondo no rosto? Quando foi que isso aconteceu?

Os olhos dela avaliaram o corpo dele rapidamente, em busca de mais indícios, e se fixaram na barriga. Ele sempre fora grande, mas ali também havia uma mudança. A camisa aparecia um pouco além do paletó.

Suzy o observava, assombrada. Como não tinha notado antes? Mas isso não a surpreendeu. Não se lembrava da última vez que tinha visto o marido nu.

Assim que ele se voltou e foi na direção dela, ela viu com mais clareza. Embaixo do queixo. Uma ligeira curva. Ela fazia com que parecesse mais velho; dava-lhe um ar vulnerável.

A ideia de um Jez idoso era consoladora. Ele, então, precisaria dela.

— Ei, querido — chamou-o com sua voz mais gentil. — Venha aqui, por favor.

Jez guardou o telefone e se aproximou dela, olhando para os meninos.

— O que foi? — sussurrou.

Ela estendeu os braços, colocando-os em volta do pescoço dele e puxando-o ligeiramente para si, sem sentir nenhuma tensão dessa vez. Apenas o calor aveludado do pescoço dele. Ao toque da pele dele, um arrepio por causa da ideia do que poderia acontecer mais tarde percorreu seu corpo. Involuntariamente, ela se dobrou na direção dele.

— O que quer fazer hoje à noite? — cochichou.

— Era Don — Jez murmurou. — O chefe dele no banco dará uma festa hoje à noite em Hertfordshire. Ele acha que eu poderia fazer alguns contatos por lá. O cara nos convidou para passar a noite e jogar golfe amanhã.

Ela o tinha perto e, por fim, reconheceu a tensão familiar nos músculos dele. Nunca tinha passado, fora o vinho que amenizara a vontade dele de afastá-la. Em vez disso, ele estava pacientemente nos braços dela, esperando que ela o soltasse. Para que pudesse sair de novo.

O almoço não tinha sido para ela. Tinha sido para os meninos.

— Está certo, querido — disse, baixando os olhos. — Se acha que é uma boa ideia. Pode servir o café? Vou ao banheiro.

Com o rosto fervendo, Suzy subiu as escadas correndo, entrou no quarto e fechou a porta.

Sentou-se na cama, a cama onde tinha dormido sozinha na noite anterior enquanto Jez se deitara, embriagado, no sofá, lá embaixo. Nada de posição fetal. Ela o encontrara pela manhã, de costas, roncando, com os braços estendidos como um rei.

Seja forte, disse a si mesma. Seja forte. Não lhe dê um pretexto cômodo para ir embora.

O tempo estava passando. Primeiro, ela tinha que fazer uma Nora. Nora faria tudo ficar bem. Uma filha o amaciaria. Uma garotinha fofa quebraria a armadura dele.

Enquanto isso, ela teria que fazer de tudo para se preparar para o pior. O pai de Jez já a olhava como se ela cheirasse mal. Imagine o que não pediria aos colegas de clube para fazerem a ela no processo de um divórcio!

Não, ela precisava de uma prova, para o caso de Jez de fato ir embora, de modo a proteger seus filhotes.

Suzy pegou o próprio celular e, finalmente, fez o que tinha adiado o dia todo. Ela digitou um número.

Capítulo 9

Callie

— Se eu faço isso, parece que estou num avião.

Rae está num poste do rinque de patinação do estacionamento, com os braços bem abertos e o vento batendo no rosto.

Desse ângulo, poderíamos estar à beira de um rochedo. Abaixo de nós está Londres, a dez quilômetros. A Roda Gigante do Milênio e Gherkin parecem miniaturas a essa distância.

Foi ideia de Rae virmos ao Ally Pally esta noite. É o lugar preferido dela. Quase berra de prazer ao fazer com cuidado a meia corrida, que a ensinei, no terraço de pedra diante do palácio. É um pouco tarde para estarmos aqui. Nos sábados à noite, as famílias que visitam o rinque de patinação e o lago de patos são substituídas por grupos de jovens com cachorros, que se encostam nas grades das escadas de incêndio das laterais do palácio, a música alta irrompe dos carros, e eles ficam observando as pessoas que passam por ali. Mas ainda está claro o bastante para nos sentirmos seguras. Um lindo céu prateado paira acima de nós.

Ando atrás de Rae, cuidando dela como sempre. Ela sai correndo, de um a outro poste de luz vitoriano e pelas calçadas da frente da fachada de tijolos do palácio, contando as gárgulas leoninas das paredes. Diante de um par de portas azuis, grandes até para um gigante, ela implora que eu a erga para ver, atrás das janelas do portal, o salão de bailes vazio. Em alguns lugares, não há nada atrás. As grandes janelas em arco estão sem vidro, como num cenário de cinema, com os pássaros voando através delas. O interior do palácio há muito foi destruído por um incêndio. Só sobrou a fachada. Tudo fora devastado por um único acontecimento catastrófico.

— Posso olhar ali, mãe? — Rae grita, apontando um telescópio.

Em geral, ela sabe que não podemos gastar 50 *pence* em algo supérfluo, mas hoje é especial. Sento-me no muro ao lado dela e olho em volta.

Algumas crianças andam em seus patinetes, aos gritos, seguidas dos pais. Um corvo negro voa das escadas e paira sobre o parque.

Meu muro. Nosso muro. Onde nos sentamos centenas de vezes.

Enquanto Rae vira o telescópio para um lado e depois para outro, me lembro do mês em que me mudei para cá, vinda de Tufnell Park.

É engraçado. Nem sabia da existência desse palácio na época. Primeiro, topei com ele por acaso, claro, sem perceber que se tratava de uma edificação e não apenas de um parque. Depois de uma tarde seguindo calçadas íngremes colina acima, com Rae num carrinho, tentando abandonar a dor de me separar de Tom, subi ofegante até o topo e lá estava ele. Essa linda casca antiga de um palácio, com vista para a cidade lá embaixo. Desde então, quando as paredes do meu apartamento se fechavam sobre mim, irrompia porta afora como um mergulhador à procura de ar, empurrava o carrinho até aqui e me sentava por uma hora, com Rae enrolada num cobertor, quentinha. Não que isso espantasse a solidão. Mesmo quando atletas treinados corriam a toda velocidade pelas colinas quase verticais na minha direção, inspirando com força, e quando grandes grupos de turbante e véus passavam por mim, mostrando para as famílias visitantes a vista da cidade, eu me sentia mais comigo mesma do que nunca, aqui em cima. Olhava os famosos pontos de referência de tão longe que poderia muito bem voltar para a fazenda em Lincolnshire e sonhar com eles.

— Mãe?

Eu me volto e vejo Rae lutando contra o peso do telescópio, piscando muito para focar os olhos.

— Deixe comigo — digo, levantando-me para ajudá-la. — Você está vendo aquele prédio que se parece com uma grande vareta? — pergunto, colocando o telescópio na direção Oeste, segurando-o para ela. — É a Torre do Correio.

— Hum...

— Fica perto de onde estarei na segunda. Então, não é longe.

Digo isso para tranquilizá-la, mas a verdade é que mal posso acreditar que na segunda-feira estarei de volta ao centro.

Rae dá de ombros, pula e nós nos sentamos de novo no muro.

— Eu e Hannah brincamos de tomar sol na escola. Deitamos no chão e fingimos que estávamos de óculos de sol.

— É mesmo? — Sorri. — Quando, na sexta, quando estava sol?

— Não, no dia depois de ontem — ela respondeu.

Dou uma gargalhada. Ela se parece com Tom, com sua noção de tempo trocada. Rae me olha, confusa, mas mesmo assim se junta a minha gargalhada, satisfeita de ter feito uma piada. Observo-a. É uma pena que pouca gente a veja rindo. Tem um riso baixo, como o cachorro Muttley, empurrando o ar pelos dentes com um barulho como "xi, xi, xi". Abraço-a e a puxo para mais perto de mim.

— E onde estava Henry?

— Ele estava na sala do Sr. McGregor porque ele bateu no Luke — ela conta.

— É mesmo? — Estou tão feliz que Rae tenha começado a fazer outros amigos. Agora, nós duas estamos tentando. É estranho que Suzy não tenha me contado sobre Henry. — Ele bate em você? — pergunto.

— Não — ela responde. — Henry diz que vai se casar comigo.

No caminho de casa pegamos nossas batatas fritas de sábado à noite e caminhamos pelas avenidas tranquilas, partilhando-as. Fica tão calmo aqui, à noitinha. Cortinas fechadas. Crianças sem chorar. Cachorros sem latir. A penumbra da noite de verão é iluminada por uma série de pequenas lâmpadas que as pessoas têm na frente das casas, para ajudá-las a enxergar a chave e para receber visitas.

Quando chegamos em casa, não há lâmpadas de boas-vindas. Nosso senhorio não instalou uma e eu não consigo fazer isso sozinha. De qualquer modo, não recebemos, mesmo, muitas visitas.

Apresso Rae a entrar e tento não pensar nisso.

Rae corre para o quarto sem que eu mande. Parece que a cada semana ela se torna capaz de fazer algo novo e mais difícil, coisas que eu e Tom achávamos que ela jamais faria. No carro, ela põe o cinto de segurança sozinha. De manhã, ela pegou alimentos das prateleiras do supermercado e os colocou no carrinho. Agora à noite, quer cumprir sua nova ocupação favorita de se aprontar para dormir, enquanto eu me sirvo de um cálice de vinho da segunda de três belas garrafas que consegui comprar em uma promoção (uma é para a vizinha e a outra é para Suzy, que vai chegar mais tarde).

— Mãe, estou pronta! — Rae grita do quarto. Vou até lá e a encontro sentada na cama, a luminária de fada já acesa, o livro preferido do Dr. Seuss pronto para ser lido sobre o edredom, que Suzy lhe deu no Natal, cheio de bordados de princesas. Rae me olha de modo desafiador. Está de novo usando uma das camisetas de Tom, e seus cachinhos loiros caem sobre ela. Ela tem uma gaveta cheia de pijamas e camisolas, mas insiste em revirar as prateleiras dele toda vez que fica com ele no apartamento do Tufnell Park. Hoje, se diverte com uma velha camiseta vermelha do Clash, que pende de seus ombros. Retraio-me momentaneamente diante da visão de Paul Simonon esmagando um baixo sobre o pequenino corpo dela. A memória de Tom usando-a num show em Camden. Do corpo dele, com a camiseta, quente e úmido de dançar na pista lotada. Dele me olhando com seus olhos sonolentos e relaxados, depois me envolvendo nos braços, onde pousei os lábios em sua pele bronzeada, me sentindo protegida do aperto da multidão.

Tenho tentado convencer Rae a vestir algo quente à noite, mas vejo na fisionomia dela que está determinada. Então, não aguento: inclino-me e, por um segundo, afundo o rosto na camiseta, só para recordar. Rae beija a minha cabeça e me abraça um pouquinho.

— Amo você — digo, beijando-a também e apagando a luz.

Ela se vira e adormece antes que eu saia do quarto.

As noites de sábado são as piores.

Uma época, antes de Rae, eram as noites esperadas depois de um dia dormindo para descansar da longa semana de trabalho. Como vampiros, Tom e eu surgiríamos de uma confusão de lençóis quentinhos, jornais e pernas, para ir a Islington, Soho ou Camden, dependendo de quem fossem os amigos que nos acompanhariam. Tudo o que Tom precisava era de algumas horas. Então, os níveis de energia que o sustentavam pela mais tortuosa das filmagens da semana se elevariam muito novamente, à medida que me conduzia, e a todo mundo, a longas horas de uma noite que poderia simplesmente terminar num clube em Camberwell ou numa praia em Brighton. Com Tom, era tudo de improviso. Só sabíamos que a semana tinha terminado se as coisas saíssem à maneira dele: com comemoração, bebida, brincadeira, gritos, risos e, depois, ele estava pronto para um novo amanhecer na segunda-feira.

Agora temo as noites de sábado. Tenho muito medo delas.

Olho pela janela. Não há nada. Não há nada na Churchill Road que indique alguma diferença entre uma sexta ou uma segunda à noite. Apenas sei que é diferente. Sei que, por trás dessas cortinas, os casais estão sentados, ombros e pernas se tocando nos sofás, estão bebendo vinho, assistindo a um DVD; outras pessoas já saíram para passar a noite com amigos em uma cidade que sempre amei, mas que não conheço mais.

Uma vez, em desespero, quando Tom ficou um fim de semana com Rae, até sugeri para Suzy que fôssemos ao Soho tomar um drinque. Ela, porém, disse que não podia deixar Jez sozinho com os meninos e que não confiaria numa pessoa estranha como babá. Então, isso nunca aconteceu.

Ando pelo apartamento, impaciente.

Onde está Suzy, afinal? Ela viria às 9 horas da noite, e já são 9h40.

Já estou na segunda taça de vinho. Tomo mais um gole.

O que mais me preocupou esta semana foi a possível reação de Suzy em relação as minhas novidades. Ambas sabemos que, com isso, a deixarei sozinha. Nunca pedi que ela ignorasse os pais da escola, que claramente me deram as costas. No entanto, ela fez isso mesmo assim. Então, agora, por minha causa, não vai haver mais ninguém para patinar com ela, para nadar ou conversar tomando café neste cantinho solitário da cidade, durante esses dias da semana que se espicham infinitamente.

A questão é que me lembro de como é.

Suzy um dia me contou, logo depois de se mudarem, que Jez achou que talvez tivesse se enganado ao sediar sua consultoria em comunicação em Londres. À época, Rae e eu íamos para Northmore quase toda semana fazer check-ups depois da segunda cirurgia dela, a grande cirurgia, antes de começar a escola. A ideia de saber que talvez um dia eu tivesse que chegar do hospital sem ter o abraço recente, mas já bem-vindo, de Suzy, do outro lado da rua, me atirava numa noite de sonhos agitados com minha nova amiga, desesperadamente bem-vinda, já tendo partido e com sua casa tendo sido substituída por uma venda de peixe com fritas.

Olho para o relógio de novo. Onde ela está? Deixando o vinho, vou até meu quarto para vasculhar o guarda-roupa com a vã esperança de encontrar algo para vestir para o trabalho na segunda-feira. Pesarosa, lembro-me de tê-lo fuçado uma tarde, anos atrás, depois da notícia de que Guy não poderia mais estender minha infinita licença-

-maternidade. Então, chorosa, coloquei na cama uma trouxa de minhas roupas de trabalho, cuidadosamente escolhidas, separando--as para o e-Bay, e sobrou apenas uma pilha dobrada: camisetas, jeans e um casaco acolchoado. Não muito apropriado para um escritório de design no Soho, onde a imagem é tudo. Ótimo para o parquinho.

Mentalmente, calculei quanto meu pai havia me enviado para a natação de Rae. Poderia comprar algumas roupas no shopping de Brent Cross, depois devolver a quantia com meu primeiro pagamento. Seria errado fazer isso?

A ideia de voltar ao escritório de Guy, na segunda-feira, causa uma reviravolta em meu estômago.

O interfone toca. Suzy. Graças a Deus. Deixo o pensamento de lado e abro a porta.

— Oi, querida. Não posso ficar muito — ela diz, entrando rapidamente. — Jez acabou de colocar Peter na cama sem passar a pomada para eczema.

— Ah, não! Chame a polícia — eu digo, acompanhando-a até a cozinha.

Ela finge me socar no braço.

— Pare com isso!

— Uma taça de vinho? — pergunto.

Ela concorda, indicando meia taça. Andando pela cozinha, meu corpo está tenso por causa da difícil confissão.

— Então... — ela diz, discretamente verificando o celular. — O que há de novo?

— Suze — digo, estendendo-lhe a taça. — Me desculpe, mas tem uma coisa que há dias estou querendo lhe contar...

Ela parece alarmada.

Inspiro.

— Vou voltar a trabalhar. Na segunda. No meu antigo estúdio.

Ela dá de ombros, de leve, e coloca a mão sobre a boca. Depois, cobre os olhos.

— Desculpe — digo, franzindo o rosto. — Mas eu precisava.

De repente, ouço-a soluçar.

O que está fazendo?

Soluça de novo.

— Suze! — exclamo. — É só uma tentativa para ver se ainda consigo... E vou estar aqui no final de semana, e...

Ela levanta o rosto. Levo um horrível instante para perceber que está sorrindo.

— Eu sei, sua filha da mãe... — ela diz, fingindo me bater no braço. — A vizinha nova me disse.

Ela vira os olhos de modo cômico para enfatizar como isso foi ruim. Já sei.

— Ah, meu Deus, desculpe! Não sei por que contei a ela.

— Olhe, não se preocupe. Acho ótimo.

— Mesmo?

— Claro. Achava que você estava meio pra baixo. E a Rae?

— Ela vai ficar para as atividades depois das aulas.

— Mesmo? E o que Tom acha disso?

Faço uma careta.

— O que você acha?

— Quer que eu fique de olho? — pergunta.

Ela, mais do que qualquer pessoa, sabe como é difícil para mim... deixar Rae.

— Obrigada... — Deixo a taça de vinho sobre a mesa e a abraço. — Não sei o que faria sem você. — Tento ignorar a hipocrisia de minhas próprias palavras.

— Ah, não seja por isso. — Apesar de viver aqui há mais de dois anos, Suzy nunca parou de responder como uma americana a cada "obrigada" que recebe, e, às vezes, tenho vontade de dizer a ela que pare, porém não digo. — Sei que faria isso por mim.

Por alguma razão, não quero parar aí. Sinto que devo algo a Suzy. Tenho que me meter.

— Você nunca pensa em fazer algo diferente, agora que as crianças estão mais velhas... como trabalhar, estudar ou qualquer outra coisa?

Percebo que não sei o que ela fazia antes das crianças. Acho que conheceu Jez quando era funcionária temporária num escritório em que ele trabalhava, em Denver.

Sua expressão muda.

— Não — ela diz. — Meu Deus, não! Mesmo. Só quero ficar disponível para as crianças, Cal. É importante para mim.

Uma imagem de Rae surge em minha cabeça: ela está saindo da aula, na segunda-feira, não para os meus braços, mas para o final de uma fila de crianças exaustas levadas pelo professor da tarde para outra sala abafada, mergulhada em mais barulhos caóticos e germes, onde irão esperar até que pais tensos saiam do metrô para pegá-las às 6 horas da tarde.

— Olhe, não se preocupe comigo. Saúde! A você! — Suzy diz, erguendo o copo. — Boa sorte, querida, você sabe que vou sentir sua falta.

De repente, não quero mais o vinho. Ela me olha, curiosa.

— O que foi? Está nervosa por causa do trabalho?

— Incrivelmente — digo. — Na verdade, estou magoada, mas não sei bem por quê.

Ela observa a tela do celular.

— Ah, droga! — diz.

Jez provavelmente não consegue achar as fraldas. Quatro minutos, calculo. Deve ser um recorde. A garrafa de vinho está no balcão da cozinha e nem chegou à metade.

— Preciso ir — ela diz. — Escute, me telefone se estiver preocupada. E não fique nervosa, sei que se sairá bem!

Não, não sabe, penso. Não tem ideia nenhuma se vou me sair bem porque nós nunca conversamos direito sobre o meu trabalho. Nem sei se você sabe o que um engenheiro de som faz e com certeza não sabe o que precisei fazer para me tornar uma. Porque você nunca me perguntou.

Mas eu a abraço mesmo assim, sabendo que deveria estar grata por ela ter a consideração de me dizer isso.

Ao sair, ela se volta um instante.

— E como era ela?

— Quem?

— A vizinha.

— Bem simpática, na verdade. Ela deu a Rae um brinquedinho, sobre o qual lhe conto outra hora. E vou pegar um livro emprestado dela, ela tem vários — contei.

— Talvez eu devesse convidá-la para um café — Suzy murmurou.

— Entendi... saio cinco minutos e você já está me substituindo — digo, tentando soar alegre.

— Você acha que ela gosta de spas? — ela pergunta, dando uma piscada engraçada. Se eu fizesse isso pareceria boba. No entanto, Suzy se parece com uma modelo de capa da *Vogue*, toda misteriosa e loira, cílios longos e claros, sexy com seus lábios carnudos.

Fico à porta, observando-a.

Sou tomada por uma estranha sensação. Sinto-me como na descrição que as pessoas fazem quando percebem que o avião com seus entes queridos vai cair. À medida que Suzy dá o primeiro passo na rua, rumo à calçada, tenho ímpetos de gritar que não vou voltar a trabalhar. Que iremos ao The Sanctuary, na próxima semana, para receber massagens com óleo de sândalo e lótus na pele.

Porém, não o faço.

Pois tenho que me distanciar dela, só um pouco. Está na hora.

Então, permaneço no lugar enquanto ela entra por seu portão. A porta da frente se abre e lá se foi ela.

Olho para cima. O céu prateado se oxidou e se tornou preto. Uma brisa me faz tremer. A previsão do tempo dizia que vinha chuva.

Capítulo 10

Suzy

Suzy abriu a porta de sua casa e entrou. Assim que a fechou, afundou os ombros e enrolou-se no casaco.

Então, não era um engano. Uma bola de pressão subiu em seu peito como um elevador em alta velocidade. Prendeu a respiração por um minuto, tentando contê-la. Não havia nenhum barulho.

Subindo na ponta dos pés, para não acordar as crianças, ela passou pela parede com a foto dos três meninos feita num estúdio. Pesarosa, afastou-se. Ainda outro dia, sua nova faxineira, Clara, tinha comentado como a foto era bonita. Ela tinha concordado, conservando a verdade para si: que o sorriso largo de Henry tinha passado pelo Photoshop, tendo sido retirado da última de 50 fotos, depois de ele ter gritado em todas as outras porque Jez não tinha aparecido no estúdio. Trânsito, Jez alegara. Ela duvidara. Afinal, sabia que ele tinha odiado essa ideia. "Um pouco brega, não?", resmungara quando ela lhe contara que tinha marcado a sessão. Então, em vez dos cinco, estavam apenas os três. Claro, ela poderia estar na foto também, mas a imagem de uma mulher sozinha com três meninos era tentar demais o destino. Se alguém olhasse a foto bem de perto, poderia ver a vermelhidão inchada das bochechas de Henry sob um sorriso comprado com uma barra de chocolate que o fotógrafo tirou de uma gaveta sem pedir a ela, sem dúvida porque havia chegado ao limite da paciência.

Suzy chegou ao topo da escada, pegou o telefone sem fio que deixara no quarto dos meninos e desligou-o. Desligou o do seu quarto também e, rapidamente, verificou os corpos adormecidos. O choro baixo que ouvira no celular, na casa de Callie, deve ter sido de um deles choramingando no sono. Sentou-se, passando os braços pela cintura e balançando-se para frente e para trás. Callie. Ah, não. Callie.

A ideia dos próximos dias vazios, assim como de suas noites vazias, estava acima do que poderia suportar. Para sua vergonha, tinha deixado Henry acordado até às 9 horas esta noite para não ficar sozinha, arriscando o inevitável acesso de raiva dele por estar cansado demais.

Há quanto tempo Callie vinha planejando isso? Ruminou sobre os últimos meses. Claro, tinha notado que ela andava inquieta, mesmo antes de Rae começar a ir à escola, em setembro. Por isso tinha planejado tantas coisas para fazerem juntas. E quando Callie parecia preocupada ou chateada, ela tinha feito de tudo para ser uma boa amiga: a ouvia, a abraçava, a fazia rir. Uma vez, só uma vez, quando Sasha tinha ligado e deixado uma mensagem de flerte no telefone de trabalho de Jez, ela quase confessou para Cali os problemas em seu casamento, mas percebia, pelos olhos dela, que não conseguiria aguentar muito mais estresse. Instintivamente, sabia que Callie precisava que fosse forte. Então, o que tinha dado errado?

Gemeu em silêncio. E agora isso, além de tudo o que estava acontecendo com Jez...

Seu marido, o mistério. Fora de novo pela quarta noite.

O telefone tocou. Pegou-o. Era uma mensagem de Vondra dizendo que recebera a mensagem de Suzy e que ligaria às 9h30.

Suspirou. Então, estava na hora.

Recentemente, Vondra lhe fizera um monte de perguntas sobre seu relacionamento com Jez. Tudo se revirara em sua cabeça.

— Ele já era assim quando se casaram? — sondara com gentileza, olhando Suzy por cima de uma xícara de chá em um café de trabalhadores em King's Cross, seus olhos doces cheios de simpatia.

— Sim — Suzy foi forçada a admitir. Todos os indícios já estavam ali, bem óbvios, não poderia negar isso nem para si mesma. Os pais dele eram diplomatas britânicos, que se mudavam todo ano da Síria para o Malawi, depois para Taiwan, e deixaram Jez em um internato desde os 7 anos. As aventuras primitivas e violentas que aconteciam nessa escola, contadas a ela enquanto se enroscava nos braços dele nos primeiros meses, no Colorado. As fogueiras no meio da noite nos bosques da escola; ser amarrado pelos pés e amarrar os outros do lado de fora das janelas dos dormitórios. Colocar pessoas dentro de caixas e erguê-las em prateleiras por terem sido "umas mariquinhas". O ritual de entoar cantos diante de estranhos times esportivos dos quais ela nunca ouvira falar. Tudo parecera tão excêntrico, tão exoticamente inglês.

Foi quando, finalmente, chegaram à Inglaterra, ela revelou a Vondra, que percebera o engano. Na maneira de Jez falar de modo tão educado e prudente com seus pais, que, diante das tentativas calorosas dessa nova esposa americana mal escondiam a repugnância por ela ter roubado o filho de alguma moça inglesa. E os amigos de Jez, da escola e da universidade, que se comunicavam com ele aos sussurros, esnobes, em códigos secretos carregados de piadas mordazes que só eles compreendiam. Ela, de repente, percebeu que Jez não tinha intimidade com ninguém. De que outra maneira poderia viver e fazer contratos em Denver por três meses, depois Melbourne, e depois Hong Kong? Não. Não havia desculpas. Tudo esteve sempre ali, à mostra desde o início. Ela só não queria enxergar.

A pressão agora crescia tanto em seu peito que teve que se levantar para respirar. Antes que pudesse se reprimir, viu-se indo direto para o banheiro e abriu a porta do gabinete. As lâminas que Jez conservava no alto da prateleira, longe do alcance de Henry, estavam inocentemente dentro de sua caixa de papelão. Se fechasse os olhos, conseguiria imaginar o corte preciso na pele da parte interna da coxa, e sentiria o alívio da pressão escapando pela incisão.

— Droga! — exclamou.

Um zumbido alto irrompeu no silêncio do banheiro. Suzy sentiu o telefone vibrar no bolso da calça jeans e o pegou. O número indicava "particular".

— Alô? — respondeu rapidamente.

— Suzy? Oi! É a Vondra — disse a voz animada de uma mulher com um suave sotaque jamaicano.

— Oi, querida — Suzy disse. Sentou-se no vaso. Bem, tinha ido atrás dela, agora tinha que aguentar.

— Está pronta, meu amor? — Vondra perguntou.

— Hum — Suzy respondeu, apoiando o outro braço nas pernas e se inclinando para frente.

— Bem, acho que não é nada bom. Esperei na Churchill Road. Imaginava que ele fosse virar à direita na direção de Hertfordshire, pela A10. Ele, na verdade, pegou a esquerda, na direção do centro...

Suzy suspirou, quieta.

— Tudo bem, amor? Escute, eu o segui. Ele foi direto para o Soho. Parou o carro num estacionamento na Wardour Street e foi até o Jack's. Você conhece?

— Não — Suzy responde.

— É um clube privê na Frith Street. Ele entrou lá há cerca de uma hora e ainda não saiu. O que mais você acha que precisa me perguntar?

Suzy reuniu coragem.

— Você sabe o que preciso ouvir, Vondra.

— Sasha? Você precisa se lembrar de que só tenho a foto do site do seu marido. Pelo que pude ver, e estou aqui fora faz uma hora, ela definitivamente não entrou. O que não posso jurar é que já não estivesse lá antes de eu chegar.

Suzy assimilou isso. Ela só se encontrara com Sasha uma vez, numa festa para os clientes de Jez, à qual ela insistiu que ele a levasse; no entanto, a fisionomia da jovem ficou guardada em sua memória: os olhos de corça com longos cílios que procuravam Jez, ansiosos, quando ele falava, sem se importar de voltá-los para Suzy; o rabo de cavalo frouxo e capcioso com que brincava, devagar, sobre o ombro bronzeado; a boca que suavemente fazia beicinho ao bebericar o vinho.

Suzy já tinha visto esse tipo antes, em Denver. O tipo de mulher que gostava de Jez, em geral, não fazia questão de disfarçar, e eram muitas.

Sua coxa latejava por atenção. Não, pensou. Não desde a noite que descobrira estar grávida de Henry, e nunca mais. Jez não a faria fazer isso.

— Bem, querida, posso ficar aqui o quanto você quiser. O que quer que eu faça?

Suzy pensou.

— Esse clube tem quartos? Eles poderiam ficar aí a noite toda?

— Acho que sim, querida — Vondra respondeu. A gentileza da voz dela fazia Suzy ter vontade de chorar. Ela sabia o que Vondra tinha passado com o próprio marido errante e como ter esse negócio significava mais do que uma forma de ganhar dinheiro. Na primeira vez que Suzy ligou para ela, nervosa e prevenida, Vondra a escutou por meia hora. No encontro no café, Suzy falou por duas horas, acalentada pela voz afável da mulher e pelas expressões de preocupação que povoaram seu rosto.

— Suzy, você sabe que estou à disposição. E fico aqui até descobrir o que você precisa saber.

Pensou por um minuto.

— OK, dê a ele mais uma hora. Veja se ela aparece.

— Está bem. Outra coisa, Suzy: andei verificando os extratos bancários que você me pediu... Você conhece uma Flock Ventures?

— Hã... — disse Suzy, perscrutando a memória. — Parece familiar, mas... não, não conheço. Ele não me deixa chegar perto dos negócios. Por quê? É importante?

— Talvez. Talvez não — Vondra respondeu. — Nada com que se preocupar por ora. Escute, amor: vá tomar um bom banho quente e relaxe. Vamos até o fundo disso e tudo ficará bem. Lembre-se do que lhe disse. Não importa o que aconteça, você vai retomar o controle. — Ela aumentou o tom, numa espécie de entoação, como numa reza na igreja. — E isso, minha querida, é o que nós mulheres temos que ter!

Dez minutos depois, Suzy foi escovar os dentes com as palavras de Vondra ressoando na cabeça. Viu as lâminas, deu uma cusparada de espuma de pasta de dente na pia, fechou a porta do gabinete e foi para a cama.

Dobrou bem os joelhos junto ao corpo e tentou fechar os olhos. Porém, a imagem de onde Jez estava agora, o que estava fazendo, fez ela arregalar os olhos de novo e soltar um gemido involuntário.

Sentando-se, saiu da cama e olhou pela janela do quarto. A luz de Callie brilhava de leve em sua sala de estar.

Jez a estava deixando e Callie ia voltar a trabalhar.

Deitou em silêncio na cama de Henry, aconchegando-se junto do corpinho adormecido do filho.

Domingo

Capítulo 11

Callie

Tinha me esquecido de como fazer compras pode ser divertido. Vindas de Brent Cross, Rae e eu chegamos em casa no domingo à tarde com sacolas de compras que encheram o hall, enquanto eu pegava a chave prateada do nosso apartamento.

Assim que coloco a chave na porta e a viro à esquerda, percebo alguém atrás de mim. Viro-me e dou de cara com a mulher da Somália, que aluga o apartamento de cima, entrando atrás de nós, com uma sacola plástica cheia do que parece ser carne enrolada num papel branco e um maço de legumes arredondados que eu não reconheço.

— Olá! Como vai? — pergunto, acenando com a mão, já sabendo que não adianta perguntar.

Ela acena de volta e toca a bochecha de Rae, olhando-a com olhos grandes e gentis.

— Ah! — diz, sorrindo.

Rae encara a barriga da mulher, que está grávida, e depois me olha, indicando-a para mim com os olhos. A mulher ri e levanta a mão, mostrando quatro dedos. Acho que isso significa que faltam quatro meses. Entretanto, pode também significar que ela está grávida de quatro meses. Balanço a cabeça e sorrio, erguendo o polegar em sinal de boa sorte.

Tentei saber o nome dela quando nos encontramos pela primeira vez, mas ela me lançou palavras em árabe em sua linda voz cantante e eu não consegui entender qual delas era seu nome. Dei uma olhada na caixa de correio uma vez e concluí que, provavelmente, seja Nadifa, mas como não foi essa uma das palavras que me disse, tenho medo de falar e esse ser o sobrenome dela. Agora, parece tarde demais e muito mal-educado perguntar de novo.

Então, penso comigo mesma, com uma sensação de fracasso que me irrita: é provável que a vida da gente passe uma pela da outra sem nenhuma conexão além do nome da rua, como a mulher das jardineiras de ferro batido.

A mulher acena e toma o rumo das escadas, com o longo vestido fazendo ruge-ruge a seus pés, seguindo o marido, que também sorri, mas nunca me olha. É um mundo sobre o qual nada sei, além dos passos macios sobre meu teto e eventuais odores culinários interessantes que se infiltram pelo meu apartamento, deixando-me com saudade de algo que nem compreendo.

— Você pode experimentar seus vestidos agora, mamãe? — grita Rae ao entrar correndo pelo apartamento. Ela adorou Brent Cross; agarrava centenas de artigos diferentes nas lojas e gritava "Que tal este, mamãe?", até eu pedir que parasse, pois as balconistas já estavam ficando bravas. Ela também me convenceu a me maquiar na John Lewis e agora minha cara está esquisita, com camadas de uma base espessa. Fazia tanto tempo que não usava maquiagem que me sinto como se tivesse sido pintada com lápis de cor.

— Está bem, vamos lá! — Sorrio. Preciso de uma xícara de chá, mas, para ser sincera, é melhor não prepará-la. Toda vez que paro e me imagino andando pelo estúdio de Guy, no Soho, amanhã, sinto uma dor aguda de nervoso no estômago.

Vamos direto para meu quarto e dispomos as coisas novas sobre a cama. Há dois vestidos, dois jeans bem cortados e escuros, sandálias e alguns cosméticos. Essas compras têm o efeito de flores: enchem o quarto com um perfume novo, fresco, e com cores novas.

— O brilhante primeiro — Rae diz, pulando na cama. Está com os óculos de sol cor-de-rosa e um pirulito na boca que comprei para ela por ter se "comportado bem".

Tiro minha camiseta e pego um vestido prateado. Voltei três vezes à loja antes de ter coragem de comprá-lo. As lantejoulas prateadas lhe dão um efeito de milhares de minúsculas lâmpadas. Passo o vestido com cuidado por cima do rosto maquiado, apreciando o cheirinho de química de uma roupa recém-fabricada e a sensação de como ela adere no meu corpo, o bom caimento, ao contrário de minhas camisetas velhas.

Rae se afasta e me encara.

— O que foi? — pergunto.

— Não sei — responde, parecendo intimidada.

— O que foi? — repito, com mais ênfase.

Ela dá de ombros, chega mais perto e se joga em cima de mim, puxando meus braços em volta dela.

Olho no espelho e vejo por que ela ficou quieta. Estou completamente diferente.

Com surpresa, reconheço essa mulher. Estou diante de mim, antes de Rae. Pisco bastante, focando o olhar por trás do rímel pesado.

— Você está toda iluminada — Rae finalmente deixa escapar.

— Hum — digo. Não tenho certeza se gosto que ela me veja assim. Sei o que está pensando. Que a mulher do espelho está me levando embora.

— Tudo vai dar certo, sabe — digo, enquanto ela se levanta e se enrola silenciosamente no meu pescoço. — Olha, Hannah vai ficar nas aulas extras, vai ser divertido, e eu vou estar no trabalho, então vamos ter mais dinheiro pra fazer coisas legais, como viajar nas férias, talvez.

— Posso dar uma festa se a gente tiver dinheiro? — sussurra em meu ouvido. — Uma bem grande, para toda a classe?

— Bem... — Faço uma pausa. Ela só foi convidada para duas

festas da classe este ano, por pais ricos o bastante para fazer isso ou pouco à vontade para deixar alguém de fora. A ideia de que Rae possa convidar a classe toda e descubra que ninguém além de Henry deseje vir, e talvez Hannah, é muito dolorosa. — Vamos ver como vão ser as coisas, mas achei legal você pensar nisso. Espero que seus amigos saibam como têm sorte de ter uma menina como você na classe.

Levo-a para a cozinha para beber alguma coisa, depois deixo-a diante de um DVD. De volta ao quarto, me olho de novo no espelho.

Não consigo parar de olhar. Subtrai-se essa mulher pálida e cansada em roupas escuras dessa mulher maquiada e brilhante que sou agora, no espelho, e sobram cinco anos quase perdidos. Essa é a diferença. Cinco anos!

Ouço a mulher somali andando para lá e para cá no andar de cima.

Em vão, pego meu caderninho de endereços e o folheio de novo, tentando me lembrar. As amizades eram fáceis antes de Rae, desenvolviam-se com leveza e de modo significativo, desde um instante de riso na escola, ou uma longa conversa no bar depois da faculdade ou do trabalho, a um momento compartilhado numa peça de teatro bem tarde da noite.

Agora, as amizades simplesmente não existiam. Em nenhum nível. Com exceção de Suzy.

Tenho pensado muito em Suzy.

Às vezes, altas horas da noite, me sinto mal. Uma das razões de me sentir mal é que sempre soube algo sobre Suzy que nunca contei a ninguém. E que ficou claro para mim, depois daquelas poucas, intensas e atrapalhadas semanas quando nos conhecemos, que, com exceção de bebês e crianças, não tínhamos mais nada em comum. Uma olhada superficial sobre os CDs de cada uma e nunca falamos sobre música. Não temos livros a compartilhar. Suzy não tem nenhum, a não ser guias de Londres e livros de criança. Mesmo os lugares espaçosos que ambas conhecemos na infância, e pelos quais ela ainda suspira, são exatamente aqueles de onde fugi quando vim para Londres. Então, falamos de mim e dos meus problemas. E falamos da última compra dela na Heal's ou de seu carro novo. E falamos dos corredores da escola e do balanço dos parquinhos, de cólicas menstruais, e fazemos piadas sobre um relacionamento com Matt, "o cara gostoso com quem Callie deve se enrolar", o que jamais vai acontecer porque ele levaria apenas uma noite para saber que sou uma casca vazia sem nada a oferecer. Devorada por mim mesma. Incapaz de um relacionamento normal nem com a assim chamada "melhor amiga".

Venho fingindo, há um bom tempo, que não tem problema depender de Suzy e permitir que ela pense que somos muito íntimas. Porém, no silêncio da noite, sei que não está certo. Nossa amizade não é uma escolha, mas uma carência. A estrangeira americana em Londres e a mãe solitária: empatadas. Está errado apoiar-se tanto nela sem ser sincera sobre quem sou de fato, deixando que a verdade fique escondida em algum canto escuro, como um espírito maligno, à espera. Entretanto, sigo em frente porque preciso dela. Não consigo sobreviver sem ela. Ainda não.

O que torna tudo pior é que ela parece não ter a mínima ideia disso. Faltam elementos fundamentais em nossa amizade, mas ela não parece nem perceber. Está contente desse jeito.

Sim. Algumas noites me sinto bem culpada em relação à Suzy.

Olho-me mais um pouco no espelho.

Rae tem razão. Esse vestido tem alguma coisa. O brilho iridescente parece estar me iluminando. Energizando-me. Dando-me força para voltar, por fim, depois de cinco anos, para o mundo.

Preciso disso. Preciso voltar ao Rocket. Preciso disso para acertar as coisas.

A dor no estômago vem com tal intensidade que me levanto e vou atrás de algo para comer.

Capítulo 12

Debs

As crianças já estavam berrando fazia uma hora.

Debs verificou o relógio antigo do vestíbulo. Quase 7 horas. A que horas esses meninos iam para a cama num domingo à noite? Eles não tinham aula no dia seguinte?

— Não quero lavar o cabelo! — Ela ouviu o mais velho gritar e, em seguida, um grito longo e angustiante como se ele tivesse sendo torturado.

— Fique quieto, querido! — Ela ouviu a americana dizer. — Está quase acabando.

Estavam todos lavando o cabelo. Se um não estivesse gritando, o outro estava.

Ela tinha andado pela casa toda, tentando fugir daquele barulho. Allen não parecia perceber, estava fazendo palavras cruzadas na sala de estar.

— Nossa! Esses menininhos não gostam que lavem o cabelo deles, não é? — ela exclamou, alegre, inspecionando-o com um olhar agudo.

— Hã? — ele murmurou. — O quê?

— Os meninos da casa vizinha. Gritando para lavar o cabelo...

— É mesmo? — comentou, voltando-se para seu jornal. — Você sabe, querida, sou um pouco surdo.

Ela saiu, frustrada. Como ele não ouvia? Os lamentos irrompiam pelas paredes, em cima e embaixo, como se uma criança estivesse no andar de cima e uma ou duas no andar de baixo da casa. Ela subiu as escadas, tentando escapar desse tormento no seu quarto da frente. Estava tão ruim quanto o outro. Uma criança parecia estar no quarto ao lado e havia um barulho de secador de cabelo.

O quarto de hóspedes. Talvez fosse uma boa ideia. Não dividia paredes com a casa da americana e ficava bem longe do banheiro deles.

Ela não estivera muito nesse cômodo. Era comprido e estreito, com uma vidraça que dava para o jardim vizinho, que tinha um pequeno gramado e o barracão. No teto, uma lâmpada pendurada pelo fio. Parecia que o quarto não fora muito usado. Os filhos dos Henderson tinham ido embora havia muito tempo, se casaram, eles tinham lhes contado, então, é provável que lá tenha sido o quarto de hóspedes do casal também.

Sentou-se na antiga cama de carvalho, que ela e Allen trouxeram da casa da mãe dele e que fazia par com o armário de carvalho, de solteiro, diante dela. O colchão novo, ainda no plástico, rangeu sob seu peso. Esse fora um dos itens da mãe dele que ela se recusara a guardar: o colchão em que a mulher tinha se deitado durante vinte anos, gritando para o filho submisso que pegasse isso e carregasse aquilo. Allen nem discutira os planos de Debs para o colchão velho. Levou-o no carro dela para o lixo, ambos desviando os olhos das manchas amareladas no meio das listras desbotadas.

Debs balançou as pernas, chutando uma caixa roxa de tranqueiras. Quase não ouvia os gritos das crianças da vizinha. Isso era ótimo. Ficaria ali até que parassem. Virando a cabeça, olhou em volta para o papel de parede de listras verdes. Talvez pudessem redecorá-lo a tempo de Alison vir para o Natal. Isso se sua irmã aceitasse o convite.

Ou, talvez, Allen pudesse se mudar para este quarto de vez. Debs olhou em volta. Ele ir toda noite para a cama, como se eles fossem um casal comum, era um fingimento que se desgastaria com o tempo. Ela sabia que numa noite dessas ele entraria pela porta do quarto em seu pijama e diria "Boa noite, querida", mas, em vez de se deitar na cama e gentilmente virar-se de costas, ele se voltaria delicadamente e entraria naquele quarto.

Ao pensar nisso, uma lembrança familiar lhe veio à mente.

— Ah, não — gemeu, sacudindo a cabeça para apagá-la.

Não funcionou. Ali estava ela. Ela e Allen subindo as escadas de seu hotel, ela um pouco alta devido ao vinho, Allen nervoso e aprumado ao mesmo tempo, e então...

De súbito, um barulho alto fez Debs sacudir a cabeça.

Ficou de pé e olhou em volta do quartinho. Tratava-se de um rangido distante, que crescia em volume a cada segundo, como um skate descendo uma rua mal asfaltada.

O volume do rugido rapidamente aumentou, formando um altíssimo estrondo acima de sua cabeça.

— Que diabos! — resmungou, indo até a janela. Soava como um avião, chiando e rugindo logo acima dela. Era como se tivesse surgido do nada e pousado bem no teto dela.

Olhando pela janela dos fundos, pelos telhados dos sobrados de trás, na direção da torre transmissora no alto do Alexandra Palace, mal podia crer no que via. Um segundo avião, a um quilômetro e tanto de distância, avançava na direção de sua casa.

Enquanto olhava, o barulho começou de novo. Um longo rangido que se tornava cada vez mais alto à medida que o avião baixava na direção da casa dela. Com o estrondo de um trovão, ele passou pela Churchill Road, ribombando pesado sobre a sua cabeça.

— Allen! — gritou, correndo escadas abaixo até a sala de estar. — Aviões estão voando bem em cima da nossa casa! Você ouviu?

Ele olhou por cima dos óculos e franziu a testa.

— É... não sei direito, amor. Existem aviões em todo lugar de Londres.

— Sei disso, querido, mas esses dois eram... — Enquanto dizia isso, o rugido começava de novo, à medida que um terceiro avião se aproximava. — Pronto! — exclamou, irrequieta. Ele não podia ser tão surdo a ponto de não ouvir isso, podia?

E Allen apenas deu de ombros.

— Não é pior que em King's Cross. Nossa, Debs, você está como uma antena esta noite!

Ah, que ridículo!

Ela saiu da sala e foi abrir a porta da frente, lembrando-se, no último minuto, de pegar as caixas amassadas que tinham deixado no vestíbulo e colocá-las no lixo reciclável. Recolocou a tampa preta com força, ergueu-se e levantou a cabeça. Um jumbo deslizava acima dela, soando como se o piloto estivesse reavivando as turbinas só para ela.

De onde vinham? Não tinha ouvido nenhum avião desde que se mudaram, na sexta-feira.

Fechando a porta da frente, andou rapidamente até a cozinha vasculhando o aparador que os Henderson deixaram em busca da agenda de endereços. Marchou de volta ao vestíbulo e pegou o telefone.

— Realmente não tem sentido, Allen. Alguma coisa mudou — ela falou da porta da sala.

Levou um minuto para encontrar o número e depois esperou outros cinco minutos até que alguém respondesse, ao final da gravação de uma longa lista de serviços sobre chegadas e partidas de voos. A solicitação dela parecia não se encaixar em nenhuma categoria, então foi pressionando as opções de "outros" até que um homem a atendeu.

— Heathrow. Em que posso ajudá-la? — disse a voz.

— Alô. Por favor, estou ligando para falar dos aviões — Debs tagarelou. — Acabei de me mudar para Alexandra Park, no norte de Londres, e, de repente, eles começaram a passar pela minha casa, fazendo um barulho absurdo.

Houve uma pausa do outro lado da linha.

— Senhora, o norte de Londres fica no caminho para Heathrow. Dependendo dos ventos predominantes, às vezes os aviões vão passar sobre Alexandra Palace.

— O quê? Mas estivemos aqui milhares de vezes antes de mudar e nunca ouvimos nenhum avião. É tão barulhento. É como se tivesse uma rodovia em cima da minha cabeça.

— Bem, algumas vezes, vai estar em cima da sua casa.

— O senhor consegue ouvir isso? Consegue?

— Consigo ouvir o quê? — o homem perguntou.

— O avião! — ela gritou.

— Senhora, eu trabalho em Heathrow.

— Está bem, mas quero fazer uma reclamação.

Houve um silêncio.

— Sobre o quê?

— Sobre os aviões passarem em cima da minha casa.

— Ahn.

Por fim, ele deu a Debs um endereço para onde escrever e ela prendeu-o na geladeira com um ímã. Faria isso logo de manhã.

Pelo menos tinha tirado sua atenção das crianças vizinhas. Estavam mais quietas agora, aparentemente só uma ainda estava acordada, então só ouvia uma lamúria distante. Ela voltou ao quarto de hóspedes e sentou-se, preparando-se para o próximo avião. O cômodo escureceu à medida que anoitecia.

Cinco minutos depois, Allen enfiou a cabeça pela porta e a encontrou com um travesseiro em volta da cabeça, tampando as orelhas.

— Quer um chá?

Ela o encarou e deixou de lado o travesseiro.

— Allen, acho que cometemos um engano terrível. Você não ouve esses aviões? Faz meia hora que não param. Passando em cima da cabeça da gente a todo instante. Sem parar. E não é só isso. As crianças da vizinha gritaram por mais de uma hora. E a mulher do outro lado nem está aí no momento. O que vai ser quando ela chegar e começar a andar pela casa batendo os pés, dando descargas no banheiro e...

Ele entrou e sentou-se ao lado dela na cama. Não disse nada por algum tempo e, nesse silêncio, ela ouviu as próprias palavras ecoarem, e desejou ter ficado de boca fechada, desejou poder apagar todas elas.

Por fim, Allen ergueu a mão e deu tapinhas na perna dela.

— Querida, você está cansada demais por causa da mudança. Desça e tome um chá. Acho que devia dormir cedo hoje.

Fácil para ele, com esses ouvidos moucos. Como ela ia dormir com as descargas no banheiro? E agora os aviões! Não me diga que não é assim, quis gritar. Eu ouço!

— É mesmo, querido, boa ideia — concordou, levantando-se e acompanhando-o.

Ao descer, parou por uns instantes. O silêncio no vizinho era completo. Ótimo, o silêncio. As crianças devem ter ido para a cama.

Não eram as crianças, na verdade, pensou, enquanto acompanhava Allen escada abaixo. Ela não se importava muito com o barulho de crianças. O que não suportava era quando as crianças gritavam e as mães não faziam nada. Não era muito difícil, afinal.

SEGUNDA-FEIRA

CAPÍTULO 13

Callie

Estou correndo. Correndo tanto que mal consigo respirar. Não corria assim havia anos. Minhas sandálias novas estão estalando na calçada da Oxford Street e estou disparando entre um homem segurando uma placa que diz "Estágios em vendas por aqui" e um ator que reconheço de uma série de TV americana, com um boné de beisebol enfiado na cabeça.

São 5h20 da tarde de segunda-feira. Acabei de sair do meu primeiro dia de trabalho. Tenho quarenta minutos para chegar em Alexandra Park, pegar Rae na escola, que, fui informada pela Srta. Buck, fecha pontualmente às 6 horas da tarde. São trinta minutos só do percurso do trem. Como pude ser tão boba? Esquecer que qualquer percurso em Londres, devido a falhas inesperadas nos sinais e trânsito entupido, precisa de uma margem de segurança de pelo menos quinze minutos. Em especial, agora sei, quando há uma criança envolvida.

Continuo correndo e a cabeça girando com o que acabou de acontecer no trabalho.

Afinal, meu nervoso por voltar ao Rocket se justificou. De manhã, assim que entrei no recém-reformado estúdio e vi o piso de mármore branco, a mesa da recepção concebida por um designer como uma rocha lunar e as salas à prova de som, cada uma com uma mesa de som que custava uma pequena fortuna, a realidade bateu.

Não era brincadeira. Não poderia ser mero capricho.

Estou de volta ao mundo real, em que se ganha para fazer algum serviço, e se é mandado embora se ele não é benfeito.

— Callie! — Guy exclama, com um sorriso no rosto e vindo em minha direção com um abraço de boas-vindas. Desde a última vez que o vi, seus firmes cachos negros haviam se tornado grisalhos e soltos, enfatizando os profundos olhos castanhos. Usando malha justa preta e jeans, está parecendo um modelo mais velho da Calvin Klein. — Ótimo ver você, parceira! Como é estar de volta?

Absolutamente apavorante.

— Maravilhoso! — Sorrio, fazendo sinal com a cabeça para Megan, a nova recepcionista, que poderia ser a irmã mais velha e sensual de Alice no País das Maravilhas, com o lindo vestido branco de chiffon, longas pernas bronzeadas e uma fita azul no cabelo. Inibida, puxo a manga curta de meu vestido prateado, que, agora, me dá a impressão de que exagerei.

— Vou lhe mostrar as novas características do software, depois tenho uma peça promocional para você experimentar — Guy diz, indo direto ao assunto. — Megan vai lhe mostrar onde fica a cozinha nova.

— Ah... — murmuro, pegando minha bolsa e o acompanhando. — Sim, claro.

O que eu estava esperando? Uma longa conversa regada a café, em que eu poderia me desculpar por estar um lamuriento caco na última vez que o vi e agradecê-lo por me ajudar? Quando poderia lhe perguntar como vão as coisas com Ankya, a esguia fotógrafa polonesa de moda? Não. O cronômetro foi acionado, percebo um tanto atordoada. A cada minuto aqui, estou ganhando dinheiro. Durante o tempo que levei para cumprimentar Guy, acompanhá-lo à sala de som onde trabalharei e me sentar numa cadeira para clientes com a forma de um satélite, é provável que já tenha ganhado o suficiente para o sanduíche do almoço.

A responsabilidade pesa nos meus ombros enfeitados de lantejoulas.

São 5h27 da tarde. Quase cheguei à estação de Oxford Circus e estou forçando minhas pernas, que protestam, a me levarem pelos últimos metros quando meu telefone toca.

— Sim? — respondo, arfando. É ridículo. Preciso começar a fazer algum exercício.

— Cal?

A voz de Suzy está tão fora de lugar nesta rua louca e frenética que levo uns segundos para reconhecê-la.

— Ah, oi! Oi — respondo, apertando o ouvido com um dedo. — Está tudo bem?

— É... — hesita.

Fico gelada.

— O que foi?

— Querida, não se preocupe. Ela está bem; bom, ela não está doente. É que achei melhor dizer a você que, quando peguei Henry, às 3h30 da tarde, ela parecia meio chateada por ter que ficar mais.

— É mesmo? Como assim, chateada?

Vários táxis pretos e seus néons amarelos passam rapidamente. Dois adolescentes carregando mochilas passam por mim, acertam minhas pernas e se encolhem de rir. Tenho dificuldade para ouvi-la.

— Bem, ela estava chorando. Disse que queria ir para casa com Henry. Abracei-a e disse que a mamãe queria que ela ficasse para as atividades, e que você a pegaria o quanto antes. Tenho certeza de que ficou bem depois, mas achei que devia lhe avisar mesmo assim, querida.

— Sim, obrigada. Escute, estou atrasada — gritei. — Preciso pegar o trem, mas dou um pulo na sua casa mais tarde.

Desço correndo as escadas do metrô. Isso nem passara pela minha cabeça. Rae parecia tão feliz de ir para as atividades extras.

E se ela não quisesse ir mais? Depois do dia que tive, não posso nem pensar nisso agora.

Assim que Guy finalmente me deixou nesta manhã, tudo começou a dar errado. Apertei três botões e perdi meia hora de trabalho.

— Desculpe, mas sumiu tudo — digo, quando ele entra na sala, apontando a tela branca do computador.

— Você não ativou o salvamento automático? — ele resmunga.

Por dentro, dou um gemido. Erro de principiante. Imagino que ele esteja se perguntando por que me chamou de volta. Devo me oferecer para pagar pela meia hora perdida?

Por volta da hora do almoço, no entanto, um pouco da antiga segurança volta aos meus dedos. Minha tarefa é colocar o som num anúncio de TV de um novo programa digital de culinária, que promete ensinar habilidades de cozinha como cortar filés, picar cebolas e descascar legumes. A imagem, que rola numa tela de plasma sobre minha mesa de som, mostra um *chef* fazendo malabarismo com dez facas afiadas diferentes, cada uma parando num ingrediente de sua cozinha até que não haja mais nenhuma com ele.

Concentrada, acesso o imenso acervo de efeitos sonoros do software atualizado e pego cinco ou seis para cada ingrediente, e depois os combino no barulho de um tomate sendo cortado com um suave esmagamento por uma faca de filetar ou o barulho surdo de uma faca de pão num queijo.

Para minha surpresa, não é muito complicado. Não sei por que, mas meu ouvido parece saber instintivamente que sons misturar do mesmo modo que algumas pessoas sabem que ervas e temperos funcionam e jamais consultam livros de receita.

— Ou a gente nasce com ouvidos sensíveis ou não — Guy disse na primeira vez que vim ao Rocket, aos 23 anos, para trabalhar como assistente. — Aposto que gostava de música quando era bebê. — Esse comentário me deixou boquiaberta. Naquele mesmo fim de semana, visitando meu pai, tinha encontrado uma foto minha de quando era bebê, com antigos fones de ouvido, sorrindo, e uma legenda de minha mãe: “Callie não para de dançar!”.

Fico querendo sair para almoçar, porém, antes que me dê conta, já eram 4 horas da tarde. Há uma cesta de pãezinhos para os clientes na recepção, me lembro. Dou um pulo lá e Megan me olha.

— Posso pegar alguns? — digo, insegura.

— Claro! — Ela ri.

Pego um para comer e guardo outro na bolsa para Rae. Olho de novo a tela e mergulho no trabalho. O engraçado é que não tenho muita fome.

São 5h31 da tarde. A-ha! Tive sorte. Não há sinal de falhas na Victoria Line, afinal. Desço as escadas lotadas da Oxford Circus, corro por entre os vagarosos passageiros até a lotada plataforma norte e dou um jeito de me espremer num trem que está prestes a fechar as portas. Ao subir, sei que não há espaço suficiente e só posso culpar a mim mesma ao ter que atravessar três paradas com a cabeça envergada, preocupando-me com Rae. Não ajuda nada um grupo de estudantes franceses à minha volta estarem falando entre si ao mesmo tempo. Aos meus ouvidos sensibilizados, eles soam como três canais de TV ligados na mesma sala.

Em King’s Cross, o vagão finalmente esvazia pela metade e arranjo um lugar encardido para me sentar. No túnel escuro, meu rosto parece corado no reflexo da janela. Eu o esfrego. Sinto a pele seca como se tivesse sido ligeiramente queimada por todas as luzes artificiais e raios emanados dos computadores no estúdio. É como se as células mortas tivessem sido varridas e o sangue chegasse quase à superfície de minhas bochechas.

Enquanto o trem passa rugindo em cada estação, percebo que estou empoleirada na ponta do assento, não recostada. A eficiência me deixou rígida, dado o meu propósito. Terminei uma tarefa hoje, e agora tenho outra. Pegar Rae.

Dois objetivos, penso. Mãe e engenheira de som. Cada um bem definido. Cantos e arestas.

Então, bate o cansaço. Conforme o trem passa com estrondo pelos túneis escuros, a adrenalina que me energizou ao longo do dia todo, de repente, se esvai. Olho em volta. Há mulheres como eu aqui e ali pelo vagão, algumas empoleiradas na beirada do assento, outras arriadas. Algumas têm rímel borrado embaixo dos olhos; outras, saias e casacos amassados.

Estou entrando em uma tribo, penso. Das mulheres que trabalham o dia inteiro em Londres e depois cuidam dos filhos ao voltar para casa. Mulheres que preferem fazer isso numa cidade grande, apesar de provavelmente morarem longe das famílias que são de lugares como Lincolnshire, e morar nas ruas londrinas onde não conhecem os vizinhos, se forem como a minha rua.

Elas dão um jeito. Portanto, isso pode dar certo. Com alguns ajustes, talvez eu consiga.

Então, me lembro do telefonema de Suzy. E se Rae se recusar a fazer as aulas extras? Quem poderia cuidar dela?

Ao saltar na Highbury & Islington e correr até a plataforma do trem para Alexandra Park, me vem à mente o dia em que ouvi uma batida na porta e, ao abri-la, dei de cara com uma mulher arquejante, com suor escorrendo pelo rosto. Usava um imenso vestido preto e tinha um bebê só de fraldas dormindo num carrinho.

— Desculpe — disse. — Você pode me ajudar? Acho que já entrei em trabalho de parto. Vi a cadeirinha de bebê no seu carro aí fora...

O líquido pegajoso escorrendo pela perna dela me disse que ela estava certa. Sua bolsa tinha se rompido.

— Ah, meu Deus, claro! — disse, conduzindo-a para dentro. — De quantas semanas você está?

— Trinta e três semanas — arfou.

— Não se preocupe — disse, correndo para o telefone. — Vou chamar uma ambulância.

O minuto seguinte foi a correria de ligar para a emergência e pegar uma cadeira na sala.

A mulher fez sinal de gratidão e se ajoelhou, apoiando a cabeça e as mãos com cuidado na cadeira antes de gemer com outra contração.

— Ah, inferno, acho que eles estão saindo!

— Eles?

— Gêmeos.

Minha nossa!

— Vocês podem se apressar? — gritei no telefone. — São gêmeos!

Corri até a cozinha, agarrei uma toalha molhada, voltei e enxuguei a testa da mulher. Ela estava com um cheirinho enjoativo e gorduroso. Massageei suas costas, me lembrando de como ajudava quando Tom fazia isso em mim.

— Obrigada — ela diz, se esforçando para respirar. — Desculpe. Meu marido está viajando e nós acabamos de nos mudar.

— Não se preocupe — digo pela terceira vez, me esforçando para encontrar palavras de conforto. — Ajudei meu pai a fazer o parto de vários carneiros.

Minhas palavras ficam no ar alguns minutos, enquanto percebemos que ela estava de quatro, com o traseiro apontado para mim. Nós duas gargalhamos.

— Suzy — diz, antes de tomar fôlego.

— Callie — respondo.

Verifico o relógio pela milionésima vez: 5h47 da tarde. Uma preocupação começa a me corroer. E se me tornar uma mãe trabalhadora me fizer depender dela ainda mais?

O problema é que, depois de meu dia no estúdio Rocket, acho que não vou mais desistir de trabalhar.

Pouco antes das cinco horas, Guy veio ver minha trilha sonora para o anúncio. Se já não bastasse minha tensão, ele ainda chamou Megan e três engenheiros de som, inclusive Jerome, um irritadiço jovem de 25 anos, que usava óculos de aro preto retrô e jeans Nudie, que Guy tinha antes me descrito como sendo um "achado animador", "o novo você", ele dissera, sem ironia.

— OK, vamos lá — Guy disse, olhando para a tela de plasma.

Meu estômago se agita. Aperto play e me sento tensa, avaliando a reação de Guy pelo canto dos olhos. As facas fazem cortes no ar, zumbindo num som metálico preciso e pousam em cada tipo de alimento com um efeito sutil diferente. Apenas engenheiros de som sabem quanto trabalho existe para tornar cada som tão imperceptível de modo que não interfira na mensagem do anúncio.

Há um silêncio.

Então, ele aplaude.

— Ótimo trabalho, Cal! — Ele ri, virando-se. — O que eu disse a vocês? É assim que se faz, rapazes!

Minha boca, cujos músculos não consigo controlar, se escancara num sorriso inesperado e feliz.

— Obrigada. Escute, Guy, tudo bem se eu for indo? Preciso pegar Rae...

— Claro — Guy sorri, pousando a mão em meu ombro por um instante, e depois se levantando. — Bom trabalho, Cal. Lembre-se, Loll Parker vem amanhã às 10 horas da manhã. Quer muito conhecer você.

São 5h54 da tarde. Uma parada antes de Alexandra Park toca o sinal de perigo. Estava bom demais, sem nenhum problema, para ser verdade.

O condutor informa que um sinal foi acionado no trem da frente e que, portanto, ficaremos presos enquanto uma senhora que não se sente bem é retirada daquele trem. Onze minutos para pegar

Rae. Estou tão na ponta do banco agora que corro o risco de cair se o trem fizer uma curva rápida. Uma mulher no banco oposto ao meu me olha e faz uma careta. Surpresa, concordo com a cabeça.

Meu telefone não tem sinal nenhum. O que farão se eu não estiver lá às 6 horas?

Por sorte, a senhora foi retirada rapidamente. Levanto-me e seguro no corrimão no restante do percurso, saio pela porta assim que surge um espaçozinho e subo as escadas para a calçada em grande e deselegante galope.

Verifico o relógio de novo: falta um minuto para as 6 horas! Não vou conseguir. Está começando a chover também. Começo a correr pela inclinada rua principal que dá na escola, tentando não escorregar com as sandálias. Uma mulher de salto alto e casaco justo corre na minha frente, parecendo aflita também. Está gritando no celular: "Olhe, Ian, está na minha escrivaninha!".

São 6h04 da tarde. Mal consigo respirar. O pulmão dói. Viro à esquerda na última subida e a escola está a minha frente. Passo por ela correndo e entro nos portões de ferro do edifício vitoriano de tijolinhos vizinho, que, um dia, foi uma piscina. A mulher diante de mim, que obviamente faz mais exercícios que eu, já chegou e tocou o interfone da enorme porta de madeira, então consigo me espremer e passar antes que ela feche.

Um cheiro cálido me recebe. O primeiro grande saguão pode já estar vazio, mas a frenética perturbação de 28 crianças recém-saídas ainda é visível no ar. A mãe na minha frente já agarrou uma criança que parece resmungona e está de saída, ainda berrando no celular: "Tente a impressora, então, Ian! Talvez eu tenha deixado lá!". Corro até a responsável pelas atividades extras, a Srta. Buck, que está limpando mesas, e tento parecer o mais arrependida possível.

— Desculpe... primeiro dia... sinal de alerta no trem... não vai acontecer de novo — falo atabalhoadamente.

— Não se preocupe — ela diz, com ar de que isso importa um pouco. — Rae está ali na pintura, com a Sra. Ribell.

Através de um arco de tijolos, vejo Rae num espaço decorado com desenhos de crianças. Uma professora está ajoelhada diante dela, conversando bastante.

— Oi, querida — chamo.

Rae me olha sem sorrir. Na verdade, parece chateada. Sinto um aperto no peito.

A Sra. Ribell se vira. Estou tão preocupada com a cara de Rae que levo um segundo para reconhecê-la.

— Ah, olá. O que está fazendo aqui?

— Ah, eu trabalho aqui — ela sorri.

— Ah, é. Que curioso — digo. — Bom, isso é ótimo. Rae vai ficar alegre. Espero que tenha se comportado bem...

— Ah, sim. Tivemos uma tarde ótima, não foi, Rae?

Rae olha para baixo.

— Quero ir embora — ela resmunga, começando a andar na direção da porta.

— Com licença — digo.

— Tchau — responde a mulher.

No entanto, Rae já tinha sumido pela porta de madeira e eu me despedi correndo.

— Então, como foi? — pergunto ao me juntar a ela do lado de fora, atravessando os portões de ferro e tomando o rumo de Alexandra Palace.

— Hannah não veio — ela disse baixinho. — Hoje foi dia de brincadeira na casa da Grace.

Meu coração apertou.

— Bom, isso vai acontecer às vezes — digo, tentando não transmitir a tristeza que sinto por ela. — Você brinca com outra colega. Essa é a parte boa dessas atividades, você encontra outras crianças que não são da sua sala.

Eu não teria me convencido disso quando tinha 5 anos, mas é o melhor que consigo fazer.

— Quando vou poder ir à casa de alguém? — ela pergunta baixinho.

— Logo, querida, vai acontecer logo — digo, envolvendo-a com o braço, detestando minha mentira. — Escute, qual é o nome daquela senhora com quem você estava conversando... me esqueci completamente, fiquei surpresa ao vê-la.

— Sra. Ribell. Mas ela disse que, quando não tem ninguém, posso falar Debs.

Pego a mão dela, saímos da escola e seguimos pela rua principal que dá na Churchill Road.

Os carros passam a toda por nós. O trânsito está pesado, penso. Claro, 6 horas é o horário mais movimentado dessa rua. Algumas vezes, quando Rae e eu tentamos atravessar a rua vindas do parque, temos que esperar aqui por três ou quatro minutos.

A chuva começa a cair forte agora, deixando a rua escorregadia. O trânsito passa ruidosamente, chispando e guinchando em meus ouvidos.

Então, sem avisar, Rae solta minha mão.

— O que você está fazendo?

Ela começa a correr. A imagem de cavalos de corridas que uma família costumava guardar nos pastos de meu pai me vem à lembrança. No fim do dia, quando lhes tiravam os cabrestos e os soltavam, eu os observava da janela do quarto, pulando e saltando alto, desafiando quem tentasse pegá-los antes do dia seguinte.

— Rae! — grito. — O que você está fazendo?

Ela não está apenas fazendo seu trote cuidadoso. Está, na verdade, tentando correr, com as sandalinhas voando no ar.

— Rae! — grito novamente, alcançando-a e segurando seu vestido. — Estou falando sério!

Os carros passam derrapando, ignorando o aviso de 50 quilômetros por hora. As pessoas estão tão desesperadas quanto eu para chegar em casa.

Ela cambaleia um pouquinho ao se virar.

— Que malcriada! — digo. — Isso é perigoso! Você sabe que pode cair, e aí, como fica?

— Não é justo! — ela grita, afastando os ombros de mim. — Eu nunca posso fazer nada!

Seu rosto está zangado e confuso, os olhos claros e grandes faiscando. Coloco a mão em seu ombro e me ajoelho diante dela.

— Você tem razão, querida, não é justo. Mas não quero você de volta ao hospital, e acho que você não quer também, não é? Por isso, sempre, sempre segure minha mão na rua, tá bom?

Ela dá de ombros. Abro minha bolsa e pego o bolinho que trouxe do Rocket.

— Trouxe isso para você do meu trabalho.

Rae arregala os olhos e o pega, dando uma mordida.

— Desculpe, mamãe — diz, segurando de novo na minha mão.

— Desculpe-me também por me atrasar — digo. Esperamos, então, na calçada, por uma brecha no trânsito.

Paramos na casa de Suzy. Ouço uma criança gritando atrás da porta da frente.

— Ah, é você — ela diz ao abrir a porta e nos dá um abraço.

Rae corre ao encontro dos meninos na cozinha.

— Como ela está? — Suzy cochicha.

— Um pouco cansada. Vai levar alguns dias para se acostumar. Ah, aliás, imagine! A mulher do lado, a Debs, trabalha lá.

Suzy se virou num rodopio, surpresa.

— É mesmo? Não sabia que ela era professora.

— Pois é. É ótimo, não? Isso significa que Rae vai ter alguém que conhece nessas aulas extras. Espero que Debs fique de olho nela porque a conhece.

Suzy parece pensativa e faz um sinal com a cabeça.

— Bom, mas ela não a conhece.

— Não, você entendeu o que eu quis dizer. É uma vizinha.

Suzy parece distraída, fica olhando para o relógio.

— E aí, como foi seu dia? — pergunto. — Tudo bem?

— É... — ela responde, distraidamente. — Não levei os gêmeos na creche. Fizemos brownies.

— Você está bem? — pergunto. Ela parece mais quieta do que o normal.

— Ah, sim... não. Pensei que Jez já estaria em casa. Ele levou Henry para a natação.

Arregalo os olhos.

— Ele?

— Sim, disse que Henry já devia ter aprendido.

Talvez se Jez já o tivesse levado um dia, ele já tivesse aprendido, penso.

— Então... resolveu se vai ao spa esta semana? — pergunto com cuidado, tentando avaliar o humor dela.

— Ah, não sei. Jez está por aqui esta semana. Em vez disso, talvez eu saia para almoçar com ele em Hampstead Heath, ou algo assim.

Aprovo com a cabeça e espero.

Ela não me pergunta nada.

— Então... — cochicho. — Suze...

— O quê? — ela diz.

— O trabalho. Foi tão maravilhoso.

— Ah, é? — ela vira a cabeça para dar uma olhada nos gêmeos, na cozinha.

— O estúdio é incrível. Você devia ver. Foi tudo feito como se fosse uma nave espacial, e tem uns banheiros onde levei cinco minutos para encontrar o sabonete porque ele fica escondido numas barras de aço inoxidável... — Dou risada, mas não sei se ela está me escutando. — E eu estava tão nervosa. Mas Guy gostou. Estar de volta ao Soho... Ah, quem é aquele ator americano que...

Ela se inclina e me toca no ombro.

— Que bom, querida. Eu disse que você iria se sair bem. Escute, tenho que arrumar os meninos para dormir. Quer ficar e tomar um chá? Tenho um pouco de frango no forno...

Assim que ela diz isso, percebo que vinha sentindo o cheiro de alguma coisa. É isso. Entretanto, além do cheiro de comida, há outro odor.

Inalo em silêncio.

Urina.

O conhecido cheiro penetrante de fralda molhada paira no vestíbulo, o ar rançoso de hálito e suor de pessoas que ficaram ali o dia todo. A camiseta de Suzy está de novo manchada de molho. Seu rosto está corado e suado de cozinhar, e há um ligeiro brilho de transpiração no contorno do cabelo, deixando o cabelo loiro mais escuro nas raízes. Atrás dela, lá do vestíbulo, dá para ver uma trilha até a cozinha de brinquedos jogados. Lápis e canetas sem tampa estão espalhados pelas pilhas de porcelana branca. E a cozinha. A cozinha que ontem parecia ter saído diretamente de uma revista de decoração, agora me parece um tanto sem graça, depois da estética industrial de ponta do estúdio de Guy.

As perspectivas mudam como num caleidoscópio diante dos meus olhos.

Peter chega à porta da cozinha com seus passinhos infantis e eu aceno para ele. Seu nariz está escorrendo e ele o limpa com a mãozinha suja de tinta.

Não. Não quero ficar para o chá.

— Suze, acho que não vai dar, a Rae precisa de um sossego — digo.

É verdade. Mas o que é também verdade é que não quero ficar. Estive aqui na noite passada, e no dia anterior, e no dia antes daquele. Quero ir para casa. Quero tomar um banho de espuma com Rae e conversar com ela, deixá-la segura em relação às atividades extras. Depois, quero trabalhar em algumas anotações para minha reunião de amanhã com Loll Parker, talvez tomar uma taça de vinho e fazer a sobrancelha.

Pensar em sobrancelhas faz minha boca se retorcer.

Foi logo depois do almoço, quando abri a pesada porta de metal do banheiro do Rocket, com seu "V" de Vênus em granito preto ("M" de Marte no banheiro masculino), e vi Megan se olhando no espelho.

— Excelente anúncio — ela diz. — Guy está tão satisfeito de ter você de volta. Todos ouvimos falar de você, sabe?

— É mesmo? — Franzo as sobrancelhas, sem saber como responder. Em vez disso, vejo-a passando o batom vermelho, presumivelmente para uma noite no Soho. — Suas sobrancelhas são maravilhosas — deixo escapar, apontando as arqueadas criações sobre seus imensos olhos azuis.

— Obrigada! — diz, alegre. — Uma mulher na lavanderia tira para mim. Ela diz que o arco molda melhor os olhos.

— É mesmo? — murmuro, pesarosa, cutucando o pequeno batalhão de pelos que percebo terem se arrepiado em minhas próprias sobrancelhas. — É, bem, as minhas não chegam a moldar meus olhos, mas os deixam quentinhos.

E é isso que está me fazendo sorrir no vestíbulo de Suzy.

Megan riu.

Não o risinho educado que Suzy dá quando tento ser engraçada, seguido do comentário "Essa é boa", como se compreendesse que estou fazendo uma piada, mas não porque é engraçado. Este foi um riso apropriado. Primeiro, Megan bufou. Depois, jogou a cabeça para trás e soltou um riso caloroso, alegre, gutural, e tocou meu braço de modo afetuoso.

— Vai ser ótimo ter outra mulher aqui! — ela exclamou, feliz, indo para a porta. — Até amanhã, Callie.

— O que foi? — Suzy pergunta. — Por que está rindo?

— Ah, nada, só uma coisa do trabalho — digo. — Bem, escute, Rae tentou correr pela calçada hoje. Se estiver com ela, segure bem a mão dela, tá? Ela quase caiu.

— Sempre seguro, querida.

— Eu sei. Obrigada. — Toco o braço dela. — E obrigada pelo apoio quando estou no trabalho. Da próxima vez que ela estiver com Tom, eu fico de babá para agradecer.

— Ótimo — diz, ainda parecendo distraída.

O que aconteceu com o "joia", sua palavra boba preferida? Eu a observo. O que acontece com ela? Não está chateada por causa do spa, está? Suzy e eu nunca nos desentendemos em dois anos. Conosco não aconteciam as brigas despreocupadas, embriagadas, sobre quem sem querer trancou quem do lado de fora do apartamento na noite anterior, que eu costumava ter com Sophie, nem as pazes resmungadas pela manhã, de pijamas e rímel da noite anterior, diante de tigelas de sucrilhos. Não posso arriscar esse tipo de coisa com Suzy. Sabe-se lá o que diríamos.

— Então... — digo, cuidadosamente, me lembrando de que só quero me distanciar um pouco dela agora. Não quero perdê-la de vez.

— Então... — ela responde. — Até amanhã. — Ela me abraça e abraça Rae de novo, e nós atravessamos a rua na direção de casa. Pego a chave, já detestando a bagunça de pijamas jogados e copos e tigelas do café da manhã à espera.

Sou tomada pelo cansaço. Rae suspira também ao meu lado. Pelo menos, tem o rosto reluzente. Definitivamente, ele ganhou um novo rosado. Passo meu braço pelo ombro dela e a guio casa adentro. Ao fechar a porta, olho adiante e vejo Suzy no portão dela, olhando ansiosa na direção da rua principal.

Não. Isso não tem nada a ver comigo, tranquilizo-me. Não dessa vez. E fecho a porta.

Capítulo 14

Suzy

Suzy voltou do portão, fechou a porta da frente e foi até a cozinha, mordendo os lábios. Calada, tirou os pratos, as xícaras e os talheres que tinha arrumado para Callie e Rae na mesa da cozinha e os guardou no armário.

Olhou o relógio do forno. Onde Jez tinha se metido?

Subiu para preparar o banho dos gêmeos, derramou na água um pouco de óleo de bebê e jogou ali alguns patinhos de plástico, depois desceu e pegou o telefone pela quarta vez, desde as 5 horas da tarde.

— Jez — disse no fone. — Querido, onde você está? Pensei que já estaria de volta e estou ficando preocupada. Henry precisa fazer um lanche. São 6h30. Ligue.

Assim que desligou, o telefone tocou.

— Oi! — ela atendeu. — Onde vocês estão?

Houve uma pausa.

— Aqui é James — disse uma voz insuportavelmente gentil.

— Ah. Olá, James — respondeu automaticamente, usando um tom mais refinado. Odiava como ele provocava isso nela.

— Jeremy está?

Para um homem tão bem-criado, não é a primeira vez que lhe faltam boas maneiras demais, Suzy pensou.

— Não, não está, James. Foi levar Henry na natação. Na verdade já deviam ter voltado...

O sogro bufou de forma esquisita, da maneira que ela levara um tempo para se acostumar. Uma mistura de relincho e grunhido.

— Dê ao Jeremy um recado, por favor. Fiz reserva para o almoço do clube na próxima terça-feira, à uma hora, para nosso encontro.

Que encontro? Por que ele não dizia simplesmente "almoço"? Suzy tentou pensar rápido. Quanto poderia perguntar ao sogro sem parecer desconfiada?

— Vai ser só para vocês dois? — perguntou, tentando dar um tom informal à voz.

Ele repetiu o barulho estranho, uma espécie de "rarrumf". James Howard não estava acostumado a ser questionado por ninguém, ainda mais por uma jovem americana, fosse ela nora ou não.

— Jeremy sabe do que se trata — respondeu. — Diga-lhe que Michael Roachley confirmou. Por favor, dê o recado. Até logo. — E, assim, ele desligou e pronto.

— Sim, James, os gêmeos adorariam dizer alô para o vovô, deixe-me buscá-los — Suzy trinou sarcasticamente no fone. — E como vai Diana? Estão ansiosos pelo feriado na África do Sul? — Ela baixou o telefone, se sentou nos degraus e roeu uma das unhas. Quem era Michael Roachley? Um amigo de James, advogado especializado em divórcios?

— Vamos, meninos — disse, entrando na cozinha. — Hora do banho.

Carregou os dois gorduchinhos, um em cada braço, subindo com eles as escadas, tirou a roupa deles com cuidado, os colocou juntos no banho e ficaram aos risos enquanto faziam bolhas um na cabeça do outro. Deixando a porta aberta, ela correu até o escritório de Jez e sentou-se diante do computador dele. Ele tinha deixado tudo arrumado, como sempre, e alguns post-its com pequenas e fortes letras maiúsculas no teclado, presumivelmente para lembrá-lo de certas tarefas quando voltasse. Nenhum deles, ela observou, mencionava Sasha ou lembrava as iniciais "SW".

Mexeu no mouse e uma tela azul apareceu. Nervosa, sabendo que Jez detestava vê-la no computador dele, acionou um mecanismo de busca e digitou "Michael Roachley", antes de pular da cadeira e abrir a porta para verificar se ainda dava para ouvir os gêmeos rindo no andar de baixo.

A primeira pesquisa trouxe pouca coisa de interessante, só alguns sites de genealogia mencionando um Sir Michael Roachleys do século 19.

Franzindo a testa, Suzy tentou de novo, inserindo "advogado" depois do nome, em vão. De novo, dessa vez inserindo o nome de James junto com Michael Roachley na busca.

Talvez estivesse soletrando errado. Deu uma olhada rápida nos gêmeos, depois tentou de novo: Rochley. Rokesley. Roshley. Roachleigh. Não apareceu nada significativo.

Tarde demais, ela ouviu o passo pesado na escada. Girou na cadeira, tentando agarrar o mouse desesperadamente, e deu com Jez na porta do escritório. Ele espichou os olhos para o site de busca, que ela conseguiu fechar antes que ele visse.

— Por que os gêmeos estão sozinhos no banho? — perguntou.

— Não estão sozinhos. Estou olhando a cada minuto — ela replicou, corando por ter sido pega no flagra. — Peter está com uma alergia e eu estava vendo os sintomas na internet. Por onde vocês andaram? Já estava ficando preocupada.

— Como assim, por onde andamos? Eu disse a você. Levei Henry à natação e depois fomos comer alguma coisa — Jez respondeu, olhando de novo o computador por cima dos ombros dela.

Embaixo, houve uma gritaria quando Henry entrou no banheiro.

— Henry! — Suzy gritou, passando depressa por Jez, feliz de ter um motivo para escapar dali. Conseguia ouvir a excitação hiperativa da voz de Henry provocando os irmãos. Não podia culpá-lo. Sair sozinho, só com Jez, era tão raro que o garoto deve ter ficado superanimado. Ela levaria horas para conseguir colocá-lo para dormir.

Entrou no banheiro e deu com Henry com uma pistola de brinquedo, espirrando água em Otto, os olhos negros brilhando de alegria.

— Henry! — ela exclamou, tomando o brinquedo dele, enquanto Otto soltava um lamento agudo. Verificou a água antes de colocar de lado a pistola. Estava gelada. Henry deve tê-la enchido com água da pia. — Como voce pôde fazer isso com o Otto? — Repreendeu.

Para seu espanto, Henry passou por ela, pegou a pistola, esguichou água em Peter e, depois, saiu correndo dali gargalhando.

Jez o pegou na porta e ergueu-o no alto antes de colocá-lo com firmeza no chão novamente.

— Que diabos está fazendo?

Henry engoliu o riso, que passou a ser um gemido.

— Mamãe — ele se queixou, estendendo as mãos para Suzy.

Automaticamente, ela ergueu as dela.

— Vem cá, querido.

— Não — Jez retrucou, fechando a cara para Suzy. — Olhe para mim, Henry. Escute o que eu digo. Peça desculpas e vá para o quarto.

— Mamãe! — Henry começou a gritar, retorcendo-se para se soltar dos braços do pai.

— Eu disse não! — Jez gritou, sacudindo Henry com força.

— Jez, deixe-o comigo — Suzy gritou, vendo que Henry ia chegar num ponto sem volta tão cedo.

— Ele vai fazer o que eu disse, Suze. Não me interrompa. É esse tipo de comportamento que vem fazendo dele um filhinho de mamãe. Agora, vá para o quarto e fique lá.

Ela cerrou os dentes enquanto Jez levava um suplicante Henry para o quarto. Com a cabeça entre as mãos para não ouvir o barulho, ajoelhou-se ao lado dos gêmeos no banho. O acesso de Henry continuou, rompendo-se em lágrimas aflitas, à medida que Jez o impedia de fugir, levando-o sempre de volta ao quarto.

— Pare, pare — ela murmurava sem parar. Sentiu a mãozinha molhada de Peter pousar em seu braço e a agarrou com firmeza.

Era insuportável ouvir seu bebê tão aborrecido. Em desespero, lutou contra o impulso de correr e tirar Henry de Jez, dando-lhe o colo de que sabia que ele iria precisar. Cada vez que Jez gritava "Não! Volte para seu quarto!", era como se estivesse socando seu estômago. "Deixe meu bebê em paz!", queria gritar.

Porém, sabia que era melhor não fazer isso.

Quando tudo finalmente acabou, tendo o lamento de Henry se tornado um longo suspiro de comiseração, e ele tendo ficado no quarto, Jez voltou com o garotinho arrependido à porta do banheiro.

— Agora, peça desculpas aos seus irmãos — Jez disse.

— Desculpe — Henry soluçou.

— Muito bem. Vá arrumar seu quarto e espere o banheiro ficar livre.

Suzy se recusou a olhar para Jez, ocupando-se de lavar os gêmeos e tirá-los do banho. Mais tarde, abraçaria Henry no quarto, quando Jez tivesse sumido no escritório ou saído. Ela lhe daria um biscoito, cochichando o quanto o amava e que estava chateada com os gritos do papai.

— E a alergia? — Jez perguntou um minuto depois, quando ela embrulhava Peter na toalha.

— O quê?

— A alergia de Peter. Como está?

Ela enrolou bem a toalha, engolindo em seco.

— Provavelmente é só eczema.

Ela e Jez finalmente se sentaram para jantar, sozinhos, às 8h30 da noite, num silêncio pesado.

— Como Henry se saiu na piscina? — Suzy perguntou, indo tirar a rolha de uma nova garrafa de tinto e descobrindo que Jez já a abrira.

— Vai ser difícil — Jez murmurou, estendendo a taça para que ela a enchesse. — Ele já deveria estar nadando. Não consegui nem que pusesse a cabeça na água.

— Bom, é meio complicado, querido, levar os três sozinha.

— Arrume aulas para ele, então. Na idade dele, eu já nadava muito. Aos 7 anos eu fazia parte da equipe de natação da escola.

Deus, ele parecia o pai dele às vezes. Quase já o imaginava bufando.

— Acho que não tem equipe de natação na Palace Gates Primary School — Suzy provocou-o, observando-o levar a taça aos lábios. Quantas já tinha tomado? Em geral, na terceira, o maxilar dele começava a relaxar. Era melhor não desistir ainda. Não enquanto houvesse uma chance de engravidar. Ele estava com a camisa desabotoada, e o corpo dela doía de vontade de beijar seu peito aconchegante e sentir o peso dele sobre si novamente.

— Bom, não é mesmo muito provável que ele esteja lá quando tiver 7 — Jez disse com sarcasmo, levantando-se para pegar o sal.

— Não. Ele já terá ido para o primário — ela respondeu com cautela.

Jez balançou a cabeça. Mesmo pelas costas, ela podia perceber que a expressão dele era de irritação.

— Não foi o que eu quis dizer.

— Então, o que quis dizer? — sussurrou.

— Quis dizer que ele não vai estar nessa escola de jeito nenhum.

— Do que está falando? Vamos voltar para os Estados Unidos?

— Não.

— Então, o que quis dizer?

Jez virou os olhos e ficou de pé, pegando o prato e a taça de vinho.

— Nada. Não importa. Não se preocupe. — Andou na direção da porta. — Bem, tenho que trabalhar.

— Jez! — ela exclamou. — Do que você estava falando?

Ele deu de ombros ao passar pela porta da cozinha com o prato e a taça, e rumou para a escada.

— Não vou falar disso agora. Já disse, não se preocupe.

Ela empurrou o prato, assustada.

Terça-feira

Capítulo 15

Debs

O telefone tocou na terça de manhã fazendo ecoar um grito apavorante no cômodo vazio. Debs acordou se sentindo numa nuvem. Sacudiu a cabeça de um lado para o outro, lamentando--se pelo esforço de despertar, depois forçou o braço a se erguer, pegou os óculos da mesa de cabeceira e os colocou. Um tanto tonta, tentou ajustar a visão. O relógio marcava 9 horas. Dormiu demais. "Durma mais um pouco, querida", lembra-se de ouvir Allen dizendo. Ele sabia que ela tinha dormido mal. Às 11 horas da noite, quando começava a pegar no sono, o fantasma de Daisy Poplar voltara a visitá-la, afinal. À uma da madrugada, ela se deu por vencida e tomou um comprimido para se livrar da menina.

Piscou os olhos e olhou em volta do quarto. Quem estaria ligando a essa hora? Novamente, se esforçando, ela mobilizou os membros ainda pesados de sono e sentou-se, puxando em volta do ombro o roupão que Allen lhe dera de presente de Natal. Ele disse que ela não poderia mais usar o seu antigo roupão sisudo.

O telefone parou de tocar. Tudo bem. Se for importante, vão ligar de novo.

Hora de se levantar. Forçou as pernas para fora da cama, inclinando-se para abrir as cortinas e ver como estava o tempo, que tinha mudado durante a noite. O céu parecia um cobertor cinza molhado. Ouviu um baque. Do outro lado, Callie saiu correndo pelo portão, num vestido bonito e com o cabelo cacheado preso num rabo de cavalo. Debs franziu a testa. Mal reconhecera a jovem quando a vira entrar na escola ontem. Quando viera com aquela lasanha um tanto esquisita, parecera tão nervosa. Agora se parecia com todas as outras profissionais estilosas que passavam pela curvada Debs em suas raras idas ao centro de Londres.

Espere, pensou, já passam das 9 horas! Devem estar atrasadas para a escola. Da calçada, Callie chamava Rae, que estava do lado de dentro do portão. Lá de cima, Debs viu Rae curvar-se atrás do muro e, num gesto rápido, pegar alguma coisa de um vaso junto do portão. Colocou no bolso e correu para a mãe.

Debs observou. Mais tarde. Depois da escola. Ela descobriria. Quando a menina estivesse sozinha.

Tinha acabado de pisar no degrau da escada quando o telefone tocou de novo. Debs claudicou escada abaixo, tentando proteger os joelhos.

Assim que chegou ao último degrau, o telefone parou.

Que irritante!

Pegou o telefone e discou 1471. Número bloqueado. Provavelmente alguém vendendo alguma coisa.

Agora, que estava no térreo, preparava um chá. Tinha feito todos os chás desde terça e Allen ainda não tinha dado falta da chaleira. Enquanto a água fervia, olhou em volta à procura de uma caneca. Onde estavam?

A lava-louça que os Henderson tinham deixado chamou sua atenção.

Abriu-a e encontrou as seis canecas lá dentro, lavadas desde ontem à noite. Que estranho. Durante muitos anos, teve apenas o prato, a xícara e os talheres dela arrumadinhos no escorredor de louça. Não sabia quando começar a empilhar as coisas dela e de Allen nessa máquina cavernosa; eles não ficariam sem louça antes mesmo de ela encher?

Levou o chá para cima, para o grande quarto da frente, e começou de novo com as caixas de roupa. Ao pendurar uma saia azul-marinho, de trabalho, o telefone tocou novamente. Convenhamos! Levantou-se esticando o joelho batido e arrastou-se escada abaixo. De repente, teve um pensamento horrível. E se as pessoas que compraram o apartamento dela tivessem rastreado seu número e estivessem ligando para reclamar da primeira noite sob os passos barulhentos da mulher de cima?

Mesmo assim, ao alcançar o telefone, decidiu levar o fone ao ouvido. Poderia ser Allen.

Assim que baixou a mão, ele parou novamente.

Sacudiu a cabeça. Muito estranho. Verificando a conexão para se certificar de que não pisara em alguma coisa, franziu a testa. Tudo parecia em ordem. Por um minuto, esperou para ver se não ligariam outra vez. Como não ligaram, ela voltou a subir, lembrando-se no último minuto de levar mais uma caixa do vestíbulo. Estava na metade da escada quando o telefone tocou de novo.

Os músculos de seu peito se contraíram. Mas que coisa!

Colocou a caixa no chão e desceu as escadas correndo, voando pelo último degrau para pegar o fone.

Ele parou.

O rosto de Debs ficou gelado.

O telefone tocou mais uma vez.

Ela agarrou o fone.

— Alô! — deu um grito agudo.

Mudo. O telefone estava mudo.

— Ah, não — murmurou, e, agarrando o fone com as mãos tremendo, ela logo discou um número. — Allen! — disse com um tom de pânico. — O telefone ficou tocando e parando. Acho que são eles. Os Poplar.

Houve um longo silêncio.

— Estou numa reunião — ele disse, com voz neutra. — Podemos falar disso na hora do almoço?

— Sim, querido, desculpe — ela respondeu.

— Dou um pulo em casa para almoçar.

Ela não o ouviu entrar. O céu finalmente tinha clareado e revelava trechos azuis, e ela estava tirando o mato de uma floreira de peônias que os Henderson tinham deixado, só para ocupar a cabeça.

— Olá — Allen chamou, entrando na cozinha e colocando a pasta no chão. Usava um dos dois ternos cinza que ela o ajudara comprar na M&S. Tentara convencê-lo de comprar um deles com listras, porém ele os quis lisos. “Não quero aparecer”, dissera.

— Olá — disse, tentando não deixar a voz tremer. — A sopa está quase pronta.

— OK, amor — ele respondeu.

A palavra “amor” fez seus ombros caírem instantaneamente. Talvez não seja tão ruim.

— O dia foi bom no trabalho? — perguntou com suavidade, indo lavar as mãos e lhe dando um beijo no rosto.

— Sim, foi, eu acho — Allen respondeu, passando pelo jardim e parecendo feliz consigo mesmo. — Falei da minha ideia para a parada de ônibus na biblioteca e parece que o responsável pelo planejamento gostou dela.

— Hum — disse, sem ouvir direito, levando para fora o caldo de galinha, que fizera mais cedo, numa bandeja com uma colher, pão com manteiga, um guardanapo e um copo de água. — Hã, hã.

— Claro, Ali disse que ele tinha falado sobre isso no ano passado e eles negaram, então... — ele começou, sentando-se na cadeira do jardim e pegando a bandeja. — Mas, eu achei...

— Estou tão preocupada com esses telefonemas — ela o interrompeu.

— Hum — ele murmurou, olhando para o chão.

— Bem, Allen, desculpe... É esquisito, não? Quero dizer, por que o telefone ficaria tocando assim?

Allen levou à boca uma colher de sopa cheia. Ela esperou que ele dissesse alguma coisa e, quando ele não o fez, Debs continuou, desesperada por uma reação. Sabia o que ele estava pensando. Ela só precisava de um pouco de segurança. Reconhecimento. Qualquer coisa.

— Porque eu fico pensando: como descobriram meu número? E isso significa que sabem onde moro também?

Allen contorceu a boca e piscou com força.

— Debs, amor. — Desta vez a palavra "amor" soou diferente. Ele tomou mais fôlego. — Não sei. Não há motivo para achar que eles telefonariam. Acabou o problema. É provável que seja apenas uma dessas empresas de telemarketing que liga para oferecer um produto qualquer ou algo assim.

Ela o encarou.

— Você acha mesmo? Acha que pode ser isso?

— Acho que sim — ele disse, assentindo com a cabeça. — Realmente, querida, você precisa parar de ficar agitada dessa forma. Esse negócio dos aviões, por exemplo...

Aviões. Ela olhou para cima, vasculhando o céu antes que pudesse se conter. Por que ele tinha que dizer isso? Ela não os tinha percebido desde a noite anterior. Agora ia começar a ouvi-los de novo.

— Sabe, querida — ele continuou. — Talvez você tenha que fazer alguma coisa para se ocupar durante o dia. Talvez algum trabalho voluntário, só para sair de casa.

— Pode ser uma boa ideia — ela concordou, tentando demonstrar como apreciava o esforço dele para acalmá-la.

— Talvez algumas horas num serviço de caridade? — Allen sugeriu.

— Hum — Debs murmurou, tentando parecer mais interessada do que estava. A ideia de conversar o dia todo com adultos desconhecidos estava acima do que seus nervos dariam conta no momento.

— Era o que minha mãe fazia — ele disse, enfiando um pedaço de pão na boca. — Ela ficava fora de casa às terças e quintas.

Ela o olhou, espantada.

Sua mãe?

Ela tinha se transformado nisso para ele? Um fardo em troca de outro?

— É, boa ideia, querido — ela gaguejou. — Mas essa escola já me desgasta, sabe. Sei que são só duas horas e meia, porém as crianças estão cansadas das aulas e isso já exige bastante. Por isso, quero estar descansada.

Ele a olhou. Parecia que tinha algo a dizer, mas que era difícil.

— A questão é, querida... O jeito como tem estado recentemente... — disse isso como se houvesse ali outros mil significados. — Depois do que aconteceu, não tenho certeza de que é mesmo uma boa ideia você trabalhar com crianças de novo...

Atrás deles houve um farfalhar. De repente, uma criatura saltou a cerca, passando como um raio indistinto pelo jardim, embrenhou-se pelo outro lado com um golpe ruidoso e se foi.

— Aargh! — gemeu Debs. — O que foi isso? Allen, o que foi isso?

— Nossa! Que esquisito! — disse Allen. — Deve ter sido uma raposa.

— Não — Debs objetou, com um olhar assombrado. — Allen, não era uma raposa. Não pode ser. Era enorme.

Olhou ao redor, abalada, como se algo fosse pular a cerca novamente e atacá-la. Allen pigarreou. Virou-se e viu a criatura esfregando as sobrancelhas, com os olhos bem fixos ao longe, como se procurasse uma rota de fuga.

Ah, não! Rapidamente Debs estendeu a mão e tocou Allen na manga, absorvendo a esquecida maciez da pele do braço dele sob o algodão da camisa.

— Sim, sim. Você deve ter razão, querido — ela assentiu, tirando a mão para que não tivesse que sofrer o incômodo do afastamento educado dele. — Estou vendo coisas. Deve ter sido uma raposa.

Mas não foi uma raposa, ela pensou, forçando-se a sorrir. A criatura tinha um olhar ruim. Esquisito. Como um animal demoníaco.

Capítulo 16

Callie

Estou atrasada. No meu segundo dia de trabalho.

Dessa vez a culpa é realmente do sinal da King's Cross. Saí correndo do trem na estação Victoria e também corri para pegar o trem para a estação Piccadilly. Olhei para o relógio. Estava perdida. O metrô faria cinco paradas na linha Piccadilly, e não três, e eu teria que descer na estação Piccadilly Circus, que dá uma caminhada de cinco minutos até o estúdio, no Soho. Para piorar as coisas, todo mundo na King's Cross teve a mesma ideia e eu forcei minha entrada num trem lotado em que o único espaço que encontrei foi ao lado da janela aberta da porta que liga os dois vagões. Assim que o trem saiu da estação, uma forte rajada de vento espalhou meu cabelo em todas as direções e fiquei parecendo uma maluca despenteada, para diversão de dois garotos que estavam na minha frente.

Fechei os olhos para que o cabelo parasse de entrar neles e pensei em Rae.

Ela é o motivo do meu atraso.

— Não quero ficar para as aulas extras na escola — ela disse num tom de desafio assim que a acordei às 7h30.

Olhei para ela sem entender.

— Rae, você tem que ir. Vou trabalhar hoje.

— Isso não é justo — ela começou a chorar. — Odeio você! Não vou sair da cama!

Fiquei tão chocada que tive que ir à cozinha preparar alguns sanduíches para levar para o trabalho. Quando tentei tirá-la da cama novamente, oferecendo-lhe um sanduíche quentinho, ela disse que a camiseta da escola que eu tinha acabado de comprar ficara, repentinamente, "apertada demais". Então, se recusou a comer o sanduíche, preferindo um mingau de cereais. Sua teimosia, no entanto, estava indo longe demais. Quando, por fim, consegui convencê-la a ir ao banheiro escovar os dentes, ela "sem querer" deixou cair a boneca que tinha cabeça e braços de plástico no vaso sanitário e deu a descarga antes que eu pudesse pará-la.

— O que você está fazendo, Rae? — gritei, enquanto a água do sanitário só subia, enchendo o vaso. Da boneca, só um dedo vermelho era visível, mas estava fora do meu alcance.

Ela sacudiu os ombros. Confusa, eu a levei para a escola sem falar uma palavra e a deixei com sua professora, a Sra. Aldon. Na saída, tentei não me magoar quando Rae se recusou a me dar um beijo de despedida.

Então, agora, estou atrasada para o trabalho e preocupada com Rae. Acabei me esquecendo de falar para a professora que Rae não queria ficar para as atividades extras, e também não sabia como iria encontrar um encanador para arrumar o banheiro.

Saí apressadamente da estação Piccadilly Circus e me desviei dos turistas na Regent Street cortando caminho pelas vielas do Soho, passando pelos sex shops e quiosques, e tentando lembrar como chegar até a Wardour Street.

— Vamos, Cal, rápido! — Guy gritou de sua baia de vidro assim que me viu entrar, meu cabelo todo despenteado e já encrespando com a garoa da manhã. — Ele já está esperando há dez minutos. — E me deu um olhar atravessado. Posso ter ficado cinco anos sem trabalhar, mas ainda conheço os códigos. No Soho, o cliente é rei. E chegar dez minutos atrasada para um encontro com o rei significa não mostrar o devido respeito.

— Por favor, me desculpe, me desculpe — disse e entrei correndo na sala de Guy, procurando um lugar onde pudesse deixar o meu casaco.

— Aqui — Megan disse ao entrar na sala para pegar o casaco. — Café?

Assenti, grata.

— Bom, vamos — Guy falou rispidamente.

Ele me conduziu para a sala onde estava o cliente, que ostentava luxo, poltronas de cinema e uma imensa TV de plasma que estava exibindo uma das últimas peças publicitárias de maior prestígio do estúdio: o comercial de um carro japonês.

Parker se levantou quando entrei na sala e, para meu alívio, abriu um sorriso radiante. Eu o reconheci de um programa de arte da BBC, ao qual costumava assistir. É um homem alto e magro, com a pele bronzeada, e usa um terno risca de giz e uma camisa branca aberta no colarinho.

— Muito prazer, Callie — ele disse com um leve sotaque escandinavo. — Ouvi muitas coisas boas a seu respeito.

Quase dei uma gargalhada. Só a ideia de Loll Parker ter ouvido falar de mim já era engraçada. Com certeza, só estava sendo gentil.

Guy me lançou um olhar que dizia: "Sorte sua que ele é um cara bacana".

Com essa repreensão, me sentei.

— Bem, Loll, podemos começar?

Parker assentiu e Guy apagou as luzes. Na tela da TV, começou a passar um filme sem nenhum outro som além da voz dos atores.

O filme de dez minutos de Parker começava num lago norueguês rodeado por pinheiros. Na paisagem vazia, havia uma única cabana. A narrativa começou. A cabana pertencia a um advogado aposentado de Oslo, que ia para lá todos os fins de semana, preparava para si mesmo um grandioso café da manhã com arenques defumados e queijos, sentava-se na varanda com vista para o lago com seu chapéu de palha e o jornal, e soltava um suspiro de satisfação.

Entretanto, naquele fim de semana, ele acordara com uma batida na porta da cabana. Ao sair, dera de cara com um homem imenso que começava a fazer o alicerce para uma cabana em frente à dele.

— Quem é você? — O advogado inquiriu com seu vozeirão.

— Seu irmão mais novo — o outro respondeu no mesmo tom.

Ele, de fato, era o irmão do advogado, há muito desaparecido, que cumprira pena numa prisão além-mar durante trinta anos, por assassinato, e que tinha os mesmos direitos do outro sobre aquelas terras em volta do lago.

— Nosso pai favoreceu você — ele gritou para o advogado. — É culpa dele eu ter entrado numa vida de drogas e crimes.

— Mas você está roubando a minha vista — o outro protestou, sentindo a ameaça do irmão mais novo.

— Eu não tive uma vista durante trinta anos. É a minha vez agora — o homem imenso rosnou.

O filme continua mostrando o homem à medida que ele serrava e fixava a madeira, construindo a cabana, roubando a tranquilidade do irmão minuto a minuto, até que termina com o advogado encontrando subitamente uma solução: ele coloca uma cadeira no teto da cabana. E o filme fecha com a cena do irmão colocando uma cadeira ainda mais alta em sua cabana.

Guy e eu aplaudimos e Parker sorriu.

— Estou explorando ideias sobre a migração — ele nos contou, com seu leve sotaque escandinavo. — Cerca de dois milhões de pessoas foram viver em outro país no ano passado. Abarrotam as cidades, lutam por espaço e identidade cultural.

Eu o olhei, fascinada. Parker não era mais velho que eu. Enquanto eu fiquei em casa por cinco anos, ele desenvolvia ideias, aprendia, capturava o mundo.

As possibilidades voltavam a aparecer. Os médicos disseram que Rae estava bem agora, que ela poderia levar uma vida normal, a não ser por alguns riscos. Se realmente chegamos a esse ponto, então nós duas poderíamos começar, finalmente, a viver um pouco. Se eu realmente conseguir acreditar que... bem, as coisas que posso realizar...

É um filme de arte, com um visual impressionante. Parker disse que deseja duas coisas em relação ao som. Quer que eu capture o silêncio do lago e da mata, de modo que contraste o mais violentamente possível com os barulhos da construção da cabana.

Para mim, o desafio é imenso. Assustador. Criar o segundo plano perfeito do "nada". No mesmo instante, meus ouvidos começaram a mixar sons: pássaros voando e batendo as asas, vento soprando nas folhas, insetos rastejando no chão. É a primeira vez que me sinto animada em anos. E quando Parker abre seu sorriso esperançoso, também me sinto uma impostora. Ele espera algo de mim que nem eu mesma tenho certeza de que ainda sou capaz de fazer.

Parker foi ver seu agente e me deixou com a missão. Trabalhei em algumas ideias, porém precisei me concentrar muito toda vez que sentia meu estômago doer de apreensão, e tive que lutar contra a vontade de sair correndo pela Wardour Street. Só me lembrei do sanitário quebrado em casa quando fui ao banheiro, minutos antes de nossa reunião. Então, dei um jeito de telefonar para o senhorio para saber se ele podia me indicar um encanador e marcar um horário para quinta-feira, tudo isso feito aos sussurros, da cabine do banheiro feminino do estúdio. Imaginei que Guy não gostasse nada de ver dramas domésticos interferindo no nosso dia de trabalho. Desliguei o celular ao sair do banheiro, caso o encanador tentasse me ligar no trabalho, e fui direto para a minha sala.

— E então, já pode nos falar de suas primeiras ideias? — Guy perguntou, aparecendo de repente na porta, pouco antes do horário do almoço.

— Acho que sim — respondi, com o coração disparado.

Ele e Parker entraram e se sentaram. Preparei com calma o material, procurando não fazer nenhuma besteira enquanto repassava a sequência em minha cabeça. Estava prestes a apertar a tecla play quando Megan entrou na sala com um telefone na mão.

— Callie, uma moça chamada Suzy está no telefone.

Guy olhou para mim.

— Precisa mesmo atender?

— Você me daria um minuto? Pode ser urgente.

— Tudo bem — ele respondeu, sua expressão mostrando o descontentamento.

Como Suzy conseguiu o número do estúdio? Tinha certeza de que não dera o número para ela exatamente por essa razão.

— Suze... está tudo bem? — perguntei, me afastando o máximo que podia deles.

— Oi, querida... só liguei para conversar um pouco. O seu celular cai direto na caixa postal.

Conversar? Olhei para Guy. Ele estava contando uma piada para Parker sobre o prêmio Turner, tamborilando os dedos no tampo da mesa.

— Humm... Suze...

— Desculpe-me por ontem, eu estava meio estranha... estava preocupada com Jez e Henry. Queria saber como está a Rae hoje.

Olhei para o chão.

— Suze, obrigada pelo interesse, mas agora estou numa reunião e...

— Você não pode conversar?

— É uma reunião muito importante.

— Ah! Vá pra sua reunião; depois nos falamos. Só quero te falar uma coisa antes. Rae e Henry estavam montando aquela história. Foi muito engraçado. Henry me contou que ele teve que se vestir como um camponês... — ela riu.

Não falei nada por alguns segundos, apenas sorri de leve e assenti quando vi Guy olhar para mim.

— Eu sei, é uma boa história. Suze, eu preciso desligar... me desculpe, ligo mais tarde pra você. Tchau.

— Está bem, que... — ela ainda estava falando quando desliguei o telefone.

Evitando o olhar de Guy, voltei ao ponto em que tinha parado.

— Está tudo bem? — Guy perguntou.

Não, não está tudo bem!

— Sim, claro... Bem, as ideias que tive são...

Parker gostou das alternativas que apresentei para o "silêncio". Guy me olhou e piscou.

— Muito bem. Agora, hora de comer! É melhor irmos — ele disse, olhando para o relógio na parede. — Fiz a reserva para as 13h30.

Suspirei aliviada e me ocupei com algumas coisas da mesa enquanto eles se dirigiam para a saída. Tudo o que eu precisava por algum tempo era me sentar e tentar me acalmar.

Guy parou na porta.

— Cal? Não está pronta?

Parker segurou a porta entreaberta, olhando-me com expectativa.

— Para...?

— Almoçar!

— Ah, eu já vou — quase gaguejei. Guy me repreendeu com o olhar: "Estamos trabalhando, recomponha-se!".

— Vamos esperá-la na recepção — ele falou e sinalizou para que Parker seguisse em frente.

Peguei um batom da bolsa e passei rapidamente nos lábios, olhando para meu reflexo na tela do computador. Passei as mãos nos cabelos, na tentativa de ajeitá-los, e voei para a recepção. Guy estava abrindo a porta e saindo com Parker para a Wardour Street.

— Você sabe onde vamos almoçar? — sussurrei para Megan, revirando desesperadamente minha bolsa para ver se tinha dinheiro suficiente para pagar um sanduíche.

— Acho que é no restaurante daquele *chef* famoso da televisão que acabou de abrir aqui perto — ela respondeu enquanto passava o batom... de uma excelente marca, claro!

— É mesmo? — Estava pálida, olhando desanimadamente para meu cartão de débito.

— Callie, quem vai pagar é o Guy... Não é um almoço de negócios?

— É? — Deixei escapar num tom mais alto do que gostaria.

Megan soltou uma risadinha.

— Não me faça rir... Você precisa sair uma noite com a gente.

— Ah, seria ótimo! — respondi, dando um passo para trás.

— Vai ter uma festa de estreia no Universal, na quinta... Minha colega de apartamento trabalha lá. Alguns de nós vamos. Venha você também.

— Nossa, é mesmo? — Senti minha cabeça rodar. O que eu faria com Rae? Teria de ver com Suzy...

— Callie? — Guy me chamou, sua cabeça aparecendo na porta.

— Vá logo... você sabe como ele é. — Megan brincou, enquanto eu me apressava em direção à porta.

Ela tinha razão. Eu sabia como Guy era. Lembrei-me rapidamente. Exigente e provocador, ele força quem trabalha com ele a pensar rápido e a viver com os nervos à flor da pele. Encoraja a fazer coisas que você não acreditaria que pudesse fazer.

Guy e Parker estavam alguns passos adiante, mergulhados numa conversa. Fui atrás deles, andando com cuidado por causa da minha sandália nova. Podia ouvir a voz de Guy mesmo a distância, enquanto ele cruzava a via de bicicletas e se aproximava das mesas na calçada, passando por empresas de filmes e de música, e agências de propaganda. Eu o observei. Ele andava nas ruas do Soho onde os negócios são fechados como se fosse o dono delas. Ele pertence a este lugar.

O restaurante ficava a dois minutos de Rocket. Enquanto Guy e Parker pararam na porta para me esperar, reparei que duas mulheres na casa dos 60 anos passaram pela porta de vidro e lançaram um olhar ao exterior de madeira onde estava escrito "Asian fusion". Pelas roupas elegantes que usavam, pelos acessórios finos e cabelos muito bem penteados, podia-se dizer que estavam em Londres para visitar uma exposição, fazer algumas compras, ir a um musical ou a um concerto, como faziam minha mãe e tia Jean, uma vez por ano.

Ouvi uma delas falando com a outra quando passaram por mim.

— Onde? — a mais alta perguntou animadamente.

— Naquele show que vimos na Tate?

— Ah! — a mais alta disse, olhando de soslaio para a porta do restaurante. — Sim, acho que você tem razão. É Parker ou algo parecido, não é? Loll Parker!

Sem querer, meu olhar cruzou com o delas. As mulheres perceberam que foram notadas.

— Loll Parker — uma delas murmurou com ar de conspiração para mim, apontando para o restaurante com gestos ocultos e com os olhos arregalados.

— Ah — concordei com um sorriso, passando por elas.

— Tudo bem, Cal? — Guy me perguntou assim que me aproximei.

Pela porta de vidro, pude ver as mulheres se voltarem e olharem para mim. Vi Parker colocar a mão educadamente em minhas costas e me conduzir para o interior do restaurante pela porta que Guy mantinha aberta. As mulheres se voltaram, de olhos arregalados e com a mão na boca. Se se parecessem com minha mãe e tia Jean, voltariam histéricas para casa, contando e recontando a história em meio a gargalhadas.

Tive vontade de correr atrás delas e gritar: "Não é nada disso, acreditem em mim. Esta situação também é estranha pra mim".

Entretanto, percebi que, como eu vira Guy, elas me viam como alguém que pertencia àquele lugar.

O almoço acabou se estendendo por algumas horas, nas quais Parker nos contou como foi passar a infância em Oslo com a mãe norueguesa e o pai nigeriano, e sua sensação de estar deslocado quando se mudaram para Lagos e, depois, quando voltaram.

— Nossa, essa história parece meio maluca — eu me arrisquei a dizer depois que terminamos a segunda garrafa de vinho. Senti os olhos de Guy sobre mim, como se dissessem "Cuidado!". — Parece que você está atrás daquela ideia de harmonia natural de um ambiente se transformando e mudando... e se tornando desequilibrado.

Parker me observava. Ele estava prestando atenção ao que eu dizia. Estava me levando a sério.

— Sei que você deseja usar ruídos reais de construção — continuei, rezando para que Guy estivesse do meu lado. — Mas e se usássemos ruídos naturais? Sons que tiraríamos do "silêncio" e distorcêssemos para criar uma desarmonia. Por exemplo, no lugar de serrar a madeira, poderíamos usar o zumbido de insetos amplificado até que se tornasse opressivo e desagradável. Para o ruído da perfuração, o canto estridente e alto de um pássaro.

Parker pensou por alguns minutos.

— Interessante — ele disse, batendo os dedos na mesa e olhando para Guy.

Então, ele concordou.

Ele *concordou*.

— Gosto da ideia. Você pode fazer outro esboço com essas ideias, Callie?

Ele tinha mesmo falado isso?

Senti meu rosto queimar.

— Claro, eu adoraria.

— Ótimo. Então, vamos fazer isso — Guy finalizou, erguendo a sobrancelha para mim e pedindo a conta.

Talvez fosse o vinho, talvez fosse o entusiasmo. Mas eu me sentia como se alguém tivesse me ligado numa tomada. Por dentro, as partes escuras pareciam cheias de luz.

— Obrigada, Cal — ele disse. — Olhe, este foi um grande dia. Trabalhamos muito hoje. Por isso, vamos deixar para recomeçar amanhã.

— Jura?

— Com certeza, cara colega. Porém, não se esqueça de que temos muito a fazer ainda.

Caminhei ao ar livre.

Minhas pernas pareciam ter o dobro do tamanho, uma hora mais tarde, quando subi a ladeira que me levava da estação do Alexandra Park até a escola de Rae. As ruas estavam imersas no sol agradável de junho. Era difícil não sorrir. Parker gostou das minhas ideias. Ele gostou delas.

E ainda havia o convite de Megan para sair na quinta-feira, no Soho.

Estava dando certo! Nem podia acreditar. Estava mesmo dando certo. Eu já conseguia me sentir mentalmente independente de Suzy.

Segui para a escola me perguntando como estaria Rae, depois de toda a irritação daquela manhã. Olhei para meu relógio e vi que tinha ainda muito tempo para conversar com a Sra. Buck sobre como ela estava se saindo.

Para minha surpresa, no entanto, Rae me recebeu na porta com um grande sorriso no rosto.

— Mamãe! — ela gritou. — Posso ir para a casa de Hannah?

— O quê?

— Ela pode ir? — Hannah pediu, aparecendo na porta e segurando a mão de Rae. Elas pulavam e riam.

— Não sei, Rae, eu...

Desconcertada, vi a mãe de Hannah, Caroline, sair da sala com a mochila da filha.

Teria Caroline convidado Rae para ir a sua casa? Meu coração acelerou. Caroline sempre me pareceu um pouco mais cordial que as outras mães, até mesmo me perguntou se eu gostaria de ir com ela e seu marido à competição dos pais da escola, em setembro, logo depois que as aulas começaram. No entanto, Suzy precisava de mim naquela noite, pois um dos meninos estava doente. Depois disso, Caroline e suas amigas pareciam formar uma panelinha e ela nunca mais falou comigo.

— Oi, Caroline... — Eu a cumprimentei. — Rae estava me dizendo...

Percebi um movimento rápido no rosto dela.

No nariz! Ela o franziu quase imperceptivelmente.

Ah, céus! O cheiro de vinho na minha respiração!

— Bom, Rae estava me perguntando se...

— Sim — Caroline respondeu. Seu tom de voz não era desagradável. Soou neutro. — Por mim, tudo bem.

Tudo bem?

— Mas não hoje. Hannah tem aula de piano.

— Amanhã, então, mamãe? — Hannah pediu.

— Amanhã? — A voz de Rae juntou-se à de Hannah.

Voltei o olhar para Caroline para ver sua reação. Ela deu um sorriso amarelo. Afinal, o que estava acontecendo?

Então, eu entendi. Horrorizada, percebi que Caroline não tinha convidado Rae para ir a sua casa; Rae ficara tão desesperada que ela mesma perguntara a Caroline se podia ir. Caroline se vira em maus lençóis. Não havia a menor possibilidade de dizer não.

Fiquei gelada.

Caroline concordou e olhou para mim.

— Sim, amanhã tudo bem. Vou pegar Rae e Hannah aqui na escola. Você pode ir buscá-la às 6h30?

Rae estava toda animada e correu para abraçar minhas pernas.

Eu também a abracei, mas as palavras "tudo bem" ainda reverberavam na minha cabeça. Talvez fosse meu constrangimento ou a ressaca de meu almoço, mas internamente eu me sentia disposta a brigar para me defender. "Tudo bem?", me deu vontade de falar, "Você vai me desculpar, Caroline, mas esta situação não está nada bem. Minha filha não é 'tudo bem'. Ela é uma criança bonita, doce e carinhosa. Tem uma risada linda, se é que você alguma vez teve tempo de ouvi-la. Ela tem lutado pra viver mais do que você imagina e merece mais do que esse seu 'tudo bem'".

Então, vi o rosto de Rae, corado pela agitação.

Pobre criança. Se ela soubesse... Eu é que sou impopular com as mães da escola por algum motivo que desisti de tentar entender. Eu é que acabei com as suas chances de receber um convite. E estar cheirando a vinho às 5 da tarde não deixava as coisas melhores.

Então, mordi a língua. Mesmo que fosse um convite sem muita convicção, para Rae era melhor que nada naquele momento.

— Ela vai adorar, obrigada.

Caroline abriu a porta para deixar Hannah passar. Seguimos as crianças até a rua.

— Nosso endereço está na lista da classe — ela me disse na saída da escola.

— Ótimo — concordei.

Caroline conduziu Hannah pela rua abaixo, os olhos fixos no rosto da filha no que parecia ser uma tentativa de revelar um código secreto. Hannah, sabiamente, ficou olhando para o chão.

— Recebi um convite! — Rae gritou, segurando minha mão com força e puxando-a para cima e para baixo, até quase machucá-la.

O dia de hoje foi o melhor dia que nós duas já tivemos em muito, muito tempo. Decidi que não havia a menor chance de falar com Rae sobre seu comportamento de manhã ou sobre ter incomodado Caroline.

Estávamos quase na Churchill Road quando me lembrei de nossa casa vazia com o banheiro enguiçado, e Suzy me esperando na rua como sempre.

Hoje não. Hoje não vai dar.

Parei e procurei todas as moedas que tinha na bolsa para o sanduíche do almoço.

— Rae, a Suzy me disse que tem uma lanchonete nova aqui perto que faz o melhor milk-shake de Muswell Hill — disse, contando as moedas. — O que acha de irmos lá?

A expectativa de Rae ficou ainda maior e eu a ouvi pronunciando "oba, oba" de alegria. Segurei sua mão, sorrindo, e segui na direção da Broadway, o que dava uma caminhada de quinze minutos.

Lembrei-me, então, de que me esquecera de avisar Caroline para segurar na mão de Rae quando fossem atravessar a rua e de ver se ela tinha o número do meu celular para o caso de uma emergência.

Teria que ligar para ela no dia seguinte, do trabalho.

Capítulo 17

Suzy

Que diabos Jez estava fazendo?

Suzy andou pela cozinha fechando portas e ligando a lava-louça.

Que ridículo! Eram quase 7h30 da noite e ele ainda não tinha saído do escritório. Estava lá desde depois do café da manhã, com a porta bem fechada. Num determinado momento, depois de ter voltado de uma visita de quatro horas ao shopping de Brent Cross, ela tinha subido furtivamente e tentado escutar atrás da porta. Porém, não havia nenhuma pista. Nenhum ruído da voz dele ao telefone, nem da música que, às vezes, colocava para tocar à tarde, nem do toque dos dedos no teclado. Apenas silêncio.

Ela pegou um pano de prato e começou a passar nas bancadas da cozinha que já tinha limpado duas vezes, uma depois do café da manhã e outra depois do almoço. Sucrilhos e leite seguidos de gotas de sopa de legumes e migalhas; agora era a vez dos restinhos de batata assada e brócolis serem empurrados para sua mão. Às 6 horas, enquanto as crianças brigavam, cantavam e gritavam, ela gritou para Jez perguntando se ele ia querer comer; esperava, também, que ele a ajudasse a colocá-los na cama.

— Mais tarde — ele gritou lá de cima. — Deixe no forno.

Isso fora há uma hora e meia. Tinha alguma coisa a ver com uma apresentação que ele ia fazer em Birmingham, na quinta, ele tinha resmungado pela manhã. Ela lidara com as crianças sozinha.

O impulso para entrar lá sem pedir licença e perguntar o que ele quisera dizer sobre a escola de Henry era esmagador. Instintivamente, no entanto, ela sabia que isso o retrairia ainda mais.

Não. Ela teria que ter paciência. Esperar até que esse humor mudasse. Quando ligara para Vondra de manhã, lá de Brent Cross, ela prometera que seguiria a pista de Michael Roachley assim que pudesse. E havia outras coisas que Suzy poderia tentar nesse meio-tempo.

Com um suspiro profundo, ela jogou no lixo a batata e os brócolis frios, tirou a toalha, foi até a sala da frente e fechou a porta.

Verificando se ainda não dava para ouvir Jez nas escadas, ela foi até o sofá branco. Com cuidado, para que não raspasse as tábuas do assoalho, desencostou-o da parede. A ponta de uma sacola de plástico verde-escuro apareceu. Ela se inclinou e deu um puxão nela. Era pesada.

"Bom", murmurou, sentando-se no sofá e abrindo a sacola. Certificando-se de novo em relação à porta, ela despejou o conteúdo no chão. Diversas bisnagas e estojos de maquiagem apareceram, muitos ainda com a etiqueta de preço. Uma base de 53 libras rolou para um lado, e ela a segurou com o pé, junto de um hidratante de 77 libras.

Ela recolheu os bastões brilhantes e os potes reluzentes. Pegando o máximo deles que conseguiu, levantou-se e foi até o espelho acima da lareira. Com uma nova tiara rosa, ela puxou o cabelo para trás e limpou a pele com um lenço de limpeza de um pacote novo. Depois, passou o rico e cremoso hidratante com a ponta dos dedos com unhas recém-feitas. Ah, ela sabia se maquiar! Disso ela jamais se esqueceria. Marianne, uma garota de seu trabalho em Denver, tinha lhe ensinado. Então, ela conhecera Jez, que lhe dissera que ela não precisava disso. Bem, agora, talvez precisasse de novo.

Com cuidado, passou a base, escondendo suas pálidas sardas. Uma imagem de Sasha, de olhos esfumaçados e beicinho, veio à sua mente. Pegou um lápis de sobrancelha marrom-claro e passou-o pela sobrancelha, espichando sua ponta para conseguir uma forma mais definida. Seguiram-se pinceladas fundas de sombras prateadas e azuis brilhantes. Em seguida, se abaixou e pegou uma pequena caixa de plástico. Dois cílios compridos a esperavam. Com mão hábil, aplicou a cola e grudou-os na pálpebra superior, aplicou um delineador azul-marinho com mão firme, algumas camadas de rímel, depois se distanciou para ver o efeito.

Até ela ficou surpresa com a transformação. Seus olhos turquesa faiscaram, sensuais, por trás dos grossos cílios. Passou então um pó compacto e um blush rosado e, por último, um gloss clarinho nos lábios.

Erguendo-se em toda sua altura, pôs os ombros para trás, esticou o pescoço e fez um beicinho. Num impulso, desabotoou alguns botões da camisa xadrez, deixou cair dos ombros e pendurar-se nos seus jeans, revelando uma camisola de seda rosa que também comprara à tarde e que já tinha colocado no banheiro.

Se era isso o que queria, ela lhe daria.

— Suze?

O chamado dele pegou-a de surpresa.

— Droga — murmurou. Apavorada, tentou empurrar alguns dos cosméticos de cima da lareira para dentro da sacola verde. Não lhe ajudaria nada, agora, se Jez descobrisse o custo da ida de hoje a Brent Cross. Ela não tinha a intenção de comprar tanto. Mas o dia ficou tão vazio e comprido sem Callie.

Ao empurrar tudo para a sacola, o potinho aberto de sombra prateada caiu no tapete branco, salpicando-o de pozinho brilhante. Ela se ajoelhou, recolhendo-o rapidamente.

— Você está aí? — ele perguntou, abrindo a porta de repente. Ela ficou ajoelhada, com a sacola verde agarrada na barriga, de costas para ele, com a camisa no quadril.

Sentiu os olhos de Jez sondarem-na, querendo entender que diabos ela estava fazendo.

— O jantar está no forno, querido — disse, suavemente. — Me dê um minuto. Acabei de derrubar uma agulha no tapete.

— Não se preocupe, vou levar lá para cima, vai ser uma noite longa — disse calmamente, saindo da sala.

Uma noite longa.

Ela ficou onde estava, sacudindo a cabeça devagar. Com um suspiro, levantou-se e foi até a parede. Colocou a sacola verde atrás do sofá, de novo, e depois sentou-se nas almofadas firmes. Puxando a camisa de volta aos ombros, esperou que o barulho da porta do forno e o bater da gaveta de talheres se transformassem nos passos pesados de Jez subindo com a bandeja para o escritório e fechando a porta novamente.

Abotoando o último botão, ela abriu a porta da sala e subiu as escadas, devagarzinho, para sua vigília. No andar de cima, ela sentou-se em seu lugar de costume, no espaço e no silêncio, e pegou as pontas dos cílios falsos.

Puxou-as.

Foi tão depressa que elas se rasgaram nas pálpebras dela.

Suzy gemeu e esfregou o pedacinho de pele dolorida.

Isso ajudava, mas não o suficiente.

Então, ela puxou para cima a manga da camisa e, ali, onde ninguém poderia ver, enfiou as unhas recém-feitas na pele do braço. Deixou-as ali, como uma garra.

Quarta-feira

Capítulo 18

Callie

Rae está tão entusiasmada com seu dia de brincar na casa de Hannah, após a escola, que se veste minutos depois de pular da cama e corre para pegar diversas pulseiras e adesivos que quer levar para lá.

— Está tudo bem com você se for às aulas extras, então? — arrisco, enquanto ela come a última colherada de mingau e nos dirigimos para o hall.

Ela começa a sorrir, depois parece confusa.

— Sim. Não sei. — Seu rosto entristece de repente. — Mas sinto sua falta.

— Bom, eu também sinto a sua — digo, penteando seu longo cabelo cacheado diante do espelho, dividindo-o em tranças que irão se desmanchar bem antes de voltar para casa, como já sei. — Mas logo poderemos fazer planos de muitas coisas novas. Se você se comportar muito bem e fizer o que a mãe de Hannah lhe pedir, talvez possa convidar Hannah para vir aqui em casa algum dia.

— Sim! — Rae dá um grito agudo.

— E sabe do que mais? — Sorrio para ela no espelho. — Talvez eu tenha uma amiga nova também. Uma moça do trabalho que se chama Megan.

Ela me encara no espelho.

— Como ela é?

— Simpática. — Sorrio. — Amável. Você ia gostar dela, ela se parece com a Alice no País das Maravilhas. E acha minhas piadas boas.

Rae arregala os olhos, depois faz uma expressão cômica de descrença que reconheço como sendo de Tom.

— Ah, é, macaquinha! — resmungo e a agarro e aperto.

Saímos pela porta com tempo de sobra.

— Oi, querida!

Baixo os olhos ao som da voz de Suzy. Por alguma razão, ela está fazendo com que me sinta apavorada e numa armadilha. Forço-me a sorrir, olhando Suzy vindo pelo portão com Henry.

— Não vimos vocês ontem.

— Desculpe — digo, atravessando a rua com Rae. — Chegamos tarde, mas quem sabe a gente vem mais tarde e usa o seu banheiro, pode ser? O nosso só está funcionando em parte e o encanador só vem amanhã.

— Claro. Como está, queridinha? — Suzy diz, batendo no ombro de Rae enquanto descemos pela Churchill Road juntas. — Você contou à mamãe sobre a escola?

O rosto de Rae se entristece.

Suzy faz um gesto inquisitivo para mim.

— Vou falar com a Sra. Aldon essa semana — digo. — Ainda não consegui.

— Boa sorte! Se conseguir fazê-la entender qualquer coisa, querida — ela suspira. — Mal posso esperar para ver Henry longe da sala daquela mulher. Uma das mães estava me contando outro dia que ela... — Ela ergue a mão, fazendo o gesto de beber. — Não acha que ela parece estar de ressaca, às vezes?

Entretanto, antes que eu possa responder, Rae fala, esganiçada.

— A mamãe tem uma amiga nova no trabalho. Ela se parece com a Alice no País das Maravilhas. E ela acha que a mamãe é boa em contar piadas.

Ela faz de novo a careta engraçada de descrença para Henry e ele gargalha.

Ah, não! Coitada da Suzy. Isso vai magoá-la.

— Ela não é minha amiga — sopro para Suzy, longe dos ouvidos de Rae. — Ela só trabalha lá.

Mas Suzy não parece ter ouvido nada. Está concentrada na mochila de Henry, que está abrindo, tentando arrumá-la enquanto andamos.

Eu a observo, pensando em Megan.

Deveria convidar Suzy? É hipocrisia?

Contudo, se eu começar a fazer amigos longe de Churchill Road, isso pode ser bom para Suzy no longo prazo, raciocino. Talvez ela ainda não perceba, mas precisa se separar de mim, tanto quanto eu dela. De modo indireto, estou lhe dando a própria liberdade, além de agarrar a minha.

— Suze... — arrisco, quando chegamos à rua principal.

— Hã.

— Tem uma coisa no trabalho na quinta à noite. Desculpe perguntar, mas você se importaria de cuidar de Rae por algumas horas? Não vai passar muito da hora de dormir dos meninos.

— Claro, se Jez estiver por aqui.

— É mesmo?

— Claro.

— Obrigada — digo, tomando-lhe o braço. — Quando estiver firme no trabalho, vou arranjar quem cuide dela, para não ter que pedir a você.

Ela me encara.

— Callie, por favor, querida... Você não precisa fazer isso. Fico feliz em ajudar. A gente nunca sabe em quem pode confiar, afinal. Aliás, por que não vai direto para o metrô? Eu levo a Rae.

— Mesmo?

— Claro. Vou falar com a Sra. Aldon e perguntar o que está acontecendo com ela. Bom, vou fazer o possível.

— OK, obrigada — murmuro, grata. Sei que deveria fazer isso eu mesma, mas Rae parece melhor hoje e, se Suzy levá-la à escola, tenho vinte minutos a mais no dia com Parker.

Aceno enquanto Suzy segura Rae e Henry, firmes, pela mão, e atravessa a rua.

— Vou buscá-la na casa de Hannah — falo alto para Rae. Teria gritado, porém, no último minuto, algo me disse que Rae ainda não tinha contado para Henry que vai brincar lá.

Quando chego no Rocket, minha cabeça está zumbindo com ideias para a trilha sonora de Parker.

Ele aparece para conversar sobre ela por uma hora, depois vai embora. Para me inspirar, procuro “lagos noruegueses”, no Google, para saber da vida selvagem em torno deles, depois começo a procurar em nosso imenso acervo sonoro algo que combine. Estou tão concentrada, pensando nos ruídos que alguns peixes fazem quando agarram sua presa, que nem percebo ser a hora do almoço até que Megan se oferece para trazer um sanduíche para mim.

— Então, vai conseguir aparecer na quinta? — ela pergunta, enviando pelo ar um perfume delicioso e vestindo uma blusa com estampa de oncinha.

— Acho que sim. — Sorrio. — Se estiver OK para você!

— Claro! Vai ser ótimo. Bem, alguma coisa vegetariana do Pret?

Dou-lhe o dinheiro, constrangida por ela estar fazendo isso para mim, mas também um pouco encantada de estar terceirizando uma das muitas tarefas domésticas que preencheram meus dias por muito tempo a alguém genuinamente feliz por fazê-la, e que é paga para isso, para eu poder seguir adiante com meu trabalho.

Fico tão absorvida pelas fontes de som para a construção que dou um pulo quando meu celular toca.

Não reconheço o número. Quem será?

— Callie, aqui é Caroline, a mãe de Hannah — diz a voz no meu ouvido.

Levo um minuto para identificá-la.

— Ah, nossa, Caroline. Oi! — respondo alto demais, lançando um olhar ao relógio. Como deram 3 horas tão depressa? — Obrigada por ligar. Queria falar com você esta tarde para dizer que Rae anda um pouco levada na rua. É um pouco complicado, mas quando ela teve sua grande cirurgia cardíaca, antes de a escola começar, houve complica... Bom, ela perdeu muito oxigênio e isso a deixou com uma coordenação ruim. O problema é que no momento ela está louca para correr e...

— Callie, deixe-me interrompê-la — Caroline diz.

— Sim. Desculpe. — Devo parecer louca. Ela vai pensar que bebi de novo.

— Desculpe, mas estou ligando para dizer que vou ter que cancelar a vinda de Rae a minha casa.

Fico sem ar. Ah, não! Por favor, não.

Ela continua.

— Esqueci completamente que Hannah tem uma aula de piano extra às 5 horas, em substituição à da semana passada, quando ela estava doente.

Ela para, esperando uma resposta.

Como ela pode fazer isso? O que foi que eu fiz para essa mulher?

Então, entendo tudo. Caroline nunca teve a intenção de levar Rae para brincar. Ela só disse sim na tarde passada porque não conseguiu pensar numa desculpa para sair dessa situação rapidamente.

O desapontamento me atravessa. Meu Deus, como é que Rae vai se sentir?

— Ah, que pena! Está bem, não se preocupe — resmungo. — Caroline, você pode dizer isso a ela, às 5 horas, quando for pegar Hannah na escola?

— Sim, claro. Sinto muito, Callie — Caroline diz. — Talvez uma outra vez.

— Talvez — digo, sabendo que não haverá nenhuma.

— Tchau, então.

— Tchau.

Não existe hora para se chatear. Minha tristeza por Rae vira uma massa indigesta dentro do meu peito. Durante toda a tarde, Guy entra e sai do estúdio, verificando o trabalho. Ele me confidencia que, se o curta de Parker for bem recebido, ele pode acabar fazendo longas-metragens, como os de Sam Taylor-Wood e de outros artistas. Se o impressionarmos agora, ele pode trazer novos e maiores contratos de engenharia de som no futuro.

Parker tem que estar em Nova York na próxima quarta, então estamos com o tempo apertado. No fim do dia, Parker dá um pulo para ver o que fiz. Estamos passando tudo de novo quando vejo o relógio. Fico paralisada. Como isso aconteceu? Um minuto atrás eram 4h10, agora são 5h20!

— Guy? — digo, arfando. — Esse relógio está certo?

Ele checa seu relógio.

— Sim. Algum problema?

— Desculpe, mas estou atrasada. Tenho que ir.

Ele franziu as sobrancelhas.

— Nós combinamos cinco... — ela o olhou com uma careta.

— Pode ficar mais uns dez minutos, Cal?

As implicações eram nítidas. Estamos sob pressão. Ele me deixou sair às 4 horas ontem. Devo isso a ele.

— OK, mas tenho que dar um telefonema.

Corro até a recepção e Megan me passa o telefone. Digito ali uns números, detestando minha própria hipocrisia. Uma hora, estou tentando me separar dela, na outra, dependo dela como se fosse família.

— Suzy — cochicho. — Escute, me desculpe. Estão me segurando, não acho que vou chegar na escola às seis. Será que você poderia pegar a Rae se eu ligar para eles e lhes disser que você vai pegá-la?

Há uma pausa.

— Suze?

— Tá bom, querida, tudo bem — ela murmura.

— O que foi? — pergunto. — Você parece chateada.

— Não, de jeito nenhum, querida. Não é você. É que Rae parecia de novo chateada quando peguei Henry às 15h30.

— Mesmo? — pergunto, desnorteada. Ela não devia saber ainda que a mãe de Hannah havia cancelado a brincadeira, então, devia estar entusiasmada para sair da escola com a amiga.

— Sim, ela se jogou no chão e gritou. Por fim, a Sra. Aldon teve que levá-la para dentro porque ela não queria ir com a Srta. Buck. E, agora, se você não vai buscá-la às seis... Bom, querida, só estou pensando... Você tem certeza de que vai dar conta disso tudo?

Ah, Deus! E agora Rae vai ficar arrasada pelo cancelamento do dia de brincar quando Suzy for buscá-la, e vai ter que lidar com isso também. Não posso pensar nisso agora. Guy surge do estúdio e me faz sinal para voltar.

Meu estômago se contrai.

— Suze, eu sei. Mas, por favor, você pode fazer isso só dessa vez? Vou ligar assim que sair e explicar tudo a você.

— Tá bom, querida. Escute, não se preocupe.

Desligo o telefone e olho para Megan.

— Você vai dar conta — ela diz. — Minha irmã levou um tempão.

Por que Suzy não podia dizer isso, penso, enquanto volto para o estúdio de som. Agora estou tão preocupada que mal consigo pensar.

No final das contas, Guy me segurou por quarenta e não dez minutos, e fico a ponto de ter uma síncope. Parker pega o paletó para sair e Guy me indica com a cabeça que posso ir.

— Bom começo — ele diz. — Vamos voltar a ele amanhã.

Saio correndo do estúdio um respeitoso minuto depois de Parker, e me ponho a oscilar nos meus saltos até o metrô, tentando ligar para a casa de Suzy do celular. É por isso que em Londres a gente vê tantas mulheres na correria usando ternos e tênis.

O telefone de Suzy toca seis vezes e depois entra na caixa postal.

Talvez tenham ido ao parque. Tento o celular. Cai direto na caixa postal também.

Esquisito.

Na estação Oxford Circus, paro na entrada, imaginando o que fazer. Quando estiver no metrô, não terei sinal por meia hora.

Perturbada, ligo para os dois telefones dela de novo e deixo em ambos um horrível pedido de desculpas dizendo que chegarei por volta das 18h45.

— Oi, Suze! — grito, acima do ruído do trânsito e de um vendedor de jornais gritando "Venha e pegue!". — Você ouviu minha mensagem?

De repente, alguém grita do meu lado. Uma mulher alta, num traje elegante, com cabelo penteado e maquiagem perfeita, está andando pela Oxford Street parecendo um soldado e gritando em francês ao telefone. A visão é tão inusitada que paro de falar por um instante e a observo. Ela ergue bem a perna a cada passo, está acabando verbalmente com alguém com tal ferocidade que uma mãe puxa a criança para mais perto de si. O namorado deve ter dado o fora nela, penso. Ele se meteu com a mulher errada.

— Cal? — Ouço Suzy dizer.

— Desculpe — respondo. — Tem uma mulher bem esquisita andando por aqui...

— Cal? — Ela repete.

— O quê? — digo.

Ouço um barulho que não compreendo. Um barulho no telefone que se parece com uma inspiração bem profunda. Depois, silêncio.

— O quê? — digo. — Suze? O que foi? Fale alto, não estou ouvindo você.

A francesa para na minha frente e continua a gritar. Afasto minha cabeça, tentando desesperadamente ouvir Suzy.

— ... na rua... — Ouço-a dizer.

— O quê?

A francesa continua em seu discurso veemente.

— Ah, por favor, fique QUIETA! — grito, silenciando-a e fazendo-a se afastar com um olhar insolente.

— Bem feito, amor! — zomba o vendedor de jornais do meu lado.

— Rae... caiu na rua...

— O quê?

— ... machucou a perna... Ela está bem...

— Como assim, bem? — falo com a voz apertada na garganta.

— ... cortou um pouco a perna...

— A respiração dela, Suze, como está a respiração? — grito.

— Bem. Acho... Você quer que eu a leve ao pronto-socorro?

— Sim, por favor! — eu grito. — Eles precisam examiná-la. Vá para Northmore. Diga para eles contatarem a cardiologia assim que ela chegar...

Faz-se silêncio do outro lado. Fico olhando para o telefone. Suzy desligou.

Abalada, me viro e quase caio em cima da banca de jornal.

— Você está bem, querida? — o jornaleiro grita com voz áspera.

Balanço a cabeça, vou para um lado, para o outro.

Ele me pega pelo ombro e eu sinto um cheiro rançoso de cigarro.

— Preciso chegar a Northmore. Minha filha caiu na rua. — Afasto-me com um movimento brusco, em pânico.

— Está bem, amor, fique aí — ele grita na sua voz áspera, estende o braço e assobia. Um táxi preto para, ele abre a porta e me empurra para dentro. — Northmore, colega — ele grita. — É a garotinha dela.

E o táxi arranca antes que eu possa agradecê-lo.

Capítulo 19

Debs

Ela tinha uma hora para trocar a roupa de trabalho e deixar o jantar pronto para Allen. Andou pela cozinha, empenhada em se concentrar, para tirar os pensamentos ruins da cabeça. Feche-os numa caixa, o terapeuta lhe disse. Coloque cada pensamento ruim numa caixa, depois se imagine tampando-a e trancando-a. Preencha a cabeça com pensamentos novos, inofensivos.

Por exemplo, o forno novo. O forno novo era muito quente para apenas 180 graus. O ensopado de carneiro parecia ressecado e cheirando a queimado. Ela espetou as batatas com um garfo. Mal cozidas. E Allen detestava batatas mal cozidas. Tirou o leite da geladeira, despejou-o na panela e levou-a ao fogo. Amasse, pensou. Amasse. De novo. Não podem ficar pedacinhos.

Dez minutos depois, quando ouviu o clique da chave na porta, as batatas tinham virado um purê aguado.

Allen entrou com sua pasta e a colocou no chão.

— Olá — ela disse, tentando manter a voz calma. — O jantar está quase pronto.

— Está bem, amor — ele respondeu.

Colocando os talheres na mesa, ela entrou na sala.

— Eu ajudo você — disse, tirando o sobretudo dos ombros dele.

— Obrigado — respondeu, inclinando-se para que ela o beijasse no rosto. Ela queria erguer a mão e tocar o rosto dele, mas esses gestos de intimidade estavam tão difíceis agora que tinha medo da reação dele. No último minuto, não teve coragem e usou a mão para tirar algo invisível da lapela dele. Ele acariciou ligeiramente o braço dela em sinal de agradecimento.

— O que temos para o jantar?

— Ensopado.

— Ótimo.

Ele subiu para vestir a calça e o blusão que ela deixara sobre a cama, dando-lhe tempo para colocar o jantar na mesa. Concentre-se, ela pensou, arrumando o ensopado. Não deixe sua cabeça tropeçar. Coloque essa coisa ruim numa caixa.

O problema é que a tampa de uma certa caixa estava desesperada para ser aberta.

Esmagar, esmagar, esmagar. Apertar, apertar, apertar, pensou. Aperte a tampa.

Allen voltou e colocou o jornal do seu lado, para mais tarde.

— Teve um bom dia? — Debs perguntou, dispondo o ensopado, as cenouras e o purê no prato dele. O purê de batata escorreu pelo molho e desapareceu num mingau marrom.

— Sim, acho que sim — respondeu, parecendo satisfeito consigo mesmo. — Parece que a ideia do ponto de ônibus vai entrar no planejamento.

— Ah, muito bem, querido.

Allen sorriu e sentou-se para jantar com um suspiro de contentamento.

— Hum, que delícia!

Ela se sentou e o observou pegando os talheres, deixando os seus no lugar sobre a mesa. Queria observá-lo por uns momentos, apreciando a comida que preparou para ele. Por um segundo, fez de conta que era como na noite anterior. Quando eles estavam quase terminando o jantar e ela já pensava na noite que iriam passar juntos no sofá, assistindo a *Coronation Street* e depois ao noticiário das dez horas da noite, Allen fazendo as palavras cruzadas do *Guardian* e ela o ajudando com as palavras que ele não conseguiu achar.

E esta noite isso não ia acontecer.

— Então, como foi seu dia? — ele perguntou, afinal.

Ela baixou os olhos.

— Não foi nada bom, querido. Algo muito ruim aconteceu.

Allen a observou com os olhos preocupados, mastigando incessantemente o mesmo pedaço de carne.

Capítulo 20

Callie

— Ela está ali.

Passo rapidamente pelas portas de segurança, passo por Suzy e chego até Rae, que está na seção pediátrica do Northmore A&E assistindo à TV. Já estivemos aqui tantas vezes que já sei o que vou encontrar. Ar rançoso. Luzes tão claras que ferem os olhos. Brinquedos encardidos espalhados pelo chão que cheira a desinfetante. Uma faxineira limpando a bílis amarela.

— Mamãe — ela murmura, apontando para a TV. — Henry tem esse filme.

— Oi, filhota — digo, pegando seu rosto com firmeza entre as mãos e o escaneando, ponto a ponto, fazendo uma lista mental. Lábios rosados, talvez um tanto pálidos. Pele pálida também, mas nada fora do normal. Olhos... Tudo bem. Estranhamente brilhantes, na verdade. Respiração normal.

— Ela já foi examinada? — pergunto a Suzy, ignorando os olhares curiosos de outros pais à espera.

— Sim, querida. Examinaram a perna, a pressão e o batimento cardíaco. O cardiologista vai aparecer quando puder.

— Me mostre sua perna, Rae — peço, tirando o cobertor. Suzy já grudou ali um enorme band-aid com o ursinho Puff. Rae levanta as mãos para me mostrar a pele marcada por arranhões vermelhos.

A inocência do adesivo infantil me enfurece. No que me diz respeito, não existe essa coisa de cortinho quando se trata de Rae.

— Como se sente? — pergunto num tom alto demais.

Segure a mão dela com força, eu disse para Suzy vinte e quatro horas atrás. Segure a mão dela com força na rua.

Rae recua um pouco diante do tom pouco familiar da minha voz. Ela olha para Suzy, e depois para mim.

— Bem — Rae hesita.

— Nenhuma respiração diferente? Nenhuma dor?

— Não! — diz, já tendo frustração na voz. — A mulher acabou de me perguntar tudo isso.

Olho para Suzy. Ela faz uma cara de compreensão.

— Quer que eu chame uma enfermeira?

Saio de perto dela. Ela espera um momento.

— Querida? Quer que eu chame uma enfermeira?

— Não.

Ela hesita, depois tenta de novo.

— Tem certeza?

— Vou falar com ela quando conseguir.

Faz-se um silêncio pesado por um instante. Rae me olha, e depois para Suzy. Começa a sorrir, depois engole o riso, nervosa.

— Bem, você é quem sabe, querida. — Suzy se dirige à porta. — Sabem de uma coisa, vou dar a vocês duas uns minutos a sós.

Concordo com a cabeça, sem ânimo, e vou abraçar Rae. Porém, antes que eu consiga, ela se levanta e manqueja até se sentar ao lado de uma criança com um tampão no olho, olhando de novo para a TV. Uma criança pequena passou correndo, batendo num tamborim. Cada batida estridente atravessa minhas têmporas.

— Rae? — chamo-a, suavemente.

Ela mantém os olhos voltados para a TV.

Quantas vezes falei para Suzy sobre a má coordenação motora de Rae?

Roo minha unha. Ela deveria ter segurado a mão dela!

Pelo canto dos olhos, consigo ver a porta de segurança se abrindo de novo, e a silhueta de uma pessoa alta com dois copos de café.

Suzy fica parada um instante. Põe um pé diante da cadeira de plástico ao meu lado, experimentando, como se testasse a água. Depois, o outro. Devagar, ela se senta e me entrega um café. Percebo que não comi o dia todo. A quentura e o cheiro amargo deixam meu estômago enjoado. Ela coloca o dela no chão com a mão direita e, em seguida, toca gentilmente minha mão, apoiada no meu joelho. Ela fica assim, e me olha.

— Suzy — cochicho, desabafando antes que pudesse me impedir. — Desculpe, mas o que aconteceu?

Ela segura minha mão outra vez e se apoia gentilmente em mim.

— Você está bem? — A voz dela soa magoada.

— É que eu achei que você entendesse que Rae cai. Disse isso mil vezes. Desculpe, sei que você estava me ajudando e eu não estava lá, mas...

— Eu sei disso, querida.

— Então, o que aconteceu?

— Bom, você me telefonou do trabalho para pegá-la. Então, eu tinha que sair de casa mais ou menos às dez para as seis... Eu tinha acabado de colocar os gêmeos no carrinho e estava indo para a porta quando Peter começou a vomitar. Não falei pelo telefone, mas ele estava com febre e, um pouco antes de ficar doente, eu tinha notado uma erupção no braço dele. Enfim, ele vomitou pra todo lado. Em cima do Otto, em mim. Para ser sincera, fiquei preocupada que ele estivesse realmente doente, sabe, talvez... — ela me observa antes de dizer a palavra — ... meningite.

Minha braveza se reduz um pouco.

— Por que você não disse quando eu liguei?

Ela dá um suspiro profundo.

— Você parecia tão estressada quando liguei ontem que fiquei receosa de ligar novamente, interromper alguma coisa e causar algum problema para você. Não sabia o que fazer. Peter ficou cheio de vômito. Eu não podia sair, então voltei pra casa e liguei para a escola. Falei com a responsável, a Srta. Buck, e lhe disse que chegaria pelo menos vinte minutos atrasada para pegar Rae. Ela ficou meio brava. Então, me lembrei do que você disse sobre a vizinha trabalhar lá. Concordamos que ela levaria Rae com ela para a Churchill Road, quando a escola fechasse, e a deixaria comigo até você chegar.

Levo um segundo para me dar conta do que ela está me dizendo.

— Então não era você quem estava com ela quando isso aconteceu?

Não foi culpa de Suzy.

Suzy balança a cabeça e me puxa para sua direção. Um sorriso constrangido e bobo surge em meu rosto.

— Não, ah, sua boba! Foi isso que você pensou? Por Deus, querida! Você sabe como sou cuidadosa com ela. Não me admira que estivesse brava. Não, ela estava com aquela mulher. E agora estou me sentindo mal por ter pedido que ela trouxesse Rae. Nem questionei isso, é professora dela, pelo amor de Deus. Estava preocupada com Peter e você parecia tão brava no telefone que eu tive que tomar uma decisão.

— Então, como aconteceu?

— Bem, não sei. Estava trocando Peter e então ouvi uma gritaria no fim da rua. Não dei muita atenção, mas aí lembrei que Rae ia chegar, corri até o portão e vi um monte de gente na rua. Fui até lá e vi Rae estendida na rua, com um adolescente de bicicleta ao lado dela.

— Uma bicicleta?

— Sim. Ele estava tentando se levantar. Gritava com Debs, aí se levantou e foi embora.

Ela me olha.

— Suze, está me dizendo que Rae foi atingida por uma bicicleta? — gaguejo.

— Sim... Não... Não sei, Cal. Você precisa perguntar à polícia.

— Polícia? — Outros pais me encaram, falei alto e sem pensar.

— Por favor, tente ficar calma. Sim, alguém chamou a polícia. Acho que foi uma mulher da nossa rua que pensou que Rae tivesse sido atropelada. Olhe, eu não sei direito o que aconteceu, mas acho que Rae tropeçou na sarjeta e caiu na rua justamente quando esse menino estava virando a esquina. Não acho que a tenha atingido. Acho que apenas perdeu o equilíbrio tentando se desviar dela. Porém, se ela machucou a perna na rua ou na bicicleta, eu não sei. Ela não sabia.

Cada detalhe bate em mim como um reflexo de luz estroboscópica, enquanto tento assimilar tudo.

— A bicicleta cortou a perna dela?

— Sim, talvez. Mas, querida, escute, eles a examinaram. Não parecem preocupados.

— E ele foi embora?

— Acho que sim.

Olho para Rae. Ela foi atropelada por uma bicicleta. A culpa é minha. Suzy ficou com medo de me ligar porque eu tinha sido uma besta egoísta ao telefone, que lhe pediu que pegasse a filha estando ela com o filho doente. Ao mesmo tempo, eu planejava um jeito de esfriar nossa amizade. Bem feito para mim.

De repente, algo me passa pela cabeça. Viro-me para Suzy.

— Então, onde está ela?

— Quem?

— Debs.

— Não sei, querida. — Suzy baixa os olhos.

— Como assim?

— Não sei, Cal. Foi meio estranho, na verdade. Ela ficou olhando para Rae como se estivesse paralisada ou algo assim. Nem sei se nos acompanhou pela rua. Fiquei preocupada demais com Rae.

— Mas, Suze, você disse a ela que é preciso segurar Rae com firmeza na rua?

— Claro que disse. Quando combinamos, falei disso especificamente pelo telefone. Só que... Estou me sentindo mal. Como se fosse culpa minha. Não sei o que fazer. Estava preocupada com o vômito de Peter...

— Não. Não é culpa sua. É culpa minha por ter me atrasado e por colocá-la nessa situação.

Suzy me olha e morde os lábios.

— O quê?

— Bem, fico feliz. Mas tem uma coisa que vai deixar você furiosa comigo.

— O quê?

— Hum. Tom.

— Como assim, Tom?

— Telefonei para ele.

— Ah, Suze, por quê?

— Eu sei... Desculpe. Mas teve um instante em que não consegui falar com você e entrei em pânico. Sei como vocês dois ficam preocupados.

— Então ele sabe o que aconteceu?

Ela balança a cabeça, retorcendo a boca em sinal de desculpa.

Com um barulho alto, a porta se abre e a silhueta de um homem alto preenche a entrada. Por um segundo, acho que é Tom; entretanto, não tem como ele chegar aqui tão rápido vindo de Sri Lanka. Olho de novo. É Jez.

Imediatamente, ocorre um constrangimento. Ali está Jez com os gêmeos dormindo no carrinho e Henry com cara de cansado grudado nele. Ele está usando um lindo terno bem cortado e fica completamente fora de lugar ali, entre bebês chorando e pais exaustos vestidos com qualquer coisa em que se enfiaram cinco minutos antes de correr para o hospital.

— Oi, filhote — diz Suzy. — Oi, querido.

— Preciso fazer xixi — Henry choraminga, aproximando-se e puxando o braço dela.

— Vamos lá, então, filhotinho — Suzy diz, levantando-se e guiando Henry na direção do banheiro, no fim da sala de espera.

Jez para o carrinho e se aproxima de mim, constrangido, com as sobrancelhas baixas, a boca apertada, como se tentasse mostrar empatia.

Fico curiosa. Já cheguei a imaginar como Jez reagiria se uma mulher tivesse uma crise diante dele. Será que essa aparência rígida amoleceria e ele colocaria o braço em torno dela, ou não?

Sento-me ereta e tento sorrir.

O que estou fazendo?

É incrível. Ele conseguiu. Estou agindo como Jez deseja. Educada, escondendo as emoções.

— Como está ela? — ele pergunta, olhando para Rae. Gostaria de saber o que está pensando.

— Dizem que está bem. Estamos esperando uma consulta.

Faço uma pausa. O que será que ele vai dizer?

Jez pigarreia.

— Meu pai conhece o diretor desse hospital. Vou pedir que fale com ele.

— Obrigada — respondo, vendo Suzy surgir do banheiro com Henry.

Jez acompanha meu olhar. Isso é ridículo. Quero rir. Em vez de me dar um abraço ou fazer algo prático, ele me oferece um dos seus contatos.

— Sinto que tenha vindo tão tarde com as crianças — digo. De novo, mordo a língua. Por que disse isso? Por que estou pedindo desculpas?

— Cal, quer que eu fique? — Suzy pergunta, voltando com Henry quase dormindo nos braços. Sabemos que é da boca para fora. Jez provavelmente sofreria combustão espontânea se tivesse que colocar os três na cama sozinho.

— Não, vá. Mesmo. Talvez a gente fique horas aqui.

— Está bem. Eu ligo mais tarde.

Ela me abraça, Jez dá um meio sorriso e lá se vão pela imensa porta branca. Livres desse lugar.

Odeio esse hospital. Todos os hospitais. Detesto as estúpidas cadeiras de plástico que fazem uma pressão mesquinha em nossas costas. Os odores. A sensação de ruína. O café que tem gosto de cloro.

Desalentada, olho ao meu redor, lembrando-me de quantas vezes eu e Tom corremos para cá com Rae, a qualquer hora do dia ou da noite, imaginando que qualquer fungada ou tosse significasse alguma coisa. Era para Rae ter nascido aqui, onde ficaríamos um ou dois dias antes de voltar a Tufnell Park e seguir adiante com o desafio de sermos pais por acaso.

Na verdade, ela era tão normal que nossa única preocupação era aprender a fazer as tarefas mais simples. Aprender a limpar as dobrinhas de seus joelhos e a boquinha com cotonetes.

Quando foi que aconteceu, talvez duas semanas mais tarde, quando a levamos cuidadosamente ao café do bairro, loucos para sair do apartamento de Tom e à luz do dia, e, de repente, notamos como ela estava pálida, fraca e que não se alimentava há horas. No café, uma mulher com três crianças nos disse para irmos direto para o hospital.

— É o coração — o médico disse, sem rodeios. — Ela tem uma coarctação da aorta, um estreitamento da artéria.

Tudo acontecera tão rápido que agora percebo que não sei quando foi que me encantei por Rae. Tudo o que sentia era uma necessidade esmagadora e primitiva de mantê-la viva, intercalada com momentos de uma dor horrível pelo que talvez nunca acontecesse. Que talvez eu não visse se ela escaparia de ter os meus cachos enlouquecedores. Que talvez ela não ficasse comigo quando fosse adolescente como eu ficava com minha mãe, no quarto, tendo longas conversas sobre meninos enquanto ela dobrava a roupa limpa. Por alguma razão, ficava particularmente chateada que ela nunca viesse a transar.

— A medicação não está abrindo a artéria, então, temos que operá-la — o médico disse. — Vamos inserir um cateter pela virilha até a artéria femural com um balãozinho e, depois, inflá-lo.

— OK — ambos dissemos, entorpecidos. Nenhum de nós nunca tinha feito uma hipoteca ou testamento. Agora, estávamos dizendo a um cardiologista o que fazer.

— Mesmo depois disso, não vai ser fácil — ele disse bruscamente. — Ela vai precisar de check-ups regulares e de uma operação antes de começar a ir à escola, para restaurar a artéria.

— Alguma notícia boa? — Tom disse, com voz embargada.

Lembro-me de ter fechado os olhos e desejado que nada daquilo tivesse acontecido. Que eu estivesse assistindo à TV no meu antigo apartamento de Islington, decidindo se ia ao bar com Sophie. Que nunca tivesse conhecido Tom.

Então, abri os olhos e vi como ele olhava para Rae, na incubadora, com um tubo enfiado no nariz. Essa criança miraculosa que ele achou que jamais conceberia. O batimento do coração dela soava na sala do hospital não como a batida profunda dos meus sonhos, mas como um bipe tímido e frágil. Fui até ele e o abracei com força.

Depois de duas horas, o Dr. Khatam finalmente apareceu e começou a examinar Rae. Ao longo dos anos, aprendi a ler a fisionomia do Dr. Khatam. Quando há más notícias, como da primeira vez em que o vimos, a bochecha, logo abaixo dos olhos, se contrai. Há também o balanço de seu avental branco; se ele voa na direção da gente, sei que está com pressa e só tem tempo para dar notícias cruciais, não para acalmar ansiedades. Hoje, no entanto, o avental cai calmamente em torno dos joelhos dele. Ele se distancia de Rae e me dá um raro sorriso, mostrando os dentes pequenos de garoto sob um bigode grosso. A visão é tão inesperada, que preciso parar de encará-los.

— Ela está bem — ele diz. — Vamos pedir uma ressonância e um eletrocardiograma para ter certeza, depois ela pode ir pra casa.

Arregalo os olhos. O Dr. Khatam e eu já passamos por isso algumas vezes. Ele sabe o que vai acontecer.

— Hum — digo. — Só me preocupo que...

Ele retorce a boca. "Lá vamos nós", ela diz. O Dr. Khatam gasta muito de seu tempo reassegurando os pais cujo filho sofreu de coarctação da aorta de que, na maior parte dos casos, a criança ficará bem para o resto da vida.

Ele balança a cabeça.

— Escute. Por que não esperamos o resultado dos exames?

— Mas... — começo a dizer. Detesto isso. Quando minha ansiedade desanda. Quando não consigo controlá-la. — Desculpe. Mas ela poderia ficar? Até amanhã, por precaução? Só estou com medo de que...

Ele faz uma pequena pausa e dá um tapinha no meu ombro.

— Vamos procurar uma cama para ela.

Balanço a cabeça, envergonhada, contendo a vontade de lhe dar um abraço.

Rae fica tão sonolenta depois dos exames que logo adormece no quarto que as enfermeiras arrumaram, no setor de pediatria, aconchegando-se no travesseiro, enquanto me deito do lado dela na outra cama, acariciando seu rosto. O aquecedor lança calor no cômodo, apesar da noite cálida lá fora. Um aconchegante quartinho de hotel. Exceto pelos tubos e máscaras pendurados na parede, prontos para a próxima emergência; o grito furioso de dois bebês mais adiante, no corredor, e uma televisão no saguão, onde mais cedo vi uma mãe chorosa, com jeito de quem precisava de ajuda.

Uma enfermeira entra com um cobertor.

— Oi! — ela cochicha, com um aceno animado. — Como ela está? Você se lembra de mim... Kaye?

Sorrio, assentindo com a cabeça, e tento parecer satisfeita por ver um rosto amistoso. Não é que não tenha gostado do esforço que as enfermeiras fizeram durante a grande cirurgia de Rae, com a intenção de aliviar o clima para mim, Rae e Tom, mas não quero mais reconhecer a cara dela nem o nome. Vivemos no mundo lá fora, agora.

— Como vai você? — ela diz, gentilmente, tocando meu ombro, e eu balanço a cabeça. De repente, me sinto muito cansada. Um calafrio me percorre o corpo.

— O maridão está com você? — ela pergunta, olhando em volta. As enfermeiras adoravam Tom e o modo como ele se lembrava do nome delas e brincava com elas.

— Não somos casados.

— Ah, querida! Bom, é melhor você agarrá-lo antes que uma de nós tente — ela brinca. Sei que só está tentando me fazer sorrir, mas é um alívio quando sai para o corredor e vai buscar água para nós.

Observo Rae por um instante, depois me levanto devagar e saio do quarto. Não posso mais adiar isso. Vou na ponta dos pés até a mesa das enfermeiras e peço para usar o telefone.

A fim de adiar o que tenho medo de fazer, por um segundo, considero um telefonema para meu pai, porém decido não fazê-lo. Ele vai se assustar e se oferecer para vir, e não posso fazer isso com ele. Como qualquer filho de fazendeiro de nossa região de Lincolnshire sabe, não existe um alicerce sob os campos. Se meu pai não colher a nova plantação de batatas nesta semana, a terra pode ficar tão encharcada com as primeiras chuvas de verão que é capaz de o trator desaparecer bem no meio dela.

Em vez disso, deixo um recado para Tom, dizendo-lhe para não voltar, que Rae está bem. A última coisa com a qual quero lidar agora é com Tom aparecendo e gritando comigo.

Então, por fim, o que venho adiando.

— Guy — digo, quando o celular entra na caixa de mensagem. — Espero que você ouça este recado hoje à noite. É a Callie. Sinto muitíssimo, mas minha filha sofreu um acidente, acho que está bem, mas vou ter que faltar amanhã para me certificar disso. Espero estar bem para voltar na sexta. Vou ligar amanhã quando souber mais. — Faço um segundo de pausa. — É, Guy, sei que é uma chatice, mas tenha paciência. Vou ver se consigo compensar essas horas no fim de semana. E, por favor, peça desculpas ao Loll por mim. Eu realmente quero fazer esse filme. Esta semana foi maravilhosa. Então...

Então o quê? Não posso implorar, então termino o recado.

Volto para o quarto de Rae e me deito calmamente. Imagino as expressões de Tom e Guy quando ouvirem meus recados. Sofro.

Tão perto e, no entanto, tão longe. E agora tudo está confuso.

Por que aquela Debs não ligou?

Capítulo 21

Debs

Tum, tum, tum.

Três batidas fortes na porta da frente fazem Debs despertar com um queixume. Ela se vira e tenta se sentar.

Tum, tum, tum. De novo, na porta. Seus olhos pareciam grudados com cola, sua cabeça escorregando para a esquerda. Forçando-se a sair da cama, ela cambaleou até a janela, puxou a cortina e espiou lá fora.

— Você está mijando? — a silhueta enevoada de um homem gritou.

— Desculpe? — ela disse, tateando em busca dos óculos.

— Quase quebrei minhas malditas costas — ele gritou, erguendo com fúria o braço e indo para o portão.

O quê?

Ela ajeitou o roupão e deu mais uma olhada pela janela. O caminhão de lixo estava fazendo a volta na rua com muito barulho. Quarta-feira de manhã. É isso mesmo, dia de coleta de lixo. O homem e dois outros estavam esvaziando as caixas de recicláveis, e ele ainda balançava a cabeça, bravo. Ela olhou para baixo e viu que sua caixa ficara para trás, meio destampada.

Sentindo o corpo pesado, calçou os chinelos e foi ao banheiro jogar uma água no rosto, na tentativa de se reanimar. Precisava consultar o médico sobre mudar esses remédios. Ainda que os olhos lhe dissessem que estava acordada, a cabeça parecia presa ao sono. Confusa, ela se arrastou escada abaixo, apoiando-se na parede.

Quando chegou à porta da frente e a abriu, sentindo um sopro frio de ar, o caminhão já tinha feito todo o percurso de volta à rua principal. Olhando em torno para ter certeza de que ninguém a veria de roupão, Debs foi na ponta dos pés até o lixo e levantou a tampa.

Ela levou uns segundos para ajustar os olhos diante do que encontrou.

A caixa estava cheia de seixos grandes, redondos e pesados. Devia haver centenas deles, dispostos como na praia. Ela empurrou a caixa com o pé. Era como tentar mover uma parede de tijolos.

— Minha nossa! — disse alto. Rapidamente, pôs a cabeça para fora do portão a fim de alcançar o zangado homem da coleta, mas ele já tinha ido embora. Tentou pensar direito. A caixa estava cheia, na noite anterior, com o papelão que tinha jogado fora.

Olhou em volta, imaginando de onde teriam vindo os seixos. Um largo pedaço de terra vazio chamou sua atenção. Ficava diante do jardim da frente, no número 17, a casa vizinha da direita, cujo dono ela ainda não conhecera. Era um escritor, ela se lembrou, que passava bastante tempo num chalé em Suffolk. Lembrava-se vagamente de que a mulher tinha uma área de pedrinhas, entre três árvores, que parecia ter sido planejada por profissionais.

Então, quem teria feito isso?

Debs olhou para baixo. Que esquisito. Havia riscos de giz verde saindo do canto, embaixo da caixa.

Parecia algo escrito.

Ela se inclinou e removeu dez pedras, colocando-as do lado da caixa. Depois, com muito esforço, puxou a caixa com força, palmo a palmo, até conseguir alavancá-la.

As palavras começaram a aparecer, desordenadas: “Seu”, “cabeça”, “ou”. O que era isso?

Ofegante por causa do esforço, Debs finalmente conseguiu

dar um jeito de empurrar a caixa de lado até que ela afundou um pouco num canteiro e o fundo pesado ergueu-se do chão.

Ela se sentou no chão, para decifrar o restante da mensagem.

As palavras foram escritas com atrevimento em giz verde--escuro. A clareza da escrita tornava a mensagem ainda mais insidiosa do que já era.

"Tenha muito cuidado, vagabunda, ou seus dentes vão parar atrás da sua cabeça maldita."

— Ah! — Debs arfou, dando um pulo como se tivesse sido picada. Olhou em volta, desesperada, espiando a rua pela cerca.

O garoto da bicicleta. Ele deve tê-la seguido. Será que a estava observando agora?

Debs apoiou a cabeça nas mãos e balançou-a desesperadamente. Ela tinha razão. Os Poplar a tinham encontrado.

Não iam desistir.

Dez minutos depois, suas mãos ainda tremiam. Em gestos automáticos, ela se movimentava pela cozinha, tentando entender as imagens fragmentadas que atravessavam sua mente desde a noite anterior. Com quem se parecia aquele menino? Seria o irmão?

As lembranças vinham ao acaso. Havia o clique de metal; talvez a marcha da bicicleta? Depois, o resto de borracha no asfalto molhado, seguido da sensação de uma presença ameaçadora atrás dela, que se aproximava, porém, não passava por ela.

Ela tinha se virado. Sim. No entanto, era aí que as coisas ficavam enevoadas. Tudo que lhe vinha à mente era a confusa silhueta cinzenta de um menino onde deveria haver um rosto. E depois uma urgência irresistível de erguer a mão.

E, depois, Rae, ali, caída no meio da rua.

Ah, Deus! O que tinha acontecido?

Pegando o chá, Debs sentou-se à mesa. Como os Poplar a tinham encontrado?

Ela se enrolou ainda mais no roupão, sentindo um frio anormal. Allen fizera com que ela tomasse um remédio para dormir na noite passada, depois que lhe contou o que tinha acontecido. Fora ele quem tinha ido ao vizinho e falado com Jez.

— Ela machucou a perna, mas está bem — ele disse ao voltar, sentando-se ao lado dela e descansando a mão em seu braço. — Parece que a garota tem uma coordenação motora ruim. Vai passar a noite no hospital por precaução. Então, tente não se preocupar, querida. Vamos ver o que acontece amanhã.

— Hã, hã — ela tinha murmurado em resposta.

A voz dele estava calma; contudo, ela sabia que ele estava no limite da paciência. E não podia culpá-lo por isso.

Portanto, hoje, mesmo querendo muito lhe telefonar, ela não o faria. Em vez disso, discou outro número, já duvidando da escolha.

— Payroll — disse uma voz forte.

— Alison, sou eu — ela disse, sabendo que o tom de sua irmã mudaria de imediato.

— Ah, olá — Alison disse, insipidamente. — Como vão as coisas?

— Hã...

— Tenho uma reunião com o diretor financeiro num minuto, então, seja breve.

Alison estava sempre prestes a fazer algo importante.

— Estou sendo hostilizada de novo — Debs disse.

Houve uma pausa.

— O que você fez?

— Acho que um deles tentou me assustar na rua, na noite passada. O irmão, com uma bicicleta. E acho que ele encheu de pedras a nossa caixa de recicláveis. E deixou um recado maldoso.

Alison não disse nada por alguns instantes.

— O que Allen acha disso? — ela finalmente perguntou.

Debs cerrou os dentes. Sua irmã sempre a atingia bem rápido.

— Não contei a ele.

Houve outra pausa do lado de Alison enquanto ela identificava a fragilidade que estava esperando.

— Ah, entendo! — disse. — Por isso você liga para essa velha trouxa aqui.

Debs mordeu a língua.

— Escute, eu só queria contar a você. Não se preocupe. Vou chamar a polícia se for preciso.

— Você tem que fazer esse seu marido ter uma conversa com eles — Alison disse. Soou como um insulto.

— É melhor eu desligar — Debs disse. Não podia se conter. — Vou fazer um jantar para Allen hoje. É nosso aniversário de seis meses.

Alison silenciou.

— Então, até mais.

O irônico de tudo isso era que, se não tivesse sido por Alison, ela nunca teria conhecido Allen. E nada de ruim teria acontecido.

Talvez tenha sido culpa dela quebrar o *status quo* entre elas. Antes, sua irmã podia ter o domínio de que necessitava, com o emprego mais bem pago na firma de contabilidade e as atividades mais interessantes. O coral feminino era o máximo em que Debs podia se concentrar. Alison, ao contrário, aprendera a velejar e passara férias em veleiros de solteiros na Turquia. Mostrava a Debs as fotos de um romance de férias, com Graham, que "a adorava", dizia. Ele tinha um rosto vermelho, e a camisa aberta revelava o peito bronzeado com pelos grisalhos que combinavam com o cabelo, uma garrafa de cerveja numa mão e a outra na coxa de Alison. Ela passou uma semana torturando Debs com os detalhes sobre a proposta dele de uma viagem a Peterborough. O dia do encontro passou e ela nunca mais o mencionou. Debs sabia que era melhor nem perguntar. Estranhamente, foi isso que a fez dar uma olhada na seção de Almas Gêmeas do *Guardian*.

"Mais baixo que você", Alison cochichou quando Allen foi ao banheiro, na primeira vez que Debs o levou à sua recém-construída casa, em Palmers Green. Ela os recebera na porta, com aquele jeito ruborizado e hiperativo que tinha quando se achava sob ataque. "Você ainda está com uma aparência cansada, Debs. É a mesma gripe ou já é outra?", exclamou, agarrando a garrafa de Chianti italiano que Allen trouxera com um sinal de cabeça e nenhuma gratidão. Quando Debs deu a notícia de que eles iam se casar, Alison ficou dois meses sem falar com ela.

Às vezes, Debs se perguntava se Alison tinha ficado satisfeita com o que tinha lhe acontecido em seu casamento.

Por fim, tantos pensamentos ruins tinham disparado em sua mente que ela teve que sair e subir até Ally Pally, certificando-se a todo minuto, nervosa, de que o menino da bicicleta não a estava seguindo de novo.

O dia estava calmo. Era muito cedo para encontrar o bando de adolescentes que se juntava depois das aulas e exibia, aos gritos, todos os palavrões possíveis e imagináveis; também era tarde demais para as mães do parquinho, que foram embora de lá para seus bebês cochilarem.

Debs andou rapidamente em volta do lago em que os barcos ficavam atracados umas três vezes, na esperança de que a brisa fresca acalmasse sua mente. Para se distrair, ficou olhando gansos e pombos disputando com patos o pão atirado por alguém. Demorou até se dar conta de que a mulher sorridente que tentava chamar sua atenção da mesa do café era uma das mães da escola. Baixando os olhos, ela fingiu que não a viu. O que elas estariam dizendo? Lisa Buck parecera hesitante no telefone esta manhã. "Tudo bem, Debs. Avise quando estiver melhor. Acho que o diretor vai querer conversar sobre o que aconteceu com Rae quando você voltar, mas não tenha pressa". Debs sabia o que isso significava: "Tire a semana de folga; enquanto isso, as outras funcionárias e eu vamos nos reunir para conversar sobre o que aconteceu e vamos fuçar no seu histórico para descobrir se há algo com que nos preocupar". A ideia de eles descobrirem o incidente com Daisy Poplar era tão horrível que ela começou a cantarolar para bloquear as imagens em sua cabeça.

Foi apenas quando voltou para casa e arrumou os últimos livros nas prateleiras, que ela finalmente conseguiu empurrar todos os pensamentos ruins de novo para dentro de uma caixa.

Livros. Graças a Deus pelos livros. Sempre a acalmavam. Olhou para os últimos no chão, imaginando quais retirar das prateleiras lotadas para dar espaço a esses últimos. Pegou alguns dos possíveis, segurando-os, pesando o que cada um significava para ela. Desde os 11 anos, graças à Sra. Shaw, da escola, que lhe emprestara um exemplar capa dura de *Oliver Twist*, ela adorava livros, tanto pela beleza, seu peso e sua forma, quanto pela fuga que o conteúdo deles lhe proporcionara do apartamentinho abafado de sua mãe, cheio de estatuetas de dançarinas e guias de TV.

Havia dois exemplares de *Tess D'Urbervilles*, um iria sobrar. O primeiro foi adquirido num antigo sebo que cheirava a poeira, numa solitária ida a Oxford, um sábado antes de Allen, e tinha uma capa dura verde com letras douradas. O segundo era uma brochura maltratada, que, ao se abrir, revelava seu nome e o nome da escola de pedagogia que frequentara duas décadas atrás. Essa visão a levou, de repente, de volta à universidade e a Bruno, o estudante alemão de intercâmbio a quem permitira, embriagada, que lhe levasse embora a virgindade depois de uma festa regada a vinho, oferecida por seu professor. Ela levou dois dias para perceber que Bruno não a convidaria para sair. Nem falaria com ela de novo.

Atirou o livro na pilha para destiná-lo a uma instituição de caridade.

Os Poplar não podiam vencer. Ela não podia perder Allen. Não podia.

Ele tinha ligado para dizer que viria almoçar novamente, então, ela começou a preparar um sanduíche. Atum e milho verde. O preferido dele. Tinha tentado aprender as preferências dele. Nada de amaciante nas camisas. "Não quero ficar com cheiro de flor no escritório, querida", ele disse, fazendo-a rir inesperadamente. Uma boa cerveja escura, também. E palavras cruzadas.

Debs levou um instante para perceber, quando Allen abriu a porta, que ele estava falando com alguém.

Foi até o hall e viu um jovem policial atrás dele.

— Querida — ele disse, vendo seu rosto já em pânico. — Está tudo bem, esse policial só veio lhe fazer algumas perguntas sobre a garotinha da vizinha. Nada com que se preocupar.

— Ah, claro — ela murmurou, conduzindo-o para a sala.

Ele era jovem, provavelmente nos seus 20 e poucos anos, porém, demonstrava uma segurança surpreendente.

— Recebemos ontem o chamado de uma testemunha que disse que uma garota de 5 anos, sob seus cuidados, caiu na frente de uma bicicleta, na Churchill Road. A senhora poderia me dizer o que aconteceu? A senhora é professora da menina, não é?

As implicações dessas afirmativas pairaram no ar.

— Policial, entendo que a criança caiu na rua provavelmente devido a uma coordenação motora ruim — Allen disse, asperamente. — Podemos partir dessa suposição, por favor? Minha mulher não estava trabalhando quando o acidente aconteceu. Ela estava ajudando uma vizinha que teve uma emergência médica. Ela está muito chateada e não tem nada a esconder; no entanto, como pode ver, está abalada com o acidente.

Debs olhou para ele. Nunca tinha visto Allen desse jeito antes. Deve ser assim que ele consegue colocar pontos de ônibus em lugares inconvenientes porque as pessoas idosas precisam deles.

— Está bem — o jovem policial disse. — A senhora pode me contar o que aconteceu com suas próprias palavras?

— Sim — Debs disse, tentando desesperadamente pensar no que lhe contar. — Para ser franca, não sei direito o que aconteceu. Num minuto ela estava andando calmamente do meu lado e havia uma bicicleta atrás de mim, mas no minuto seguinte ela não estava mais do meu lado, estava na minha frente e tinha caído na rua.

O policial a observava com cuidado, como se verificasse as manchas de seu rosto.

Ela baixou os olhos.

— A senhora viu o rosto do ciclista?

— Eu... não tenho certeza.

— E a senhora estava segurando a mão da menina? — ele perguntou.

— Não consigo me lembrar... Não, acho que não — Debs disse. — Ela estava andando calmamente, eu não precisava.

— Mas a mãe dela diz que a senhora fora avisada de que deveria segurar a mão dela na rua.

O que ele estava dizendo? Debs olhou para Allen, balançando a cabeça.

— Fui? Sei que a mãe se preocupa com a saúde dela, todas as professoras da escola sabem, mas não me lembro de me terem dito para segurar a mão dela na rua. — Sentiu uma pressão no peito que a fez se contorcer. — Às vezes, tenho um branco.

O policial verificou suas anotações.

— A senhora é Deborah Jones, de Weir Close, Hackney?

Ah, não! Ela sabia o que estava por vir.

— Sim — respondeu baixinho.

— A senhora esteve envolvida numa agressão a uma criança da Queenstock Academy?

Debs olhou para o chão. Suas mãos tremiam tanto que mal conseguia erguê-las para arrumar os óculos.

Allen adiantou-se.

— Escute, o que aconteceu aqui não tem absolutamente nada a ver com aquele incidente, policial — ele disse, zangado. — Agora, por favor, deixe minha mulher sossegada, o senhor pode ver que ela está abalada.

Deixe as tampas no lugar, ela gritava em sua cabeça. Deixe tudo fechado. Entretanto, não conseguia. Todas as tampas se abriram.

Tomada pelo pânico, ela falou sem pensar:

— Na verdade, já que o senhor está aqui, policial, falando do incidente com a Daisy Poplar, acho que estou sendo hostilizada pela família dela. Sei que não gosta que eu fale sobre isso, Allen, mas ontem à noite, na bicicleta, acho que era o menino Poplar. O irmão. Vindo atrás de mim na rua, tentando me assustar. Por isso não consigo me lembrar do que aconteceu com a menininha. Eu estava assustada. E agora acho que estão telefonando o dia inteiro. E... e... esta manhã alguém encheu a caixa de reciclados com pedras e deixou um recado no chão. Em giz. Um recado horrível.

Allen balançou a cabeça.

— Não, Debs. Você tem que parar com isso, querida.

— Mas, Allen, é verdade! Você precisa me ouvir. Não queria preocupar você com isso, mas está acontecendo de novo, Allen. Eles devem ter me encontrado...

Allen parecia preocupado. Arrasado.

— Querida, por favor, não importune o policial com isso... ela tem sofrido de ansiedade desde o incidente na escola — ele disse, voltando-se para o policial. — Indo num terapeuta.

Debs lhe lançou um olhar penetrante. Por que ele disse isso?

— Não estou imaginando coisas, Allen! — ela gritou. — Por favor, pare de me falar isso! Se não acredita em mim, venha ver.

— Senhora Ribell — disse o jovem policial, parecendo preocupado —, devo dizer que é pouco provável que a senhora esteja sendo hostilizada pela família Poplar. Nossos dados mostram que essa família se mudou para a costa espanhola depois de toda a indesejável atenção da mídia. A Sra. Poplar trabalha agora num bar lá, de propriedade do irmão dela, se não me engano.

Ela o encarou, furiosa. Por que ninguém acreditava nela?

— Então, como explicam isso? — Saiu da sala e abriu a porta da frente. Allen e o policial a acompanharam. E, ao preparar-se para escancarar a caixa de reciclável, ela já percebeu que algo estava diferente. A tampa tinha sido recolocada direito, não estava meio enviesada, como se lembrava.

Allen e o policial espiaram por sobre seus ombros enquanto ela levantava a tampa.

O que surgiu foi um espaço verde vazio, pontilhado de montinhos de poeira e pedacinhos de papelão. Debs apontou para dentro da caixa.

— As pedras estavam ali, e foram tiradas de lá — disse, apontando o dedo na direção do jardim do vizinho. Contudo, em vez da terra preta de antes, ela podia ver os enormes seixos arrumados de novo.

Ela soube, antes mesmo de olhar, que o bilhete escrito em giz tinha desaparecido também. O pozinho verde de giz, sumido.

— Eles estavam aqui — ela disse. — Eu acho.

Capítulo 22

Suzy

Suzy pôs o carro em ponto morto, puxou o freio de mão e desligou o motor. Com uma batidinha do dedo, apertou o botão que recolocava o teto no lugar com um suave "brrr", soltou o cinto de segurança e recostou-se no assento. Cinco minutos. Só para reunir os pensamentos fora do hospital antes de entrar. Foi difícil entender Callie ontem. A doce e cordata Callie, com ímpetos raivosos no olhar, a voz mais alta, menos hesitante que o normal.

Suzy viu pelo retrovisor os tijolinhos do hospital vitoriano atrás de si. A noite anterior fora a primeira vez que voltara aqui desde o nascimento dos gêmeos. Jamais se esqueceu do susto que levou quando a ambulância se aproximou da entrada de emergência do soturno edifício antigo, com suas cansadas paredes de magnólia, bêbados briguentos e chão manchado de sangue seco e vômito, tão distante da imaculada clínica do Colorado que ela, com voz ofegante, chegou a perguntar ao médico se estava no lugar certo. Graças a Deus, sua nova vizinha, Callie, estava ali para lhe dizer que tudo correria bem. Que os médicos e as enfermeiras eram ótimos. Que ela tinha dado à luz ali também, e que ficaria com Suzy no lugar de Jez durante as longas cinco horas até que os gêmeos saltassem para a vida, num arranco sufocado e azulado.

Ela e Callie fecharam os olhos, boquiabertas, rindo de prazer por compartilhar esse momento de afirmação de vida. Suzy tinha agarrado a mão de Callie, com lágrimas correndo pelo rosto, sabendo que tinha encontrado uma amiga de verdade nesta mulher que fora testemunha de um dos momentos mais vulneráveis e de maior exposição de seu corpo e mente, uma amiga que não a deixaria sozinha.

Amigas de verdade perdoam, ela pensou, olhando-se no espelho do carro.

Callie estava magoada e era lógico que culpasse Suzy. Tudo que Suzy tinha a fazer era estar por perto. Dando-lhe tempo e espaço para perceber que podia confiar nela de novo.

Uma silhueta familiar passou pelo carro de Suzy, interrompendo seus pensamentos. Virou a cabeça para olhar.

Uma mulher na casa dos 70 ou que talvez apenas tenha tido uma vida difícil. Parecia ter saído do hospital e estava subindo a Northmore Hill. Tinha altura mediana, mas era pesada, seu corpo avolumado sob a capa de chuva azul-claro que vestia em cima de uma saia marinho plissada. Suzy não pôde deixar de notar as pernas dela. Não tinham nenhuma relação com as pernas que vemos em revistas. Não eram as vigorosas pernas das crianças, que as ajudavam a subir nos postes dos parquinhos ou correr no futebol. Tampouco as pernas bem delineadas das mulheres que costumava ver na cidade, jovens em suas sandálias de tiras, meias pretas ou botas de couro compridas.

Não, ela só tinha visto pernas assim uma vez. As canelas eram quase tão grossas quanto as coxas e pálidas. Veias azuladas serpenteavam pela pele embotada, de poros fechados. Em pontos aleatórios, surgiam caroços, como um colchão de molas quebradas. Não havia tornozelo. Em vez dele, a massa grossa se esmagava nos firmes sapatos marrons que a mulher tentava movimentar o mais rápido que conseguia. Seu esforço era palpável. Inclinada, para manejar o corpanzil rua acima, com as costas largas e disformes subindo e descendo sob o peso.

Por que estava correndo?

Suzy olhou em volta. Um guarda de trânsito, jovem e flexível, corria do outro lado da rua, alguns metros abaixo, com as pernas longas num ritmo inacreditável. A velhota lançou um olhar para trás, nervosa. Ele sabe que o cartão dela venceu, Suzy pensou. Está atrás dela. O guepardo e o javali.

— Vamos, querida, você consegue — Suzy sussurrou.

O guarda apareceu subitamente entre dois carros e ficou subindo e descendo na ponta dos pés, como um atleta na linha de largada, à espera de um espaço para cruzar a rua. Caminhões ribombavam pela Northmore Hill, impedindo-o de atravessar. Suzy virou-se para olhar a senhora. Ela estava desacelerando rapidamente agora, tendo que inalar mais oxigênio, as pernas falhando na tarefa de impulsionar o corpo pelo declive implacável.

Ela estendeu a mão, se apoiou num Ford Fiesta azul e inspirou profundamente três vezes. Olhou para trás, com expressão de estar sendo perseguida, e viu que ainda tinha tempo.

Suzy verificou. Houve um intervalo momentâneo, no trânsito, quando um ônibus desacelerou, e, aproveitando a chance, o guardinha atravessou a rua em disparada. Havia uma oscilação em seu passo, como se o asfalto fosse um trampolim pessoal. Em cinco grandes saltos, ele atravessou a rua e correu na direção da velha.

Com um esforço imenso, ela se espremia pela pequena passagem entre o carro dela e o da frente, encolhendo-se à medida que seu corpo sacudia e se chocava contra as superfícies firmes dos carros. Na mão dela, Suzy conseguia ver uma chave. A senhora lutava para enfiá-la na fechadura, os olhos à procura do guardinha, que estava, agora, a vinte passos.

Sua boca se abriu, como se gemesse. Ela conseguiu abrir a porta e entrar no carro usando suas mãos grandes para puxar as pernas gigantes.

O guarda de trânsito chegou à traseira do carro dela, com os olhos arregalados e agitado.

— Quase — Suzy murmurou.

Com um esforço final desesperado, a senhora puxou a porta e deu partida no carro, no momento em que o guarda saltou da calçada e fez uma tentativa de passar pela frente do carro dela para ver o cartão. A senhora amassou o cartão, e começou a arrancar o carro, quando o guarda chegou na sua janela.

Tarde demais. As rodas já estavam virando.

Assim que a senhora passou, como um relâmpago, por uma perua branca, o guarda ergueu a mão como se acenasse, e deu um grande sorriso brilhante. Tinha perdido o jogo dessa vez. Na próxima, ele a pegaria.

Suzy suspirou. Hora de entrar e encarar Callie de novo.

Callie estava sentada ao lado da cama de Rae, olhando pela janela. Voltou-se.

Suzy sorriu, esperando um sorriso também. Houve de fato um movimento na boca de sua amiga, ainda que a intenção não fosse clara. Mas já era alguma coisa, pelo menos melhor que ontem, quando se recusara a trocar qualquer olhar.

— Onde está Rae? — perguntou gentilmente, entrando com cuidado no quarto.

— Brincando com outra criança.

Suzy inclinou-se e beijou-a no rosto. Estava com um cheirinho enjoado. Ainda vestia as mesmas roupas do dia anterior e havia uma mancha de maquiagem sob seus olhos. O cabelo em torno da testa estava espetado como se tivesse ficado prensado enquanto ela dormia.

Suzy suspirou profundamente.

— Bom, isso parece promissor.

— Eles estão lhe dando antibiótico por causa da perna — Callie disse. — O coração está bem, mas vão deixá-la aqui até o jantar.

— Deixei o encanador entrar, aliás. Ele disse que uma bonequinha tinha entupido alguma coisa. Não ia demorar.

— Obrigada — Callie disse, distraída. Havia alguma coisa na fisionomia dela que Suzy não identificava. Uma rigidez no maxilar.

— Querida, o que foi?

Callie voltou os olhos para ela. Suzy conseguia enxergar uma batalha em seus olhos.

— Suze, estou meio confusa. Um policial acabou de sair daqui por causa do acidente com Rae. Ele me disse que falou com Debs esta manhã, e ela disse que você não lhe pediu para segurar a mão de Rae... Disse que ninguém lhe falou que Rae não podia correr na rua.

Suzy arregalou os olhos, espantada.

— O quê? Que loucura! Expliquei que Rae cai com facilidade e que tinha fugido na noite anterior. Juro, Cal, foi isso o que eu disse. Meu Deus! Por que ela faria isso? Pergunte à professora Buck. Ela deve ter escutado a conversa.

— Parece que não. Eles lhe perguntaram. Bem, ele foi até a cantina tomar chá, não quer falar com ele?

Suzy tocou-lhe no ombro.

— Claro.

Callie se levantou e se afastou um pouco. Esfregou os olhos.

— Desculpe. Escute, só estou cansada. E esse lugar... detesto isso aqui. Estou tão confusa. Quero dizer, por que ela iria ignorar de propósito o que você disse?

— Não sei.

— É que... Ah, não sei. Queria que você não tivesse pedido a ela para levar Rae.

Essa acusação pairou no ar. Suzy esperou. Tinha que ser cuidadosa. Era óbvio que Callie não tinha dormido.

— Querida, me ouça. Sei que está zangada e sei que está preocupada. Mas você tem que entender, faria qualquer coisa para proteger

Rae como se fosse um dos meus filhos. Gosto dela como se fosse da família. Gosto de você como se fosse da família. Não pense que não fiquei acordada a noite toda desejando que não tivesse pedido àquela mulher que levasse Rae. Jamais teria feito isso se ela não fosse professora. Desculpe, Cal, mas você mesma já tinha permitido que ela cuidasse de Rae na escola. Você tomou essa decisão. Tudo aconteceu tão depressa. Só estava tentando fazer o melhor para você. Você não estava lá e eu precisava levar Rae para casa...

Callie olhou para ela e virou os olhos, balançando a cabeça.

— Eu sei... — cochichou. — Mas, Suze, é que eu andava doida naquele apartamento. Você não tem ideia de como as coisas andaram ruins por tanto tempo. Então, quando finalmente tento mudar as coisas... três dias depois de deixá-la, acontece isso. E agora estamos de volta a esse maldito lugar.

Suzy certificou-se de que Callie visse que a estava ouvindo com atenção. Isso era importante.

— Não se culpe, querida. Pode me culpar por confiar na professora. Nossa, isso só vale pra gente ver que não pode confiar as crianças a ninguém. Depois disso, estou até pensando em tirar Peter e Otto do berçário.

Esperou a reação de Callie; entretanto, o rosto de sua amiga tinha mudado. Não a escutava mais. Estava olhando para além de Suzy, no corredor.

— Ah, que beleza! Lá vamos nós — disse, baixinho.

Suzy se virou para a direção que apontavam os olhos da amiga.

Um homem grande, de rosto bastante bronzeado, cachos grisalhos de viking balançando na altura do queixo, vinha em passos largos pelo corredor, ao lado de uma moça alta, de ombros largos, com cabelos pretos e compridos. Ambos vestiam jaquetas cáqui e tinham mochilas penduradas no ombro.

Ela sempre pensava em Tom como tendo um rosto franco, generoso. Porém, a expressão dele, agora, estava muito distante dessa primeira impressão. Os olhos azuis estavam avermelhados, por ter dormido pouco no voo durante a noite, e brilhando perigosamente. Callie se encolheu fisicamente quando ele se aproximou. Suzy colocou-se ao seu lado, de modo protetor.

— Onde está ela? — ele perguntou. Assim de perto, estava sem se barbear, com uma penugem aloirada no queixo. Callie apontou na direção da sala de jogos, no fim da ala, cerrando os dentes. Está tentando não chorar, pensou Suzy. Está assustada.

— Quero falar com o médico — ele disse, com voz ressonante, passando por Callie. Ao som da voz de Tom, Rae enfiou a carinha para fora da sala de jogos e veio manquejando na direção dele, jogando os braços em volta de seu pescoço quando ele se inclinou. Kate afagou o braço dela.

— Oi, querida — ela disse, em sua voz sonora e segura.

Callie ficou paralisada, observando-os. Era assim que seria, Suzy percebeu, ver o marido da gente com a nova companheira e com nossos filhos. Ela estremeceu e passou um braço em volta de Callie. A rigidez anterior simplesmente se dissipou e Callie aproximou-se de Suzy, deixando-se abraçar.

Assim é melhor, Suzy pensou. Sabia que era uma questão de tempo. Amigos perdoam.

— O jeito como ele fala com você, querida — murmurou. — Não é justo. Não se preocupe, vou ficar até ele ir embora. Vou atrás desse tal policial e pegar um chá para você.

Callie ficou no corredor e Suzy foi na direção da cantina, enxergando um policial, que procurava açúcar ao lado do caixa.

— Olá — disse. — Sou Suzy Howard, amiga de Callie Roberts... O senhor queria falar comigo?

— Sim — ele disse, olhando-a, surpreso, e guiando-a para uma mesa. — Vou colocar essas coisas aqui e verificar alguns detalhes.

Ela deu a ele o que precisava, depois contou o que tinha acontecido no telefone com Lisa Buck e Debs.

— Então, a senhora tem certeza de que disse à Sra. Ribell que Rae tinha que ser observada na rua por causa do problema dela? — ele perguntou, com o lápis rodando sobre a prancheta.

— Exatamente.

— Consegue pensar em algum motivo para ela negar isso?

Suzy franziu os lábios como se estivesse tomando uma decisão difícil.

— Para ser sincera, cá entre nós, eu a acho um pouco esquisita. Parece um pouco confusa e distraída. Talvez seja isso. Talvez seja só isso.

— Está bem — ele respondeu. — Obrigado por colaborar. Entraremos em contato se precisarmos de alguma coisa.

— Não há de quê — ela disse, levantando-se e pegando da mão dele o chá de Callie. Ao fazer isso, seu dedo tocou o dele por acaso.

Ele lhe abriu o tipo de sorriso que ela estava acostumada a receber dos homens. Um tanto aberto demais, com os olhos penetrantes.

É, bocó, pensou. Vá cuidar da sua vida!

Retribuindo o sorriso, ela assentiu com a cabeça e tomou o rumo de volta ao quarto de Rae.

Ouviu Tom antes que pudesse enxergá-lo.

Virando no corredor, deu com Callie afundada na parede. Tom estava de volta, reclamando com ela; Kate, em silêncio, ao lado dele. Kate estava com um ar sério. Estava ali, julgando, como aliada dele, deixando claro que sabia de tudo de detestável que podia haver sobre Callie; ela e Tom tinham descoberto todos os defeitos de seu caráter e habilidades de mãe, à noite, na cama, em uma cabana qualquer de montanha ou numa barraca, na selva em que vinham dormindo.

Dois contra um? Pensou Suzy, trazendo o chá. Nem pensar.

— O que você esperava? — ouviu Tom dizer, ao se aproximar. — Ela não tem condições de ficar com outras pessoas ainda. É muito cedo. Só porque você quer voltar a trabalhar não significa que pode! Só porque não quer que as coisas fiquem assim, não significa que não fiquem.

Callie estava de cabeça baixa. Virou-se com a aproximação de Suzy. Seus olhos estavam temerosos.

— Ei! Não fale com ela assim — Suzy disse, colocando-se na frente de Callie e enfrentando Tom. Ele se virou para ela, surpreso, seus olhos ainda faiscando.

— Isso não é da sua conta. É entre mim e Callie.

— Ah, é? E a sua namorada? — disse, indicando Kate. — Na verdade, é da minha conta, sim. Ela é minha amiga e está chateada e exausta. E, para sua informação, passo muito mais tempo com Rae que você, então sei muito bem o quanto sobra para Callie fazer. E ela é uma mãe maravilhosa, o tempo todo. Você fica fora mais ou menos quanto tempo? Oito, nove meses por ano? E quando está de volta, fica ligando durante todo o fim de semana, fazendo perguntas idiotas. Se Rae diz que está com sono, você já corre para o telefone. Depois, você se manda de novo, com sua namorada aqui, e vocês vão para uma praia com seus malditos babuínos ou sei lá o quê, e deixam tudo para Callie. Quem sabe se você atenuasse um pouco da pressão em cima dela, talvez ela não precisasse voltar a trabalhar de novo só pra sentir que tem uma vida.

Tom ficou quieto. Então, deu um sorriso afetado.

— Então é assim, Callie?

Callie manteve os olhos no chão.

Ele se virou para Suzy.

— Não vou insultar você, esmiuçando o que acabou de dizer, pois, na verdade, acho que você acredita nisso. — Voltou a olhar para Callie: — Fez um bom trabalho, Cal.

Callie não reagiu.

Sacudindo a cabeça, aborrecido, Tom voltou ao quarto de Rae com Kate. Suzy se aproximou e abraçou Callie.

— Vamos, Callie. Vamos pra casa por uma hora, trocar de roupa.

Callie não disse nada, simplesmente se deixou guiar, entorpecida.

— Querida, você precisa se livrar disso. A maneira como ele fala com você é ultrajante.

— É? — Callie disse baixinho.

Suzy passou o braço em volta dela, de modo protetor, aconchegando-a.

Capítulo 23

Callie

Quero falar com Debs. Quero falar com ela com uma urgência que não sinto desde a manhã em que meu pai telefonou, com a voz gaguejante e rude, para dizer que minha mãe tinha voltado da aula de poesia na noite anterior sentindo-se gripada e, no meio da noite, ele tinha acordado e dado com ela coberta de erupções. Era da doença meningocócica. Ela morreu no hospital algumas horas depois, enquanto despejavam antibióticos nela, desesperadamente.

Sentei-me no trem que saíra de Londres contando os minutos até chegar em casa e ver, por mim mesma, que era verdade. Andar entorpecida pela casa da fazenda e ver os óculos dela em cima do armário da cozinha, mas nenhuma cabeça em que colocá-los, suas botas no pátio, mas nenhum pé para calçá-las e levá-la para colher cenouras para o jantar. Gritar "Mãe!" enquanto meu pai estava com o gerente da funerária. "Mãe! Pode tirar seu carro? Mãe! O que tem pra jantar? Mãe! Você viu minha blusa azul?" Porque nesse milionésimo de segundo de atraso entre meu grito e o vazio ressoante da resposta no eco da casa, parte de meu cérebro ainda acreditava que talvez ela respondesse.

Suzy entra na Churchill Road. Ninguém diria que alguma coisa acontecera na noite anterior. Por um segundo, odeio Londres, onde alguém pode ser esfaqueado num parque e isso nem chega aos noticiários locais. Quando mamãe morreu, nossos vizinhos do vilarejo ainda falavam disso um ano depois, trazendo refeições, flores e ofertas de ajuda a meu pai muito após o aniversário da morte dela.

Suzy estaciona em sua casa e nós descemos na calçada. O sol hoje está deslumbrante e ofusca meus olhos depois de quase vinte e quatro horas sob o brilho fluorescente do hospital.

— Venha dar uma olhada — Suzy diz.

Ela enlaça meu braço e andamos até o fim da rua, passando por um casal de cinquentões que reconheço. Tento trocar olhares com eles. Devem ter ouvido falar sobre o que aconteceu com Rae. A rua inteira deve saber que uma menininha sofreu um acidente aqui ontem, não?

Eles atravessam para o outro lado, tagarelando.

— Sim, obrigada, ela está bem — resmungo à meia-voz, triste por Rae. Suzy me lança um olhar de solidariedade.

— Você espera o quê daqui? — pergunta.

Paramos no fim da rua e ela aponta a sarjeta.

— Acho que ela estava correndo aqui e caiu, ou tropeçou mais ou menos aqui. — Ela aponta a mão na direção do meio-fio. — O garoto estava virando ali.

Não há nada ali. Não sei bem o que esperava. Talvez uma pedra na calçada ou uma tampa de bueiro virada, indicando que era o tipo de acidente que poderia acontecer com qualquer criança, não só com minha filha. Então, algo atrai minha atenção. Um pedacinho de plástico amarelo. Inclino-me e o pego. Parece-se com o pelo do rabo de cavalo da bonequinha que ela carrega no bolso. Dou uma olhada, porém falta o resto, provavelmente foi levado pela roda da bicicleta.

— Vou entrar — digo a Suzy, tirando o meu braço do dela com gentileza.

— Você está bem, querida? — ela pergunta. — O que é?

Retraio-me. A palavra “querida” está me incomodando.

— Nada. Só quero tomar um banho.

Ela me observa, parada.

— Tá bom — diz, parecendo magoada.

Fecho o semblante.

— Vai ficar tudo bem, Suze. Só estou cansada e irritada. Falo com você depois.

Ela concorda com a cabeça, parecendo pouco convencida.

— Você quer que eu vá falar com aquela mulher?

— Não. Eu vou fazer isso. Obrigada pela carona. — Atravesso a rua na direção de casa, antes que ela tente me abraçar de novo. Não posso evitar. Preciso ficar longe dela.

Toco minha campainha e um homem abre a porta. Está usando macacão branco e tem um cabelo grisalho raspado, deixando à mostra a testa alta e uma crista ao longo do escalpo.

— Olá. Você é o encanador, certo? — pergunto.

— Sim, entre. Tudo bem? Está quase pronto, mas tive que substituir uma peça, então tenho que fazer uma limpezinha. Foi preciso tirar alguns azulejos do fundo também, então tenho que passar um pouco de rejunte e pronto.

— Ótimo — digo, acompanhando-o apartamento adentro, sem dar muita atenção a ele.

O apartamento está com cheiro de química e com o cheiro dele, um cheiro masculino de desodorante vagabundo, de vestiário de academia. Tom sempre cheirou a sabonete e a pele cálida.

— Na verdade, acabo de me dar conta... posso tomar um banho ou a água está desligada? — pergunto. — Desculpe, mas é que estive no hospital a noite toda.

— Claro que pode. A água já está normal. Vou fazer uma coisa: vou até o café ali na esquina por meia hora, assim, você fica à vontade.

Agradeço-lhe com a cabeça.

— Aliás, como está sua garotinha? — ele diz. — Sua amiga disse que ela sofreu um acidente...

A pergunta dele me pega de surpresa. Suzy deve ter contado a ele.

— Ela não foi atingida, nem nada assim... — Começo a falar e paro, não quero me dar ao trabalho de explicar. — Ela está bem, acho, obrigada. Está sendo examinada e volta para casa à noite.

— Também tenho uma filha dessa idade — ele diz. — Tem que ficar de olho como um gavião, não é?

Sim, eu penso, ligeiramente mal-humorada. E sempre fico de olho. E quem está olhando sua filha neste exato minuto?

Ele pega a jaqueta e sai, gritando no celular algo sobre "estar lá às 5 horas, colega". Fecho a porta, finalmente sozinha.

O banho me faz bem. Lava da minha pele o cheiro de hospital com bem-vindos jorros de água quente. Fico ali algum tempo, deixando-a cair na minha cabeça e encharcar o cabelo, que cai em madeixas pesadas sobre meus ombros e olhos.

A questão é: já sei o que vem em seguida.

Entretanto, agora, aqui, finjo que não vai acontecer. Que tudo ainda está bem.

O telefone andou vibrando no meu bolso durante a manhã toda. Começou às 10 horas, de manhã, e eu sei quem é. Não é meu pai porque eu lhe telefonei de manhã quando soube que Rae estava bem, para que ele não insistisse em vir. Também não é Tom.

Só pode ser uma pessoa.

Enrolo-me na única toalha limpa que consigo encontrar e vou ao quarto, me sento na cama e penteio o cabelo molhado. O vestido que usei para trabalhar ontem está abandonado num canto, o poder de suas lantejoulas prateadas agora diminuiu e virou um montinho acinzentado. Pego um vestido do cabide e me levanto com um suspiro profundo.

O telefone está na minha cômoda, soltando um bipe intermitente. Abro o celular e pressiono "mensagem de voz".

"Oi, Callie", soa a voz de Guy. "Sinto pelo acontecido. Espero que ela esteja bem. Telefone e dê notícias."

Então, há uma pausa. Eu sabia que haveria essa pausa.

“Bem, escute. Acho que sabe como são as coisas. Infelizmente, Loll não pode mudar a viagem para Nova York, então vamos ter que acelerar. Provavelmente vou passar isso para o Jerome por enquanto, porque estamos com tempo curto. Bem chateado, obviamente... Loll adorou suas ideias. Mas, escute... cuide do que tem que fazer, depois nos telefone quando as coisas melhorarem. Depois a gente se fala...”

— Não — sussurro. Ah, não! Ele deu meu trabalho a Jerome. Jerome nos seus 20 e poucos, sem filhos. Jerome, que nunca vai precisar correr para casa quando seu filho estiver doente ou tirar férias no verão.

O que eu estava pensando? Acabou.

A frustração me faz abrir a boca.

— Aiiiiiii! — grito. Um imenso e raivoso grito, vibrando tanto dentro de mim que sai como um rugido. — Merda! — falo alto. Tudo tão perto.

A campainha toca, e eu ergo a cabeça num movimento brusco. Tomo fôlego e vou até a porta.

O encanador está no degrau de entrada, com olhos curiosos.

— Está tudo bem?

— A seu dispor — digo, inclinando a cabeça, e pego minha bolsa.

— Tudo bem — ele diz. — Antes de sair, pode me dar os detalhes para a fatura?

A fatura? Tento me concentrar.

— Você precisa... na verdade, pode fazê-la em nome do pai da minha filha? — pergunto, pegando a caneta dele.

— Como quiser — ele diz. — Não deixe ele se livrar de fazer a parte dele. O ex de minha irmã é um belo de um malandro. Nunca paga porcaria nenhuma, desculpe meu linguajar.

Anoto os dados, arrependendo-me de cada letra de cada palavra. O recado de Guy me acerta aos poucos. As implicações disso. O emprego se foi. Não vou ter meu próprio dinheiro, afinal. Fico olhando a nota fiscal. Não posso nem pagar o encanador. Quando descontar o custo das roupas que comprei em Brent Cross, não vai sobrar quase nada dos meus dois dias de trabalho.

— Se chegar a tempo, minha vizinha da frente vai pegar a cópia da chave com você; se não, basta enfiá-la na minha caixa de correio — digo, já saindo.

Não tinha a intenção de ser tão rude, não era culpa dele, mas bato a porta com força e saio marchando para o portão. Vejo a casa de Debs do outro lado da rua.

Um dia, penso. Um dia inteiro desde o acidente e ela não me enviou sequer um recado, nem telefonou, nem se desculpou. Minha filha está no hospital e agora perdi a única coisa que me deixa feliz, além de Rae, por causa do descuido dessa mulher.

O temperamento da minha mãe irrompe não sei de onde e me vejo cruzando a rua.

Capítulo 24

Debs

Debs ficou atrás da cortina de voile, observando o que acontecia na rua.

Tinha visto Suzy e Callie chegarem e entrarem cada uma em sua casa, e agora estava esperando para ver o que iria acontecer. Para se manter ocupada, começou a reorganizar os livros em ordem alfabética, colocando Dickens no alto e Hardy embaixo. Ajudava. Acalmava. Tocar os livros, sentir o cheiro reconfortante de suas capas empoeiradas. Restaurar um pouco da ordem. Tentando esquecer o que aquele jovem policial lhe dissera. Obviamente, se os Poplar saíram do país, algumas das pessoas que os apoiaram e leram a história nos jornais a estavam perseguindo. Ela sabia que não estava imaginando isso. Por que ninguém a estava ouvindo?

Um movimento atraiu seu olhar justo quando se virou para sair de trás da cortina. Callie estava saindo de seu apartamento. Por alguma razão, não trancou a porta, apenas foi direto para o portão. O cabelo dela estava escuro e molhado, como se tivesse acabado de lavá-lo, e ela estava de cara fechada.

De repente, ela parou e olhou para o outro lado, para a casa de Debs. Debs arquejou e recuou. Ela a teria visto?

Moveu-se para dar mais uma olhada. Callie vinha andando pela rua na direção da casa dela, com um olhar furioso.

— Ah, Deus me ajude — Debs disse. Abrigou-se sob o peitoril da janela.

Tum, tum, tum. A porta da frente sacudiu, seguida de dois toques da campainha. Debs prendeu a respiração. Tentou encolher o corpo ao máximo. Olhando com cuidado, viu a silhueta de Callie acima dela. Estava espiando pela janela de Debs.

— Olá? — ela estava chamando. A vozinha nervosa do outro dia tinha dado lugar a um tom confiante. Tremendo, Debs ficou onde estava. O que a moça podia fazer? Afora quebrar a janela, ela não podia entrar. Enquanto Debs ficasse ali, estaria segura.

Contou até dez e então ouviu o portão ser fechado e, em seguida, o som de um carro. Ergueu os óculos acima do peitoril e deu mais uma espiada. O velho Renault vermelho de Callie estava saindo pela rua.

Sentiu-se segura ali, junto do largo rodapé de pinho. Ela tirou os pedacinhos de pó grudados entre as tábuas do assoalho manchado, deslizando a mão sobre eles para sentir a fraca aragem e o cheiro de umidade do porão. O bule estava mais ou menos aqui, ela pensou. Debaixo do nariz de Allen e ele nem sabia.

A porta da vizinha bateu, fazendo-a se encolher. Espiou de novo e viu a americana sair de casa com algumas sacolas de compra, indo para o carro.

Para ter certeza, Debs esperou mais uns dez minutos, deitada no chão, arrumando os Whitman e Yvenshenko da prateleira de baixo. Pronto, provavelmente estava segura. Engatinhando pela sala, ela pegou o pacote embrulhado em papel de presente que tinha deixado na escada, ao lado da boneca quebrada da garotinha, e calçou os sapatos. Era o melhor que podia fazer no momento. Saiu furtivamente pela porta da frente, enfiou a cabeça do outro lado da cerca viva para ver se havia alguém por ali e, rapidamente, cruzou a rua. O caminho até a porta de Callie era um pouco diferente do que imaginara. A pintura do portão estava estragada e havia duas latas de lixo, não uma só. Pedaços de uma lata de lixo quebrada estavam atrás de uma delas, e o mato enfeiava o jardim da frente. Que esquisito. Não era bem como imaginava que seria a casa de Callie. Ela era uma jovem tão inteligente.

A melhor coisa a fazer, Debs decidiu, seria deixar o pacote no degrau da porta. Assim, ficaria escondido pela lata de lixo, mas ainda visível para qualquer um que abrisse a porta.

Ela estava prestes a se inclinar quando ouviu barulho lá dentro, ao mesmo tempo em que viu as duas campainhas. Ah! Não é uma casa, são apartamentos.

Debs recuou diante da porta que se abria. Uma jovem somali com um véu também recuou, igualmente surpresa. Debs levantou o pacote para mostrar o que estava fazendo. A mulher abriu um sorriso largo e simpático, e fez sinal para Debs entrar.

— Ah, não — Debs disse —, só vou deixar uma coisa...

A mulher sorriu novamente e encolheu os ombros, para demonstrar que não falava inglês. "Por favor, por favor", ela disse, indicando que Debs entrasse.

Ah, está bem. Talvez o pacote fique mesmo mais seguro no saguão. Ela assentiu com a cabeça e entrou. A jovem fechou a porta atrás de si, deixando Debs sozinha.

O saguão cheirava a mofo. Degraus cobertos com um gasto carpete cinza subiam para o apartamento de cima.

E agora, onde era melhor deixar o pacote? Havia uma prateleira para a correspondência. Parecia um ótimo lugar.

Ela estava colocando o pacote próximo a uma pilha de correspondência velha quando a porta do apartamento ao lado se abriu, também, e um homem careca e corpulento saiu de lá, carregando uma sacola.

— Ah! — ela murmurou.

— Ah, oi, tudo bem? Você é a vizinha da frente?

Ela assentiu.

— Eu já ia largar isso lá — ele rosnou, colocando algumas chaves na mão dela. — Diga a ela que está tudo funcionando e que eu espero que a garotinha dela esteja bem. Tenho uma dessa idade. Tchau!

— Ah... não... — Debs gaguejou, tentando chamar a atenção dele enquanto ele empurrava a porta da frente e a puxava atrás de si.

Ela ficou no saguão silencioso, segurando as chaves. Deus, e agora?

Não queria falar com Callie até que tivesse resolvido em sua própria cabeça as coisas sobre os acontecimentos da noite anterior. Talvez, se fechasse o apartamento e esperasse na calçada, pudesse entregar as chaves para a africana. Ela talvez tivesse ido à loja da esquina.

Decidindo que isso seria o melhor a fazer, Debs foi fechar a porta do apartamento de Callie. Ao fazer isso, viu um pouco do hall interno.

Que estranho!

Não. Não era de jeito nenhum o que tinha imaginado. Espiou lá dentro. As paredes do hall eram revestidas de madeira que pareciam ter sido pintadas de bege havia muitos anos, as extremidades furadas em muitos lugares, talvez obra de criança. O chão coberto de um material que imitava um assoalho de madeira. Casacos demais estavam nos cabides do hall. Embaixo deles, os sapatos formavam uma verdadeira confusão com os saltos apontando em várias direções. Alguns guarda-chuvas, um deles com um raio quebrado. Um monte de chapéus e luvas despencava de uma sacola de plástico presa num gancho. Uma mochila de criança estava encostada à parede.

Curiosa, Debs entrou um pouquinho mais. Não era assim que imaginava que Callie vivia. O apartamento era feio, desinteressante.

Ela continuou pela sala, espiando em volta.

Uma manta jazia desajeitada sobre um sofá envelhecido. As prateleiras de ambos os lados da lareira estavam vazias, exceto por algumas pastas e pilhas de desenhos de criança, dois dos quais tinham sido fixados na parede. Uma das prateleiras estava num ângulo tal que era como se tivesse se soltado e nunca tivesse sido consertada. Algumas fotos estavam escoradas sobre a lareira, mas não num porta-retratos, uma de Callie com Rae e um homem que parecia ser pai de Callie; uma de Rae fantasiada para o Halloween com as crianças da vizinha, e outra foto bem parecida, mas de outro ângulo. Para todo lado que Debs se virasse havia outros sinais da resignação de Callie. Um vaso de plantas sem planta. Sobre a mesa de centro, pilhas de contas não abertas e de cartas escolares antigas.

Isso não era nada bom. Debs entrou na cozinha.

Era igualmente gasta e cansada, com uma toalha de plástico rabiscada sobre a mesa, e mais pilhas de papel. Uma lista antiga numa lousa branca com um "Compras de Natal" escrito em azul desbotado.

Debs deu uma olhada em volta. Na pia, havia uma xícara suja, provavelmente deixada pelo encanador. Procurou uma lavadora de louça. Não havia nenhuma, apenas uma máquina de lavar de velha, com uma porta quebrada, embaixo de uma secadora. Distraidamente, encontrou um detergente e uma esponja e lavou a xícara, indo colocá-la no escorredor de louça. Ele estava coberto com uma fina película branca que a pesada água de Londres deixava em todo lugar. Não era sujeira, só descuido.

Aturdida, imaginando por que a casa de Callie parecia em tal desordem, ela olhou embaixo da pia e achou alvejante e uma escova.

Céus! O que estava fazendo? Interrompeu-se.

Bem, que mal isso faria?

Ela despejou o alvejante em toda a pia e nas torneiras e começou a esfregar.

Esfregar, esfregar, esfregar.

Cinco minutos depois, a pia estava brilhando.

Ótimo, ela pensou.

Quando foi guardar tudo, percebeu que o detergente tinha espirrado dentro da prateleira e secado, uma grossa linha verde serpenteava sobre os outros produtos de limpeza até debaixo de algumas sacolas plásticas úmidas socadas no fundo. "Só vou fazer isso também", pensou.

Foi quando estava de joelhos, limpando a prateleira e os outros recipientes, e procurando uns panos velhos, que notou o chão da cozinha. Estava limpo de uma maneira negligente, como se fosse esfregado rapidamente de vez em quando. No entanto, isso não tinha sido suficiente para eliminar o fino risco de sujeira marrom que contornava a parte debaixo dos armários de cozinha, quase como uma fenda entre eles.

Debs levantou-se. Só levaria mais um minuto. Bom, onde é que Callie guardava o esfregão?

Ela não sabia como o tempo passara. Num momento eram duas horas, de repente, seis horas.

O apartamento estava com cheiro de umidade e frescor, como se alguém tivesse jogado um balde de água nele. Afastou-se, satisfeita. Só tinha levado um minuto para dar um pulo em casa e pegar algumas coisas. Todas as superfícies do apartamento de dois quartos estavam polidas e esfregadas. As janelas brilhavam. O banheiro foi desinfetado e, agora, a descarga tinha uma água azulada. A sala tinha sido aspirada e varrida. Uma segunda leva de roupa estava na máquina de lavar; a primeira, na secadora. Tubos velhos de pasta de dente e rolos vazios de papel higiênico foram retirados do banheiro, junto com restos de sabonete. Uma pilha de correspondências velhas e envelopes abertos estava junto da porta da frente, pronta para a reciclagem. Tudo o mais tinha sido distribuído em pastas marcadas com as etiquetas coloridas de Allen. Cartas urgentes estavam agora espetadas no antigo quadro com percevejos vermelhos que ela trouxera de casa. Tinha separado todos os sapatos menores, que certamente não serviam mais no pé de uma menina de 5 anos, ou os sem par, e os tinha colocado numa sacola de recicláveis junto com alguns casacos para "3 anos", e uma pilha de revistas velhas e jornais locais que tinha encontrado junto da lateral do sofá.

Agora, só havia mais uma coisa a fazer.

Ela subiu numa cadeira da sala para fechar as janelas que tinha aberto para deixar o ar correr. Foi então que a viu. Suzy. A americana estava de volta.

A janela acima da porta da frente de Suzy era encaixilhada com um moderno vidro transparente, como se o vitral original tivesse sido substituído. Através dele, podia ver Suzy sentada no meio da escada de sua casa, com o telefone na orelha.

Debs a encarou. Durante o dia todo isso tinha ficado na cabeça dela. Essa mulher tinha lhe dito para segurar a mão de Rae?

Levou um minuto para perceber que conseguia ouvir alguma coisa através da janela aberta. Era um som familiar. Um telefone tocando a distância. O mundo pareceu desacelerar por um segundo enquanto Debs tentava entender isso. Não podia ser o telefone de Suzy porque ela mesma estava lá.

Então, devia ser... O telefone da própria Debs.

Seus olhos se voltaram para Suzy, olhos e ouvidos tentando desesperadamente conferir a informação que recolheram, para poder dar sentido a ela.

Com seus olhos, Debs viu o seguinte: Suzy colocara o fone no lugar.

Com seus ouvidos, Debs ouviu isso: o telefone em sua casa parara de tocar no mesmo momento.

Que esquisito! Por que essa mulher estaria ligando para ela?

Uma forma se moveu à direita. Debs virou-se e viu uma figura andando rua acima. Era Allen, vestindo a charmosa capa de chuva que ela lhe comprara no Natal. Nossa! Já era tarde assim? Deu uma olhada no relógio. Precisava terminar tudo aqui rapidamente e preparar o jantar.

Ao se virar, Debs viu seu marido desacelerar ao se aproximar do portão deles. Suas pálpebras estavam pesadas por trás dos óculos que Debs esperava que ele trocasse por lentes. Ele, Allen Hazel, tinha olhos bonitos, pintalgados de amarelo, emoldurados por longos cílios ruivos. Entretanto, por trás dessas armações antiquadas com lentes grossas, eles ficavam ligeiramente bulbosos. O pelo duro de suas sobrancelhas, que se espetava como bem entendia, fica delineado e exagerado com essa armação escura. Ela era a única pessoa que vira como os olhos dele eram de fato. Na primeira vez que ele tirou os óculos, ela ficou tão surpresa diante da intensidade emanada de suas pupilas nuas, que corou e desviou o olhar. Estranhamente, isso lhe pareceu demasiado íntimo.

Debs observou Allen abrir a porta, notando como seus ombros caíam diante do drama que poderia estar esperando por ele, ali dentro. Hoje não, querido, ela lhe prometeu em silêncio. Hoje ela sorriria e estaria animada, e não mencionaria os Poplar, nem aviões, nem os filhos da vizinha. Apenas perguntaria sobre o dia dele e lhe daria a atenção que merecia. Hoje, pelo menos, eles teriam um bom dia.

Debs estava prestes a se virar de novo quando um barulho chamou sua atenção. Foi seu telefone de novo, tocando mais alto agora, através da porta que Allen acabava de abrir. Observou Allen colocando no chão a pasta que tinha comprado para ele na liquidação da Debenhams. Preguiçosamente, Debs notou como Suzy estava agora abrindo a própria porta, e empurrando seu carrinho duplo através dela, com o filho mais velho segurando a maçaneta.

Isso era estranho.

A americana estava com o telefone no ouvido de novo.

Debs observou, hipnotizada, enquanto Allen se aprumava e andava pelo assoalho de madeira, estendendo o braço para pegar o telefone.

Com uma certeza repentina, Debs soube o que ia acontecer.

Seus olhos dispararam na direção de Suzy, que tirou o telefone do ouvido e rapidamente apertou um botão.

Imediatamente, o telefone diante de Allen parou de tocar.

Debs ficou gelada. De onde estava, via seu marido se voltar para a porta com uma expressão confusa. Sem saber da presença de Suzy a poucos metros dele, ele fechou a porta devagar.

Suzy, então, guardou o telefone em casa, fechou a própria porta e foi para o portão com as três crianças.

Um arrepio percorreu o corpo de Debs.

Durante a semana inteira, ela ouvira as crianças da vizinha através da parede, batendo os pés no assoalho de madeira ou para cima e para baixo nas escadas.

E se Suzy pudesse ouvir os passos dela também? E se ela soubesse quando Debs estava prestes a pegar o telefone?

Capítulo 25

Suzy

O parque estava bastante sossegado quando Suzy chegou com os meninos.

Eles já tinham ido lá depois da escola, mas Henry estava tão inquieto, dando gritinhos estranhos e pulando nos gêmeos até eles chorarem, que ela decidiu levá-los novamente.

Ao chegaram aos brinquedos, no final do parque, ela reconheceu, pela cor do cabelo comprido, a menininha dependurada no trepa trepa. O cabelo dela parecia banhado a ouro. Não era como o cabelo ruivo de Nora, claro. Aquele era de um loiro-avermelhado, o rosto com sardas e a pele branca sedosa como a de Suzy.

A garotinha estava subindo no brinquedo e se inclinando para frente, na tentativa de alcançar outra barra. A boca abria-se, concentrada, o vestido de verão levantava-se à vontade e mostrava a calcinha estampada de margaridinhas.

Suzy olhou em volta. O café tinha fechado às 5h30, os estudantes foram embora. Apenas alguns cuidadores de cachorro passeavam pelos campos de futebol, um deles jogando uma bola vermelha para um greyhound que corria pelo parque a toda velocidade. Henry corria para o lado mais distante do parquinho, subindo no trator de brinquedo, fazendo barulho de motor ao virar as rodas. Ela percebeu, pela hiperatividade dele quando o pegara na escola, que ele estava sentindo falta de Rae. Rae fazia bem a ele. Acalmava-o.

Os gêmeos estavam dormindo no carrinho, suas carinhas perfeitas, molengas como a de velhos, bocas relaxadas, as bochechas fofas caídas. Suzy brecou o carrinho e beijou ambos enquanto olhava a garotinha.

Onde estaria a mãe dela, caramba?

— Você pode me ajudar? — a menina chamou.

— Se posso ajudar você? — Suzy respondeu, apontando para si mesma.

— Não consigo alcançar — a criança disse, arfando e tentando de novo.

— Você é a Hannah, não é?

A menina assentiu.

— Querida, onde está sua mãe? — Suzy perguntou.

— Minha mãe está correndo — a garotinha disse, apontando a mão para o outro lado do parque. — Ela quer emagrecer. Vai ao Vigilantes do Peso também. — A distância, Suzy viu as costas de uma mulher rechonchuda de calça preta e camiseta branca, correndo, longe demais para ser chamada.

— Sua mãe deixa você sozinha? — ela perguntou, incrédula. Levariam um segundo para sequestrar a menina. Mesmo que a mulher visse alguém a levando, não conseguiria atravessar o parque rápido o suficiente para impedir. Alguns segundos. É só o que leva para ferir uma criança para a vida toda.

— Tudo bem. Já sou grandinha.

Suzy suspirou.

— Bom, querida, eu não vou erguer você porque sua mãe pode não querer isso. Se você cair, ela pode ficar brava comigo. Mas sabe de uma coisa? Peça a ela quando ela voltar.

— Tá bom — disse a menininha, descendo com um pulo. Ela passou correndo por Suzy e começou a subir em um mastro, usando os pés descalços para se firmar. — Onde está Rae? — ela perguntou, olhando Suzy com suaves olhos castanhos.

— Ah. Bem, querida, Rae está no médico. Ela sofreu um pequeno acidente.

— Ela vai voltar para a escola?

Suzy fez uma pausa.

— Sim, claro que vai. Mas, querida, acho melhor você deixá-la sozinha durante algum tempo. Rae está doente, entende. Seria bem arriscado para ela fazer essas coisas que você está fazendo agora. Então, quando ela voltar, você tem que ser gentil com ela, talvez só deixá-la quieta no recreio e não brincar.

Ela olhou em volta. A mulher de camiseta branca tinha virado no alto do parque e estava, agora, cruzando esse pedaço, ainda correndo longe de sua filha. Era ridículo. Suzy olhou em volta. Com certeza todo mundo tinha ouvido o que tinha acontecido com Rae. A mãe de Hannah estava sendo totalmente irresponsável. Devagarzinho, ela empurrou os gêmeos para trás de um arbusto, ao lado do chalé do café, já fechado.

— Hannah — Suzy chamou. — Você quer ver os irmãozinhos de Henry? Eles estão dormindo. São bem bonitinhos.

Hannah deu um sorriso largo e pulou, indo para trás da casa. Suzy puxou as cobertas.

— Ah, eles são uma gracinha — Hannah cochichou. — Oi, bebezinhos...

Suzy olhou em volta, através do arbusto. A mulher da camiseta branca estava, agora, correndo no lado oposto do parque, olhando ansiosamente. Estava acelerando o passo.

Isso mesmo, senhora, Suzy pensou. É isso que pode acontecer se você se arrisca desse jeito com sua filha.

— Hannah! — ela a ouviu chamar debilmente. — Hannah! — gritou com urgência crescente.

Hannah ia sair do lugar. Suzy gentilmente estendeu a mão.

— Tudo bem, queridinha. Estou aqui. Sua mãe já vai chegar e ver que você está comigo.

— Hannah! — A voz da mulher era quase um berro. Suzy a viu cortar o parque pela diagonal, vindo na direção delas em disparada.

OK, isso já deve ser suficiente.

Ela se adiantou e viu a mulher correndo desajeitadamente na sua direção, com o rosto vermelho e assustado.

— Aqui — Suzy acenou, empurrando Hannah para a frente com as mãos nos ombros dela. — Só está vendo os irmãos de Henry.

Caroline correu na direção delas, como se não pudesse parar, tentando recuperar o fôlego.

— Ah, graças a Deus! — ela arfou. — Pensei que tinha saído por aí. Desculpe... é a única hora em que posso correr... John trabalha até tarde... em geral, ela fica bem...

Suzy concordou com a cabeça, enquanto a mulher tentava recuperar o fôlego.

— É, você tem razão, é preciso ter cuidado. Você sabe, aquela professora tirou o olho de Rae por um segundo e...

— Ah, sim. Como ela está? — disse Caroline. — Ficamos tão preocupados quando soubemos. Eu ia dar um pulo para ver Callie. Mas não sabia se era um bom momento...

— Ela está no hospital — Suzy respondeu. — Está bem cansada. — Esta era a última coisa de que Callie precisava: essas mães aparecendo, fazendo de conta que se preocupam quando é só mais uma oportunidade de fofocar sobre Callie e a vida dela.

Caroline olhou-a e, então, aprovou com a cabeça.

— OK, bem, melhor voltarmos. Venha, Hannah. — A mulher deu um passo, então parou. — Sei que é bem em cima da hora, mas vamos fazer uma festa de patinação no gelo, pelo aniversário de Hannah, no sábado, às 4 horas. Adoraríamos que Rae aparecesse, se ela quiser. Mesmo que quisesse apenas olhar, e depois comer o bolo. Seria ótimo.

Henry foi até Suzy e beliscou o braço dela, olhando-a suplicante.

Caroline percebeu, um pouco tarde, o que tinha feito.

— Ah, e Henry também, claro!

— Sim, mamãe, eu quero ir na festa! — Henry gritou, puxando o braço de Suzy. Hannah fez uma careta para a mãe.

— Obrigada — Suzy respondeu, neutra. Inacreditável. Convidando Henry e Rae no último minuto, por pena, como se fossem caso de caridade. E agora Henry ouvira o convite e seria impossível não ir.

— Vou colocar os convites na sua porta, então — Caroline sorriu e foi embora com Hannah.

Suzy a observou. Aposto que não vai mais deixar Hannah sozinha no parquinho tão cedo.

Capítulo 26

Callie

Rae parece entediada quando volto ao hospital de banho tomado. A pele dela está brilhando na cor normal, um tantinho de rosado voltou às bochechas.

Lá pelas 5 horas da tarde ela está rindo alto quando Kaye finge "roubar" o nariz dela, e depois Rae quer fazer esse truque novo em mim e em Tom. Faltam quinze minutos para as seis quando o Dr. Katham lhe dá alta, e, antes que eu diga alguma coisa, ele fala que talvez ela precise descansar nos próximos dias, mas, ao mesmo tempo, parece achar que ela está perfeitamente bem. Olho para Tom com um sorriso aliviado. Não foi nada sério. Vamos embora.

Contudo, Tom não terminou. Ele atormenta o médico por mais dois minutos sobre sintomas para os quais nós, na verdade, eu, teremos que estar atentos quando ela estiver em casa, só para desencargo de consciência. Mãe negligente, é o que diz o comportamento dele.

Graças a Deus, Kate e suas expressões críticas já tinham ido embora quando voltei ao hospital. Tom me disse, mal-humorado, que, como Rae estava bem melhor do que o telefonema apavorado de Suzy o fizera crer, eles decidiram que Kate deveria voltar ao Sri Lanka e ela estava, agora, no escritório do Soho, planejando como reesquematizar as filmagens para aproveitar umas tomadas de plano de fundo de Tom por uns dias, até que ele tivesse certeza de que Rae estaria completamente recuperada e pudesse ir embora.

Rae quer ir embora do hospital andando.

— Não está dolorido, mamãe! — ela reclama, mancando.

— Nada disso — rosna Tom, fazendo uma grande cena para carregá-la nos braços pelo corredor e estacionamento, e, depois, coloca-a no meu carro. O que ele pensa que ela vai fazer na semana que vem quando ele não estiver aqui? Fico pensando nisso enquanto ajusto o cinto de segurança em Rae e o observo subindo em seu jipe.

Dirigindo pelo norte de Londres, percebo que Rae está acenando para Tom, que está no carro de trás. Eu a flagrei nos olhando hoje, no quarto do hospital, lançando olhares para um e outro, com a fisionomia viva se contorcendo por causa de alguma história que ela obviamente estava inventando em sua cabeça sobre nós dois juntos de novo.

— Tudo bem, querida? — pergunto ao virar na Churchill Road.

— Hum, hum — ela diz, afundando na poltrona.

Consigo a última vaga, então, Tom passa reto pela Churchill Road e vira à direita na travessa cheia de garagens que fica atrás de meu apartamento. Rae e eu saímos do carro e andamos até a esquina.

— Rae, você se lembra do que aconteceu ontem à noite quando caiu na rua? — Ela já nos contou que "apenas escorregou", zelosa, eu suponho, para evitar uma discussão sobre por que ela estava correndo se eu lhe dissera para não fazê-lo no dia anterior. — Você estava pensando em seu dia de brincar com Hannah? Estava chateada? Foi isso que aconteceu?

— Cal — diz Tom. — Deixe isso pra lá. Agora não. Ela vai nos contar quando quiser.

Acho graça como Tom tenta mandar em mim e em Rae, como se achasse que vivemos algum tipo de estado estático quando ele não está, esperando que ele volte com suas opiniões e pensamentos para que possamos seguir em frente.

Tom pega Rae e a carrega até a porta. Ah, as chaves, lembro. Suzy deve estar com elas. Estou prestes a cruzar a rua para buscá-las quando vejo Tom entrando direto pela minha porta.

— Você fechou apenas com o trinco? — ele pergunta.

— Não. — Que esquisito!

Vou atrás dele e de Rae e passo por eles. A porta de dentro está aberta também. Olho para Tom e fecho o cenho. Ele põe Rae, com cuidado, nos degraus, e passa adiante de mim, de modo protetor.

— O encanador não deve estar mais aí — murmuro.

— Fique aí — ele diz, entrando no apartamento. Sigo-o, indicando a Rae que fique nos degraus. Há um cheiro estranho no apartamento. Cheira a produto de limpeza com uma certa umidade, como se tivessem lavado o mofo malcheiroso das frestas dessa negligenciada casa antiga. Levo um segundo para perceber que algo está diferente. Só há dois casacos nos cabides, e os sapatos foram arrumados embaixo deles.

— Que diabos...! — Será que Suzy fez isso para nós?

Tom espia a cozinha, me faz sinal com a cabeça e depois entra na sala. Passo por ele, vou ao meu quarto e escancaro a porta.

Debs está ali, cantando e sacudindo um lençol sobre minha cama, que tinha sido desfeita.

A imagem é tão esquisita que preciso sacudir a cabeça e olhar de novo.

— O que está acontecendo? — pergunto, atordoada. Suzy a deixou entrar? — O que está fazendo aqui, Debs?

Ela me olha, completamente espantada.

— Ah... — gagueja, arrumando os óculos no nariz.

Tom chega por trás de mim, bem perto, de modo que sinto o calor dele em minhas costas.

— O que está acontecendo? — ele pergunta.

Debs o encara com olhos assustados. Mesmo daqui, consigo ver as mãos dela tremendo.

— É... Tom, você pode levar Rae para a sala?— peço.

— Debs? Esta não é a... ? — ele me encara, zangado.

— Leve a Rae para a sala — digo, encostando a mão gentilmente no peito dele. — Eu resolvo isso.

Fecho a porta atrás dele e me viro.

— Debs? — repito, devagar. — Que diabos está fazendo no meu quarto? O que você fez no meu apartamento? A Suzy...?

Paro quando percebo que meu quarto está tão arrumado que parece ser de outra pessoa. Fotos antigas de mim e de Rae estão em duas novas molduras sobre a cômoda. Uma das antigas toalhas de renda de minha mãe está aberta sobre a penteadeira de pinho. Minha nova maquiagem de Brent Cross, que eu tinha espalhado ontem de manhã com a pressa, está guardada direitinho em uma sacola, bastõezinhos vermelhos e pretos apontam para fora, ordenados.

— Ah — Debs resmunga. — Não sei o que aconteceu. Trouxe uma bonequinha para sua filha... para substituir a que quebrou quando ela caiu. Aí, vi que você estava numa certa bagunça... e... nossa! Desculpe...

— Você fez isso sozinha?

Ela arregala os olhos e concorda com a cabeça.

— Debs! — exclamo, confusa. — Você precisa ir.

— Sim. Sim, claro.

Ela coloca o lençol e começa a andar na direção da porta.

Isso é muito estranho. Tento organizar meus pensamentos.

— Não entendo. Você não foi vê-la — digo. — No hospital.

Debs para. Ela sacode a cabeça, com os olhos no chão.

— Eu queria. Mas estava me esforçando demais para lembrar o que aconteceu na noite passada antes de falar com você. E eu não sei. Um minuto, ela estava comigo, e no outro, caída na rua. Havia esse menino na bicicleta e...

— Mas Suzy lhe disse que você deveria segurar a mão dela!

Debs tem nos olhos uma expressão aturdida que começa a me arrepiar.

— Bem, acho que não a ouvi.

— Mas você é professora!

— Sim, mas não sou mãe, sinto muito — Debs responde. — Normalmente temos um grupo de crianças e não podemos segurar a mão de todas.

Sacudo a cabeça. Talvez eu esteja exausta, mas, de fato, sinto pena dela. A pele dela vista de perto é suave e rosada, e tem um brilho de vaselina, como a de minha mãe. As bolsas sob os olhos apáticos e sobrancelhas grossas e grisalhas são pesadas e inchadas.

— Debs. Isso tem sido um pesadelo. Rae correu tantos riscos na noite passada. Ela está bem, mas foi sorte. Poderia muito bem ter sido um carro, não uma bicicleta. Olhe, estou realmente esgotada e chateada. Obrigada pela boneca, mas não acho que deveria ter feito isso. Francamente, é esquisito, e eu realmente gostaria que fosse embora agora.

Seus lábios começam a tremer assim que Tom entra no cômodo.

— Sim, venha — ele diz a Debs. — Todo mundo está cansado e não queremos falar com você de novo até termos falado com a polícia, OK?

Ela não impediu que ele a guiasse pelo corredor e para fora do apartamento. Ao passar pela sala, vejo-a lançar um olhar para o lado e sorrir para Rae, que retribui com um olhar bem aberto.

— Tudo bem, Rae — digo, passando a mão no cabelo dela. — A mamãe vai voltar num minuto.

Afundando na minha cama desfeita, deixo a cabeça pender. A porta da frente bate e Tom vem devagar, com os braços erguidos num gesto que diz “que diabos?”.

— Ah, cale a boca, Tom! — Solto. — Eu sei, eu sei. Sei a merda de tudo isso. Minha vida é horrível, tá bom? Estou um lixo. Uma mãe horrível que deixa uns malucos tomarem conta da filha. Você tem razão. Não presto.

Ele se vira e sai pela porta. Suspiro, e espero que a porta da frente bata de novo.

Em vez disso, escuto-o aos sussuros com Rae, colocando um DVD. Pego o lençol que Debs deixou cair e o estendo na cama, para me deitar. Estou arrumando os cantos quando a porta range e o vejo de volta, com duas taças de vinho nas mãos. Ele me dá uma e senta-se na cadeira. Esfrega o rosto com a mão e estica as pernas compridas.

— Você mandou consertar o banheiro? — ele pergunta.

— Sim — digo, hesitante, sentando-me na cama.

Ele balança a cabeça.

Tento não olhar para ele. É muito doloroso lembrar como eu costumava ter licença de ir até aquela cadeira depois de um dia ruim, sentar-me nos joelhos dele e puxar esses braços imensos e seguros, como um escudo, em volta de mim; esses enormes braços de fazendeiro que sempre lembram os de meu pai.

Ele toma um gole, depois toma outro.

— Sei que me detesta, Tom, mas... — Olho para seu rosto, imaginando se posso lhe dizer isso. — Mas às vezes é tão pesado. Você sabe, eu nem tinha certeza se seria uma boa mãe em nenhuma circunstância. E aí tenho essa criança doente e tudo desaparece. Eu tento, você sabe. Realmente tento. Só que estar aqui o tempo todo... essa confusão em que me meti... não ter dinheiro... não ver ninguém. — Não consigo evitar. As lágrimas surgem não sei de onde e rolam pelo meu rosto. — Só estou tentando resolver alguma coisa.

Faz-se silêncio. Espero que ele me diga que a culpa é minha, mas ele não o faz. Evita meu olhar e se levanta, engolindo o resto do vinho.

— Você quer que eu a coloque na cama?

Balanço a cabeça, grata, enxugando as lágrimas. Ele traz Rae para desejar boa-noite e eu me forço a dar-lhe um sorriso largo, beijando-a. Os olhos dela brilham diante da novidade de ter eu e Tom, juntos, na hora de dormir.

— Nossa casa tá cheirosa — ela sorri. — Meus ursinhos estão todos enfileirados.

Tinha a intenção de ficar na cama apenas um minuto; no entanto, por algum motivo, não consigo me mexer. Só descansar um pouco e deixar que meus braços caiam pesados e quietos enquanto Tom lida com Rae é tão bom. Exceto pelos passos do casal de cima no meu teto, há silêncio, só o murmúrio do quarto de Rae onde Tom lê para ela. Só mais um minuto, fico pensando. Depois, levanto.

— Venho aqui amanhã pra vê-la, lindinha — ouço Tom dizendo, vinte minutos depois. Ergo-me, quase adormeci. Vou até o quarto de Rae e o vejo inclinando-se para lhe dar um beijo de boa-noite, parecendo um gigante nesse quartinho. Um gigante que costumava nos proteger e não está mais conosco. Ele, agora, protege Kate.

Ele se vira para me olhar e o brilho suave da luminária de fadas me leva de volta à primeira vez que o vi, quando ele foi à festa de aniversário de Sophie no nosso jardim, em Islington, ao anoitecer, com um dos antigos colegas de faculdade dela, e se sentou em volta da fogueira que fizemos em uma lata de lixo, conversando com a mãe de Sophie, que todo mundo estava educadamente evitando. E me lembro de como eu tinha tido uma semana ruim e como os olhos dele ficavam me procurando. De como ele, lá do outro lado do jardim, ficava fazendo caretas bobas e isso me animou um pouco. Depois, de como me seguiu até a cozinha, me encontrando de traseiro para cima, tentando pegar o celular que eu tinha deixado cair atrás de um radiador.

— Deixe-me fazer isso. — Ele sorriu, alcançando-o.

— Obrigada — disse timidamente, estendo a mão para pegar o celular.

— Ah, tá bom — ele disse, segurando-o acima da cabeça, saindo dali e me deixando confusa.

— É... pode devolver meu celular, por favor? — perguntei depois, quando o encontrei deitado na grama fumando um baseado sob as estrelas do céu.

— Primeiro, tem que me contar o motivo da cara triste — murmurou, segurando o telefone no alto de novo, enquanto soltava uma fumaça clara no ar, com esses cachos claros indisciplinados e os olhos azuis que me provocavam. E então eu me aproximei, e senti o brando calor de sua pele e o sopro de seu sorriso em minha orelha.

— Vou me casar com esse John — eu falei para Sophie mais tarde, deitando-me na cama, bêbada.

— Tom — ela sussurrou, limpando a maquiagem.

E seis meses depois, naquele maravilhoso fim de semana em Nova York, no City Hall, com uma mão sobre a saliência que já era Rae, foi exatamente isso o que fiz.

— Precisamos falar com a polícia sobre essa mulher — Tom diz, saindo comigo do quarto de Rae, há muito sem o clima daquela noite em Islington. — O que eles fizeram em relação a isso?

— Vou descobrir amanhã — digo. — Andei pensando, talvez tenha sido apenas um acidente. Ela devia estar chateada com o cancelamento de seu dia de brincar na casa da amiguinha. Talvez tivesse acontecido mesmo se eu estivesse lá. Precisamos conversar com ela sobre isso.

Ele sacode a cabeça.

— Quando ela quiser. Mas tem alguma coisa estranha com aquela mulher. Quero resolver isso.

Ele se vira para dizer adeus e, no brilho claro da luz, seu rosto parece chateado, esgotado e cansado. Percebo que ele também se ressente. Ele se culpa também. Ele também não estava lá com Rae.

Destranco a porta de trás, na cozinha, e Tom sai pelo portão do nosso quintalzinho cheio de mato, que dá na travessa onde seu carro estava estacionado. Fecho a porta de novo e fico na cozinha, ouvindo seu carro ir embora.

Espero ali algum tempo.

Então me lembro de que preciso recolocar o ferrolho no portão. Porém, antes que me ponha em movimento, há um toque na porta dos fundos.

Abro-a. Meu rosto se trai.

Às vezes, acontece. Às vezes, durante alguns meses, as coisas entre nós ficam normais e superficiais, práticas e funcionais, como têm que ser. Então, às vezes, há um olhar.

Ele está no vão da porta, preenchendo-o com a larga silhueta. Sem dizer nada, ele anda na minha direção e fecha a porta atrás de si.

Sei o que vai acontecer.

Ando adiante dele, na direção do vestíbulo, no caso de estar equivocada, mas ele pega a minha mão e me vira. Inspiro uma vez, longa e profundamente, depois outra. Ele me olha, com suas pálpebras cansadas, me manobra até a parede e puxa meu vestido. Subindo com a mão pela minha coxa, ele engancha o dedo no elástico de minha calcinha e a puxa, olhando-me com jeito de quem não está mais ali.

— Tire isso.

Nós dois sabemos que vai ser rápido. Nada de cor-de-rosa, suavidade e romantismo conosco. Trata-se de outra coisa.

Tiro-a.

— E isto... — ele murmura, indicando o sutiã.

Levo as mãos às costas e abro o fecho, sentindo o peso dos meus seios que se projetam enquanto ele levanta minha blusa e tira o sutiã com um dedo. Minha respiração está tão rápida que acho que vou desmaiar. Ele suspira e esfrega a palma da mão em mim até me fazer gemer, depois me coloca na mesa. Com o joelho, separa os meus.

O som que sai de meus lábios, em seguida, só ele escuta.

Sei que ela está lá, esperando que ele volte. Porém, esse é o pai da minha filha. Sei que é horrível. Mas, às vezes, quando tudo fica demais, quando não consigo tirar o peso de toda essa responsabilidade, de todos esses erros que cometi, de toda a culpa, preciso de alguém que assuma o controle, só por um momento.

Capítulo 27

Suzy

Nada de Jez ainda.

Suzy voltou do parque com as crianças pouco antes das 7 horas da noite, e encontrou a casa vazia. Será que tinha feito a coisa certa?

Ele saíra às 7 da manhã para uma reunião de tecnologia digital em Birmingham. Assim que saiu, Suzy ligou para Vondra pedindo a ela que corresse até a estação de Euston. Diante de sua missão, Vondra tinha, heroicamente, conseguido pegar o trem seguinte, e o seguira em direção ao norte.

O primeiro informe dela veio três horas mais tarde: Jez estava na conferência. Sasha estava lá também. Seu segundo informe foi mais animador: Jez e dois amigos tinham almoçado num restaurante italiano perto do evento, Sasha não estava à vista, depois, voltaram às 3 da tarde para a conferência. Tudo parecia normal.

— É melhor você voltar, então — Suzy tinha dito. Vondra era cara. Havia muitas compras de sapatos para as crianças ou de serviços no carro que ela pudesse inventar antes que Jez começasse a suspeitar de para onde o dinheiro dele estaria indo.

Entretanto, agora, enquanto Suzy dava banho nos meninos, ela pensava se não teria cometido um engano. A conferência terminara às 4 da tarde, de acordo com Vondra. Ele devia ter chegado a Euston às seis. Já eram 7 horas da noite e ele não estava atendendo ao telefone.

Vondra tinha razão. Era sempre melhor saber quando ele estava mentindo do que sofrer de ansiedade tentando adivinhar.

Não só tinha comprovado que não estava ficando louca e que as longas horas de ansiedade e sem dormir eram por conta dele e não dela, mas também estava juntando evidências que protegeriam seus filhotes se ele, um dia, a levasse a um processo de divórcio. Mais de uma vez tinha imaginado a cara dele quando o advogado dela lesse as provas de sua infidelidade.

Quanto à dor que lhe causava, bem, ela estava aprendendo a lidar com isso também. Se, por algum segundo, imaginava Jez com Sasha, a cabeça dele inclinada para trás, respirando forte, o lustroso cabelo preto de Sasha espalhado pelas coxas dele, dava um pulo e se movimentava rapidamente, procurando tarefas para fazer e se distrair da sensação de enjoo em seu estômago.

O maior problema dela, no momento, era manter em segredo as evidências das trapaças dele. Às vezes, o impulso de falar tudo e observar a cara dele era desesperador.

Na noite anterior, por exemplo, quando finalmente sentaram-se para jantar depois de visitar Callie no hospital.

— Então, como era a casa do tal banqueiro? — ela disse.

— O quê? — ele perguntou, assistindo ao noticiário na televisão da parede.

— Em Hertfordshire. Ele é rico, era uma mansão?

— Era boa. Grande.

— Tinha piscina?

— Hum, acho que sim.

— Interna ou externa?

— Não me lembro. Por quê?

Ela poderia ter continuado, é claro. Que prato foi oferecido aos convidados? Eles tinham um serviço de bufê? Que idade tinha a mulher do banqueiro? Mas Jez era mais esperto.

E ela não ia desistir. Não se houvesse uma oportunidade. Então, ela se levantou para ir até a cozinha, sob o pretexto de buscar mais água, e verificou o calendário. Décimo segundo dia.

Talvez ainda estivesse ovulando. Na noite anterior, tinha tentado de novo, depois do desolador fracasso na sedução da noite de terça. Mas ele tinha se deitado quando ela estava no banho, tinha caído no sono antes que fosse para a cama em sua camisola nova. Pelo menos, enquanto ele dormia, conseguia se encostar nele e sentir seu calor. Ajudava, porém não era o bastante. Hoje, teria que ser mais esperta.

Suzy dependurou o casaco das crianças e colocou um DVD para eles, na sala, prometendo a si mesma que iria estabelecer de novo as regras normais na semana seguinte, quando sua cabeça estivesse mais leve.

Tirou os próprios sapatos e sentou-se no chão diante da TV, erguendo Peter no joelho e envolvendo os braços em torno de sua barriga quentinha e macia. Henry mudou de lugar para apoiar a cabeça no ombro dela, deixando a mão pousar despreocupadamente na dela. Otto se aproximou também, sentando-se no sofá, atrás dela, com o pezinho gorducho balançando de cada lado dela, e com o dedão na boca.

Nesse casulo dos meninos, Suzy relaxou. O sol da manhã deixara o cômodo aquecido e aconchegante. Não. Nada tinha terminado ainda. Se ela ficasse firme, essa coisa com Jez poderia passar. "Muitos homens passam por isso quando os filhos são pequenos", Vondra lhe dissera na primeira vez que se encontraram. "Gosto de manter contato com minhas garotas e você se surpreenderia com quantas dizem que foi só uma fase. Que ele precisava da mulher e estava com ciúmes das crianças."

Então, quem sabe? Talvez o trem de Jez estivesse apenas atrasado. Ela ouviu uma porta bater na vizinha e olhou o relógio da cozinha. Provavelmente aquele homenzinho de cara esquisita chegando em casa.

Uma imagem de Callie e Rae veio à sua mente. Será que a mulher dele já falara com Callie?

Beijando os meninos, Suzy levantou-se e foi até a cozinha. Ela pegou o telefone e foi se sentar no quarto degrau da escada. Teclou um número e esperou. Um segundo depois, ouviu pela parede um toque abafado.

O telefone em sua mão desligou depois de uns cinco ou seis toques. De repente, a caixa de correio de Suzy se abriu.

— Estou vendo você! Estou vendo você! — uma mulher gritou através da caixa de metal. Ela levou um segundo para perceber que se tratava da vizinha, com seus óculos escuros, espiando.

— Ei! O que você está fazendo? — Suzy gritou, desligando o telefone.

Os meninos surgiram no hall atrás dela, um por um, com os olhos arregalados.

— O que foi, mamãe? — Henry perguntou.

— Você está ligando para a minha casa! — Debs gaguejou. — A todo momento. Tentando me irritar. Não vou tolerar isso. Já tive o suficiente disso em Hackney e não vou tolerar isso agora!

— Você o quê...? — Suzy disse. — Do que você está falando? Vou chamar meu marido. Você é louca! Está assustando meus filhos!

— Mas sei o que está fazendo! — Debs gritou, magoada. — Ligando pra mim. Desligando o telefone quando ouve pelos meus passos que desci a escada. — A voz dela atingiu um tom bem agudo. — Por que está fazendo isso comigo? O garoto pediu a você para fazer isso?

Suzy a encarou com olhos estatelados.

— Sinto muito, mas obviamente há alguma coisa errada com você. Você tem razão, eu tentei ligar mais cedo para pedir que ligasse para Callie, pois ela estava ficando chateada porque você não a procurou... e não a culpo. Agora, você está assustando meus meninos... Céus, depois do que você fez com a menina de Callie! Vá embora ou vou chamar a polícia. Vou mesmo!

A vizinha parecia paralisada. Soltou um grito sufocado.

— Vou mesmo! — Suzy repetiu, levantando-se e escancarando a porta da frente. — Se afaste dos meus filhos! Agora!

A mulher ficou parada diante dela.

— Eu não fiz nada para aquela menina Poplar! — gritou. — Ela só distorceu tudo para as pessoas pensarem...

Naquele minuto, o marido de Debs saiu da casa segurando o telefone.

— Aqui está você, querida. A companhia de gás está no telefone querendo saber de nossa nova conta — ele disse.

Suzy balançou a cabeça devagar. A mulher parou de falar, completamente atordoada.

— Mas eu sei que foi ela — choramingou, apontando para Suzy. — Sei que foi. Talvez o garoto não tenha dito nada, só que talvez ela tenha lido nos jornais.

Suzy olhou para o marido. O queixo dele estava bem contraído.

— O senhor precisa levar sua mulher — ela disse com a maior calma possível, para não assustar seus filhos. — Ela precisa de ajuda.

Vinte minutos depois, ainda sentia a adrenalina pulsar. Suzy ligou o piloto automático e colocou os filhos na cama sem banho, louca para atravessar a rua e contar a Callie.

— Aquela mulher ia machucar você, mamãe? — Henry perguntou, se encolhendo para dormir.

— Não, querido, ela só não está muito bem. Você sabe que Rae machucou o joelho, né? Então, essa mulher machucou a cabeça. Não se preocupe, a mamãe mandou ela embora e ela não vai voltar. Não vai machucar nem você nem Rae.

Assim que todos dormiram, Suzy percorreu a casa, certificando-se de que tudo estava desligado. Verificou o relógio: eram 19h50. Jez poderia voltar a qualquer hora, mas ela arriscaria dizer que ele passaria a noite fora. Mordeu os lábios. Detestava fazer isso, porém, às vezes, não tinha escolha. Não era o mesmo que ficar correndo longe da filha, no parque. Ela só cruzaria a rua e poderia ouvir tudo.

Ligando para o próprio número de telefone com o celular, Suzy atendeu e colocou o fone no hall superior, fora do quarto dos meninos, ao lado da porta aberta, levando consigo o celular e fechando a porta da rua devagarzinho.

Verificando que a mulher não estava do lado de fora, ela correu pela rua e bateu à porta de Callie. Quando não teve resposta, tocou a campainha duas vezes, lembrando-se no último minuto de não acordar Rae.

— Droga — murmurou.

Callie abriu a porta. Parecia aturdida, e estava usando um roupão. O rosto estava viçoso, os olhos brilhavam, como se tivesse acabado de sair do banho.

Viu a expressão de Suzy.

— O que foi?

Capítulo 28

Callie

Ah, Deus. O que ela está fazendo aqui?

Suzy está na minha porta com os olhos ferozes.

Visto o roupão, esperando que o brilho dos meus olhos não entregue o que acabei de fazer na cozinha. Por que ela simplesmente não me deixa sossegada hoje?

— Querida? Posso entrar?

— Suzy, é... desculpe — digo, lançando um olhar para o apartamento. A porta da cozinha está fechando, bem devagar, puxada pelo lado de fora. Mudo ligeiramente de posição para ter certeza de que Suzy não veja o movimento. — Rae está dormindo.

— Desculpe, meu bem, esqueci — ela diz, baixando a voz. — Escute... Nossa! Estou tão assustada...

— Suze, com licença, estava indo para a cama — disse, tentando fazer com que a irritação não transparecesse na voz. — Escute, podemos nos falar amanhã?

— Por favor, querida. Você precisa ouvir isso. Aquela mulher... Debs, você não vai acreditar. Ela acabou de gritar pela minha caixa de correio.

Meus ombros se encolheram.

— Como assim? — perguntei, ríspida.

— Eu estava ligando para Jez para saber se ele queria comer quando voltasse de Birmingham, hoje à noite, e de repente ela abriu a caixa e começou a gritar que eu andava telefonando para hostilizá-la por causa de uma menina que ela conheceu.

Eu me abrando um pouco.

— O quê? Que maluquice!

— Eu sei, querida. Olhe. — Suzy estende as mãos. — Estou tremendo. Acho que é maluca. Sabe, essa coisa aconteceu e eu não sabia se contava a você, mas, outro dia, no jardim, ouvi o marido dela dizer alguma coisa sobre como ela não deveria trabalhar mais com crianças.

O quê? Meu rosto fica sombrio.

— Eu sei... eu devia ter contado a você. Mas achei que ele quis dizer que era muito cansativo para ela. E agora? Agora tenho medo de que ela seja maluca. E se ela fez de propósito? Você sabe. E se ela empurrou Rae?

— Ah, Deus — murmuro, olhando para dentro do apartamento. Quero que Suzy se vá, mas não consigo evitar, e solto: — Ela entrou no meu apartamento com as chaves que o encanador deixou. Ficou aqui durante horas e limpou tudo.

— O quê?!

— Pois é. Achei que ela talvez estivesse pedindo desculpas de uma maneira meio esquisita. Mas agora, não tenho certeza. E o mais horripilante é que tenho certeza de que tem alguma coisa faltando, e ela mexeu nas coisas e eu não consigo perceber o que é. E se for uma foto de Rae ou algo assim? — Suzy cobre a boca com as mãos e arregala os olhos. — Ah, Deus. Será que devo avisar a polícia?

— Acho que sim, meu bem. Ela está trabalhando na escola, pelo amor de Deus! Eles precisam saber. Talvez tenha feito alguma coisa e depois mentido ao se apresentar. Desculpe, querida. Devia ter percebido que ela era estranha. Como ela era professora, pensei...

— Tudo bem. Mesmo. Você não poderia saber — digo. — Bom... eu faço isso.

Espero que ela vá embora. Mas ela fica ali, de olhos arregalados e preocupados.

— Vai lá, querida — ela insiste. — Eu espero. Pegue o telefone.

Que coisa ridícula.

— Está bem. Fique aí — eu murmuro.

Entro no apartamento. Pego o telefone e um pedaço de papel com o número do policial e volto para a porta, discando o número e olhando na direção de Suzy.

— Policial Paul Mason — diz a voz depois de três toques.

— Olá — digo no telefone, fazendo com a cabeça um sinal para Suzy. — Aqui é Callie Roberts. A minha filha, Rae, esteve num acidente ontem, em Ally Pally...

— Sim, Sra. Roberts. O que posso fazer pela senhora?

— Bem, estou um pouco assustada, para ser franca. A mulher que esteve com minha filha quando ela se machucou, a professora, bem, acabei de receber uma informação de que talvez essa não seja a primeira vez que uma criança se machucou sob os cuidados dela...

Suzy me observa, prendendo o fôlego. Ouço o policial também inspirar profundamente antes de me responder. Há um tom estranho na resposta dele, como se não tivesse certeza do que dizer.

— Receio que não esteja autorizado a lhe dizer muita coisa. Não recebemos nenhuma citação formal do ciclista ou de sua filha que sugiram que houve algo mais do que um acidente.

— Desculpe, o que quer dizer com "autorizado" a me dizer? Parece que sabe de alguma coisa.

— Pode esperar um minuto na linha, por favor?

Enquanto espero que o policial fale com um colega, vejo Suzy verificando seu celular sem parar. O que ela está fazendo? Percebo que dá para ouvir um chorinho baixo vindo de algum lugar. Não é Rae. Na verdade, é estranho. Parece que vem do telefone de Suzy...

— Escute, tenho uma audiência de um caso esta semana — diz o policial, voltando ao telefone. — Posso lhe telefonar amanhã? Preciso consultar um departamento antes de lhe falar algo sobre o assunto.

— Está bem. Amanhã? Obrigada — eu disse, desligando.

— E aí? — Suzy disse.

— Que estranho.

— O quê?

— Não sei. Ele hesitou, como se tivesse alguma coisa para me dizer e não pudesse.

Trocamos olhares arregalados.

— Merda — digo, rindo de repente. — É tudo tão estranho.

Suzy faz um muxoxo e me puxa para um abraço. Sem querer, eu me retraio, consciente de que ela pode adivinhar o que andei fazendo. Afasto-me dela, livrando-me de seus braços, antes que possa me deter. Ela me olha magoada.

— Ah, está bem, querida. Sei que está cansada.

— Não... sim, desculpe.

— Mas, escute. Vamos fundo nisso. Não se preocupe. Tenho que ir. Você está bem? Vai precisar que eu ajude quando voltar ao trabalho?

Encolho os ombros. Posso muito bem contar a ela.

— Perdi o trabalho do filme, Suze.

— Ah, querida — Suzy diz, segurando minhas mãos. — Sinto muitíssimo. Talvez seja o melhor no momento, né?

Olho para ela, curiosa. Agora sei o que está me incomodando no telefone dela. Parece Otto ou Peter choramingando.

— Quem está com os meninos?

— Como? — Suzy diz.

— Se Jez está em Birmingham, quem está com os meninos?

— Se Jez está em Birmingham...? — Suzy repete devagar. Ela cora, engole em seco. Encaro-a.

Ela está mentindo para mim?

— Não, não — diz, confusa. — Ele acabou de chegar. Na verdade, é melhor eu voltar, também, antes que ele se queime tentando fazer o jantar. Escute, ligo amanhã, querida. Mande um beijo da tia Suzy para Rae.

— Tá bem... até amanhã — murmuro, tirando da cabeça um pensamento incômodo.

Sexta-feira

Capítulo 29

Debs

O parque estava tão sossegado. Parecia o que se estendia abaixo do Alexandra Palace, onde ela tinha passeado ontem, num caminho cheio de samambaias e urtigas. Tão perto da cidade e, no entanto, tão vazio e tranquilo.

Seguiu o caminho, tentando se lembrar de para onde ia.

O barulho veio de repente por trás dela. Um guincho agudo. Parecia que tinha saído de uma menina. Não de dor. Mais parecido com uma risada. Virando-se depressa, Debs olhou para os carvalhos e plátanos pelos quais passara, porém, não havia nada ali, apenas cascas de árvore, espaços escuros e cortinas de verde.

Então, um ronco cortou o silêncio do parque.

Ela se virou de novo, com um sobressalto. O que era isso? Parecia um carro. Mas os carros tinham permissão de trafegar nesse caminho?

Ela girou em volta de si mesma, olhando através das árvores que rodeavam a clareira para ver de onde vinha o barulho. Parecia vir de todas as direções. Era um ronco com um tom vibrante que ela pareceu reconhecer um pouco.

Espere aí. Uma motocicleta. Era esse o som. Uma motocicleta.

Assim que Debs deu mais uma volta completa em torno de si mesma, duas motos sujas saíram, de repente, das árvores a sua frente, e começaram a saltar pelo campo acidentado vindo em sua direção. Eram dirigidas por dois jovens sem capacete. Uma adolescente de sorriso arreganhado, com um rabo de cavalo bem apertado, estava na garupa de uma delas.

Debs arfou e olhou em volta. A clareira estava vazia, sem nenhum cuidador de cães ou pessoa correndo à vista.

— Ei, amor, tem hora? — um dos meninos gritou da moto, fazendo os outros caírem na gargalhada.

— Ah, céus — ela resmungou, tentando sair do caminho, sabendo que os adolescentes não estavam ali para saber da hora. Ela conhecia aquela gritaria aguda e selvagem. Tinha ouvido isso no dia que entrara em sua sala de aula e dera com uma fileira de crianças de costas para ela, de olhos arregalados para a tela do computador. Fora professora por tempo suficiente para saber que tal barulho significava uma brincadeira que tinha ido longe demais, que a responsabilidade individual fora jogada numa pilha, no meio da sala, e então qualquer coisa poderia acontecer.

Começou a andar depressa, esperando que alguém surgisse do meio das árvores e a ajudasse. O ronco atrás dela parou. Por favor, Senhor, pensou um instante. Eles foram embora? Lançou um olhar para trás e viu os adolescentes largando as motos no chão e saltando na direção dela, às gargalhadas.

Ah, não! Eles não iam embora. Estavam aqui para caçá-la. Debs começou a correr às cegas, saindo do caminho e entrando no bosque.

— O que é isso, querida, a gente só quer saber a hora — a moça guinchou, dando risada. Ela conseguia ouvir os passos pesados deles se aproximando, quebrando galhos e saltando pedras.

— Ah — Debs arquejou, tentando se forçar através dos galhos que pareciam ficar mais grossos, barrando seu caminho. Apavorada, olhou para trás e viu o que pareceu ser um brilho prateado na luz baça.

Ah, Senhor! O rapaz tinha uma faca.

Lutando contra uma horrível e pesada paralisia que parecia ter tomado conta de suas pernas, Debs continuou correndo, forçando o caminho por entre as árvores, sentindo galhos e espinhos baterem em seu rosto e cortando suas mãos.

De repente, uma cerca de arame surgiu diante dela. Estava presa.

Não tinha jeito. Tudo estava contra ela.

Devagar, ela se virou para olhar os adolescentes, à medida que suas caras astutas se aproximavam. Por um instante, pensou em se render. Mas, então, seu corpo resolveu se recuperar. De repente, experimentou o instinto que já tinha visto em gatos ou raposas acuadas que se contorciam violentamente para fugir de uma armadilha. Seu corpo não a deixaria se render. Em desespero, levou o pé até o galho mais baixo de um velho carvalho, alcançou o galho seguinte e conseguiu se erguer. Os adolescentes arregalaram os olhos.

— Ela está subindo na maldita árvore! — a moça gritou, rindo.

Para surpresa de Debs, ela estava mesmo subindo na árvore. O joelho machucado não doía mais, nem o pescoço. Seu corpo se erguia com facilidade, as mãos e os pés trabalhando em parceria enquanto subia cada vez mais. Adrenalina, pensou. Deve ser a adrenalina. Os adolescentes se juntaram embaixo da árvore, saltando como babuínos, gargalhando histericamente, ameaçando-a com a faca.

— Isso só significa que vai levar mais tempo! — um deles gritou.

Talvez, ela pensou. Mas pelo menos eles não poderiam chegar até lá sem o risco de uma queda. Lá em cima, ela teria mais alguns segundos.

Foi então que ouviu de novo o barulho. O ronco agudo das motos.

O que era isso? Outros da gangue chegando? Desamparada, olhou para baixo.

A moça estava abrindo uma enorme bolsa preta e tirando algo de dentro dela.

Foi essa coisa que ela tirou da bolsa que estava fazendo o tal barulho gritante.

— Não! — Debs gritou. — Por favor!

Quero viver, pensou, olhando para a motosserra. Quero viver.

De repente, seus olhos se arregalaram. Deu com uma visão embaçada do quarto.

— Ui! — queixou-se. Seu corpo fervia, a cabeça parecia estar num torniquete.

Um pesadelo. Tinha sido um pesadelo.

Então, por que ela ainda ouvia o barulho de grito?

— Minha nossa — gemeu, tentando se sentar. Será que era um desses transtornos de sono de que ouvira falar, quando as pessoas ficam sonhando mesmo depois de acordadas? Aparentemente, deixavam as pessoas tão doidas que elas não conseguiam dormir.

Tentou se sentar, lutando contra a semiparalisia de seus membros.

E se não conseguisse acordar direito? Se ficasse sempre presa a esse despertar pavoroso?

Forçou-se a abrir os olhos e focar, apesar do embaçado. Gradualmente, as coisas começaram a entrar em foco. Estendeu a mão e encontrou os óculos. O rosto doía se ela o virava de um lado e de outro, como se um fluido dentro dele estivesse girando e parando nos nervos dela.

— Ai! — gemeu, forçando-se a se sentar.

A luz rosada do quarto surgiu. Via a cadeira com suas roupas dobradas. O relógio, que marcava 9h40, sua caixa de comprimidos para dormir. Tinha tomado dois na noite passada, a fim de manter todas as caixas fechadas, para deixar Allen descansar sem que ela ficasse se virando e remexendo.

Sacudiu a cabeça. Isso era ridículo. Ela iria pedir ao médico que mudasse esses comprimidos. Com um esforço colossal, tirou as cobertas com o punho trêmulo e colocou as pernas para fora da cama. Grudando na cadeira, levantou-se, tonta. Sentiu-se bêbada.

Debs levou um minuto para perceber que ainda ouvia o guincho agudo. Era real. Era um barulho de verdade, vindo da direção da parede que ela dividia com a americana.

Apoiando-se na cama, depois no guarda-roupa, foi andando atrapalhada pelo quarto e deixou-se cair devagar sobre os joelhos ao lado da parede, encolhendo-se ante o impacto do joelho sensível. Encostou a cabeça febril no papel de parede.

O tal guincho dobrou de volume através dos tijolos. O que era aquilo, uma ducha? Uma ducha elétrica?

Não.

Não. Ela sabia o que era.

Era um aspirador.

Ah! O alívio a fez afundar até que a cabeça tocou o chão. Estava salva. Era só um aspirador. Foi só um sonho ruim. Estava salva, em casa, a casa que partilhava com Allen. Os Poplar não podiam fazer nada, não aqui, pelo menos.

O antigo relógio da mãe de Allen tiquetaqueava no canto, quase a fazendo dormir no chão com essa batida hipnótica. Ela podia aguentar a mãe dele na maior parte da casa, se fosse preciso, mas não no quarto. Nada iria dar certo entre Allen e ela com a presença daquela mulher em tudo.

Lutando contra o cansaço e a dor nos ossos, se levantou devagar e vestiu o roupão. Seu estômago roncava. Comida. Comida e uma xícara de chá ajudariam, pensou.

Descendo com cuidado, sentiu uma ligeira tontura. Segurou-se firmemente no corrimão para descer e apoiou uma das mãos na parede até chegar à cozinha, nos fundos da casa.

Havia uma tigela de cereal na mesa, para ela, com uma colher, uma xícara e um bilhete com a letra grande e bem desenhada de Allen.

"Não consegui achar o bule de chá da minha mãe. Onde pode estar?"

Estava sentada diante da tigela de mingau que conseguiu fazer quando o barulho estridente começou de novo, desta vez através da parede da sala.

Suspirou. O aspirador de novo. Agora estava embaixo. Começava a detestar essas paredes. Talvez tivessem sido ótimas, cem anos atrás, antes que eletrodomésticos barulhentos fossem inventados, quando as crianças sabiam que era melhor não ter chilique, mas, agora, parecia até que ela morava numa caixa de papelão por causa dessa falta de isolamento sonoro da família vizinha. Em especial dessa mulher. Essa mulher que a estava observando e ouvindo, e mentindo.

Debs bebericou o chá, tentando ignorar o barulho. Mas ele continuou. Continuou. Continuou. Era como se a pessoa com o aspirador estivesse aspirando a parede, passando-o pelo rodapé para frente e para trás, para frente e para trás.

Debs resmungou. Seus nervos não iam aguentar isso hoje. Precisava de sossego e tranquilidade.

Serviu-se de mais uma xícara de chá e flanou até o quarto, deitando-se na cama com os travesseiros de Allen sobre a cabeça e as cobertas por cima. O roupão nos ombros, macio e confortável. O roupão que Allen lhe tinha dado.

Ainda era estranho que outra pessoa se importasse se ela estava aquecida ou se dormira bem. Há um tempo, antes de conhecer Allen, ela assistira a um programa de TV sobre uma menina de 16 anos, que tinha sido criada num orfanato e levada ao hospital com uma crise de apendicite. "O que é difícil", a menina disse, "é que todo mundo do hospital é pago para me ver".

Debs estava em seu apartamento na Weir Road, segurando com força uma xícara de chá, enquanto os caminhões passavam fazendo um estrondo do lado de fora, com lágrimas rolando pelo rosto. Ela compreendia o que a menina dissera.

Recostou-se nos travesseiros, levou a xícara de chá à boca e... UOOOOOOOOOO!

O barulho surgiu do nada. O aspirador. De novo, no quarto vizinho. O ressurgimento do barulho lhe causou tal espanto que derrubou chá no roupão.

O que estava acontecendo?

Sentou-se um instante, usando um pano da gaveta da mesa de cabeceira para se limpar. O barulho não parou. Como acontecera lá embaixo, ele ia para frente e para trás. Por um longo minuto, depois outro. E outro.

— Ah, não — Debs arfou. Ela não estava imaginando isso.

Essa vizinha a estava hostilizando. Do mesmo jeito que as pessoas que leram nos jornais o que ela tinha feito, colocando fezes de cachorro na sua caixa de correio em Hackney, para que ela tivesse que esfregar as nódoas fedorentas e nojentas do chão.

Ela saiu da cama o mais rápido que pôde e bateu na parede. O barulho continuou.

— Pare com isso! — gritou. Como nada aconteceu, ela desceu mancando as escadas até o telefone e discou um número.

— Allen! — gritou. — Essa vizinha. Ela está passando aspirador na casa toda. Está ouvindo pela parede para saber em que cômodo estou e depois usa o aspirador na parede para me perseguir!

Houve uma longa pausa.

— Estou numa reunião — ele disse.

Nunca ouviu esse tom na voz dele antes. Seco e abatido.

— Ah, por que ninguém acredita em mim?! — deu um grito agudo e bateu o telefone. Sabia que era a mulher quem estava telefonando, mesmo que tivesse sido a companhia de gás na noite passada. Já aguentara o suficiente.

Mesmo que quisesse parar, não poderia. Como se impulsionada por uma força de um meteoro prestes a se chocar contra a

Terra, ela se enrolou no roupão, abriu a porta da frente e voou pelo portão até o de Suzy.

Marchou até a porta da frente e bateu três vezes com força e agressividade.

Suzy abriu a porta, examinando-a.

— Pare com isso! — Debs guinchou. — Sei que é você! Sei que está fazendo isso comigo. Me deixe em paz!

Assim que disse isso, uma jovem de coque escuro começou a descer as escadas atrás de Suzy, carregando um aspirador.

— Já passei naqueles seus rodapés de novo, Sra. Howard. O que quer que eu faça agora?

Debs recuou. Sua cabeça começou a girar.

Suzy deu um passo longo na direção dela. Seus olhos claros de água-marinha pareciam ter sido esculpidos em gelo. Ela se inclinou e pegou Debs pelo roupão, puxando-a, até que Debs pôde sentir o cheiro de café no hálito dela.

— Muito bem, agora a senhora me ouça. Está agindo como uma doida. Não sei o que há de errado com a senhora, mas estou avisando: se chegar perto da minha casa de novo, eu vou chamar a polícia. E o mesmo vale para Callie. Chegue perto do apartamento dela de novo e nós duas vamos chamar a polícia. Sabemos coisas sobre a senhora, entendeu? E vamos contar para a escola. Então, sugiro que saia daqui e vá já para casa.

E, dito isso, ela bateu a porta na cara de Debs.

Estranho, Debs pensou.

Voltou para seu portão, atordoada.

Por alguma razão, a ameaça da mulher a acalmou.

Pela primeira vez em meses, ela sentiu-se calma de fato. Exatamente como quando sua mãe gritava com ela ou lhe dava um tapa se fizesse alguma travessura. Na época, ela sabia onde pisava. Sabia onde estavam os limites, sabia quais eram as regras. Com as regras de sua mãe ela se sentia segura. Se desenhava na mesa, a mãe gritava e a trancava no banheiro. Não ia dormir à noite, a mãe gritava e batia nas suas pernas. Se brigava com Alison por causa de uma boneca, a mãe as deixava na chuva por horas e lhes dizia para "se virarem". Simples. Todos sabiam onde pisavam.

Sim, era estranhamente reconfortante receber ordens. Saber de novo quais eram as regras.

A mulher disse que ela era louca. Dava o que pensar.

Sua cabeça estava em tal confusão com as caixas se abrindo, escancaradas, e o conteúdo delas voando para todo lado, e lacunas, e uma zonzeira, que já não sabia de mais nada.

Ela pegou o telefone e discou.

— Alison?

— O quê? — sua irmã disse, asperamente. — Tenho treinamento de equipe em dois minutos. Seja rápida.

— Alison — Debs disse. — Acho que estou em apuros.

Fez-se silêncio.

— Acho que estou fazendo coisas estranhas. Não sei o que fazer porque elas não parecem estranhas para mim, mas outras pessoas estão me dizendo que elas são. E acho que Allen não aguenta mais isso. Estou sem saber o que fazer.

Houve um silêncio ainda mais longo.

— Você não está mais indo naquele terapeuta? — Alison perguntou, explicitando na voz o desprezo por terapeutas.

Debs sacudiu a cabeça.

— Não pude continuar indo lá. Custava 50 libras por semana. Além do mais, esperava que pudesse falar com você. A questão é... — A voz dela se desintegrou num chiado baixinho e tímido. — Não há mais ninguém com quem possa falar. E gostaria de falar com alguém sobre como me sinto sem ter que pagar por isso...

A ligação íntima ficou pairando entre elas no telefone.

— Tenho que desligar agora. Ligo para você depois da reunião — Alison disse. — Mas talvez eu volte tarde porque o presidente quer me crucificar por causa desse novo programa de treinamento.

— Obrigada — Debs disse, pegando um lenço no bolso para sufocar um soluço. — E, Alison, sempre quero dizer: parabéns. Parece que você está se saindo muito bem no trabalho.

— Hum — Alison disse. Incerta. Desconfiada. — Bem.

— Acho... Acho que a mamãe ficaria orgulhosa de você — Debs disse, a estranheza das palavras parecia comida apimentada em sua boca.

— Hum — Alison disse.

Ambas sabiam que não era verdade. Mas talvez fosse alguma coisa.

Alison ligou de volta uma hora mais tarde, e elas conversaram durante vinte minutos.

— Então, está me dizendo que esse menino Poplar está hostilizando você por causa da irmã dele, mas ele de alguma forma coagiu sua vizinha a participar disso?

Debs tentou ignorar o tom de gozação na voz da irmã. Nunca conseguira evitar isso.

— Ela pode ter lido sobre isso nos jornais, Alison. Lembra-se daquela primeira semana, quando as pessoas ficavam gritando comigo nas ruas? — Debs sufocou um soluço; sabia que chorar não tinha efeito nenhum sobre Alison.

— Certo. Bem, isso me parece completamente improvável. Ninguém mais se importaria. Devem ser seus nervos fazendo você imaginar coisas. Talvez você tenha razão sobre o menino, então, eis o que eu acho que você deveria fazer...

Dez minutos depois, Debs tinha uma lista. Nossa, que cabeça organizada sua irmã tinha! Não é de admirar que fosse tão procurada pelas empresas para trabalhar no departamento pessoal, fechando as folhas de pagamento.

As palavras da irmã reverberavam em sua cabeça. Tinha de fazer uma lista de tudo que a estava incomodando e procurar motivos racionais ou soluções para cada coisa.

Eis o que tinha de fazer:

1. Telefonar para o serviço que cuidava de telefonemas inconvenientes da empresa telefônica e solicitar que rastreassem as ligações feitas para seu telefone. Assim, poderia descobrir quem estava fazendo as chamadas.
2. Se não fosse a vizinha, ela deveria ir até lá com um buquê de flores e pedir desculpas. Explicar que estava sofrendo de estresse e fazer o possível para acertar essa situação. "Talvez você more perto dela durante anos", Alison disse, com a voz crescendo pela responsabilidade: "Você precisa resolver isso".
3. Dependendo de quem estivesse fazendo as ligações, ela tinha de ligar para a polícia e fazer uma queixa oficial de assédio, para o caso de ser gente que apoiasse a família Poplar.
4. Tinha que ir ao médico e explicar como vinha se sentindo, e pedir que mudasse os remédios para ajudar com sua ansiedade de modo que não reagisse de forma exagerada diante de barulhos de vizinhos ou de aviões.
5. Tinha que ser sincera com Allen e lhe dizer como se sentia de verdade.
6. Tinha que pensar com cuidado no que acontecera na rua com a garotinha, naquela quarta-feira, e depois falar com a mãe dela e com a Sra. Buck.

Debs desligou o telefone, sentindo-se mais leve. Sim, todos os conselhos de Alison faziam sentido. Logo em seguida, ligou para a empresa de telefonia e eles prometeram lhe atender. Ela sabia o que deveria fazer a seguir.

Abriu a porta do porão, desceu as escadas, depois curvou a cabeça para passar embaixo do assoalho onde tinha escondido o saco plástico. Puxou a ponta da sacola e ela caiu com o peso da louça. Contaria a ele esta noite. E, enquanto tratasse disso, também explicaria como era importante para ela que esta fosse a casa nova deles, a primeira casa deles como casal, e que as coisas da mãe dele a incomodavam.

E agora iria tomar uma xícara de chá e pensar sobre o que acontecera naquela noite, na rua, depois da escola.

Ao rastejar para fora do porão e se dirigir à cozinha, ela evocou uma imagem da escola. Sim. Aquela quarta-feira. O que tinha acontecido?

Fora um dia cheio com 30 crianças, parecia se lembrar, mais cansadas e hiperativas do que de costume porque tinha chovido durante o recreio e elas tinham ficado o dia inteiro sem poder sair para o quintal, o que significava que tiveram duas horas e meia a mais de confinamento. Assim, o clima tinha sido um pouco mais frenético que o normal. Ela e Anne, a outra professora, fizeram 30 pratos de massa para as crianças, arrumaram uma mesa de desenho, uma mesa de trabalhos manuais e uma mesa de estudo, certificando-se de que os meninos se revezassem na mesa de futebol, e colocaram um DVD para quem quisesse se jogar nas almofadas.

Ela viu Rae durante aquela tarde?

Rae. Sim. Isso mesmo. Debs a tinha notado. Ela observou como a garotinha parecia fisicamente menor que todas as outras crianças em seu uniforme azul ligeiramente grande. E ela tinha se comportado bem. Debs tinha tido a curiosidade de observar isso, pois aquele incidente com a boneca, no vestíbulo de Debs, lhe tinha deixado com a impressão de que ela era de fato bastante geniosa. Porém, enquanto algumas das outras crianças corriam por ali, fazendo farra e provocando uns aos outros até as lágrimas, Rae e aquela outra garotinha, Hannah, cochichavam e riam juntas, e seguravam as mãos com afeto. Foram à mesa de trabalhos manuais que Debs organizou e fizeram pinturas floridas para as mães. Debs as ajudou a colar algumas lantejoulas nos desenhos. Depois, a mãe de Hannah chegou mais cedo e disse a Rae que ela teria que ir brincar lá numa outra noite, porque Hannah tinha aula de piano. Mas foi Hannah quem teve um chilique diante da notícia, não Rae. Rae apenas ficou um pouco triste enquanto Caroline levava embora Hannah, que batia os pés.

Então, o que aconteceu depois?

Uma xícara de chá. Isso mesmo. Tinha sido uma tarde exaustiva e ela e Anna ligaram a chaleira depois de verem a maioria das crianças de saída. Estavam na cozinha, sentadas, quando a Sra. Buck se aproximou dela com o telefone, e Suzy lhe pediu que levasse Rae para casa. Ela abotoou a capa da menina por causa da chuva. A garotinha parecia bastante comportada enquanto caminhavam pela calçada molhada.

E, então, aquele menino de bicicleta tinha surgido atrás delas e... e... não, ainda dava um branco. Debs sentou-se na cozinha com seu chá, vasculhando a mente em busca de alguma coisa, qualquer coisa.

Foi quando se levantou para pegar mais leite que um pensamento despencou em sua cabeça com um baque pesado.

Ela se lembrou de mais uma coisa. Algo que, pensando bem, era muito estranho.

Capítulo 30

Callie

O que essa mulher fez no meu apartamento?

À luz do dia, novas revelações vão surgindo. Na noite passada, eu estava preocupada demais na cozinha para poder verificar direito todos os cômodos, e apenas percebi vagamente que meus lençóis tinham um cheiro diferente quando despenquei no travesseiro e dormi bem pela primeira vez em semanas. Porém, hoje, tudo ficou claro.

Tive um choque quando entrei na cozinha e vi a foto de Rae na geladeira, que agora está brilhando de tão branca. É uma foto que sempre evitei olhar. Tom a tirou quando ela tinha algumas semanas, logo depois da primeira cirurgia, e tinha perdido muito peso. Está pequenina, como um ratinho, com a pele rosada e enrugada. Seu peito é tão estreito que é quase côncavo. Debs colocou outras fotos ao lado desta, com ímãs de geladeira que aparentemente trouxe consigo. Uma é do ano passado, de meu pai e Rae, na praia em Skegness, os cabelos ao vento, rindo, e ao fundo um campo de energia eólica. Uma outra mostra Tom e Rae num escorregador no parquinho, quando ela tinha dois anos, Rae nos braços dele enfiada em cachecóis e chapéus. Também há uma do Halloween do ano passado: Rae e Henry fantasiados de abóboras, e eu e Suzy de bruxas, fingindo sentir medo.

Por um segundo, olho, distraída. É engraçado. Quando a gente vê todas essas fotos juntas assim, a minha vida, e a vida de Rae, parece quase normal. Não dá para saber que ela passou por duas cirurgias de coração. Pensativa, abro a geladeira para pegar o leite para o meu café.

Céus! E isso agora!

Todos os velhos vidros de geleia do fundo foram retirados; os mais novos estão agora em filas na prateleira acima da pia, com os rótulos virados para frente. Verduras murchas não estão mais na gaveta, que foi lavada e recolocada no lugar.

Fecho a geladeira, balançando a cabeça. Aquela foto de Rae está me incomodando. Onde Debs a encontrou? Penso um minuto e então vou até as gavetas onde jogo coisas que deixo para guardar mais tarde. Puxo uma e arregalo os olhos. Tudo foi arrumado. Debs andou pelo apartamento juntando todas as fotografias soltas que pôde encontrar e as arrumou. Algumas ela colocou em porta-retratos ou fixou na geladeira; as demais, ela separou em pastas de fotos e colocou-as em ordem na gaveta. Vasculho a primeira delas. "Rae quando bebê", diz uma etiqueta escrita com capricho. Sinto-me mal.

Rapidamente, começo a andar pela cozinha, verificando todas as outras gavetas, prateleiras e superfícies. É inacreditável. Ela usou pratinhos e elásticos para agrupar clipes de papel, elásticos de cabelo e canetas. As contas estão arrumadas em uma antiga caixa de correspondência que os inquilinos anteriores deixaram na parede, acima do telefone. Os boletins escolares de Rae foram retirados das pilhas do balcão e espetados em ordem num quadro, substituindo antigas cartas do hospital que me esqueci de jogar fora, as quais, por sua vez, foram arquivadas direitinho numa pasta marcada "Assuntos médicos".

"Médicos?", penso. Ela leu nossas coisas pessoais.

— Mas que inferno! Isso é um absurdo! — digo em voz alta para mim mesma. Vou olhar a sala de estar. Há um vidro de geleia limpo cheio de peônias escuras na mesinha de centro, que foi polida até brilhar e ficou livre das penugens que se acumulam pelo meu apartamento. Até o rodapé parece mais brilhante, como se ela o tivesse lavado. Atrás da porta, há uma nova exposição dos melhores desenhos de Rae em bonitas e coloridas molduras de papel.

— Inacreditável! — exclamo. — Quanto atrevimento!

Digo isso porque é como sei que deveria me sentir. Deveria me sentir invadida, zangada e humilhada.

Mas, na verdade, sinto vontade de chorar.

— Meu travesseiro está com cheirinho de morango — diz Rae, chegando com um sorriso. — Ele pode ter sempre esse cheirinho?

— Hum, não sei — murmuro. A nossa roupa de cama, quando lavada, nunca cheira outra coisa além de sabão em pó.

— Parece que a vovó veio do céu e arrumou tudo para nós.

Viro-me depressa.

Ela está me observando, aferindo minha reação.

Antes de mais nada, estou pasma. Jamais contei para ninguém isso, mas, às vezes, finjo que minha mãe vai estar aqui, quando eu e Rae estamos entrando em nosso apartamento frio e escuro à noite. Ela o teria arrumado e teria preparado para nós um de seus assados. A mesa estaria posta e ela nos daria um abraço. E eu me apoiaria nela, sabendo que tiraria toda a responsabilidade de mim por algumas horas. Que colocaria Rae na cama e leria para ela uma história, direito, em vez de fazer isso o mais rápido que pudesse sem parecer inadequada. Então ela me serviria e me ouviria quando lhe dissesse do medo que sinto de perder Rae. E ela me deixaria desabafar, e depois me perguntaria o que eu acho que deveria fazer, deixando-me lidar com isso sozinha, exatamente como fez quando Kieran Black me trocou por Jane Silvering, e eu comecei uma banda com dois meninos da escola e descobri que ensaiar canções do Blondie em nosso celeiro era muito mais divertido num sábado à tarde que os beijos melados de Kieran no ponto de ônibus da vila. Ou quando não passei no exame de matemática e ela sugeriu que eu fizesse um estágio no estúdio de gravação de Lincoln, e voltei para casa desesperada para passar no exame e entrar na faculdade o mais cedo que pudesse.

Sim, se mamãe estivesse aqui. Talvez eu encontrasse espaço para lidar com tudo isso sozinha. Encontraria uma perspectiva. Talvez nunca tivesse perdido Tom.

— Rae — chamo, me lembrando de alguma coisa. — Sabe essas festinhas de sexta à meia-noite que nós fazemos, como eu e vovó fazíamos?

Ela balança a cabeça.

— Tinha outra coisa que a gente fazia.

— O quê? — ela pergunta, animando-se. Seus olhos estão vivos hoje, brilhando.

Vou até a gaveta e pego os pacotes de fotos que Debs tinha guardado em ordem, e o coloco no chão. Depois, fuço o meu quarto em busca de antigos álbuns de fotografias que eu tinha ganhado quando Rae nasceu, mas que nunca usamos.

— Era isso que eu e a vovó costumávamos fazer. A gente colava nossas fotos de família e escrevia histórias engraçadas junto delas para fazer a história da nossa família.

— Já vi isso na casa do vovô! — ela grita, animada.

— Ótimo.

Começamos com as fotos mais antigas dela. Como Debs as juntou, fico surpresa de ver que são muitas. Tom costumava fotografá-la muito, eu não. Pedia que parasse, mas ele dizia que deveríamos tê-las para o caso de perdermos Rae ou para, mais tarde, nos lembrarmos do quanto ela tinha conseguido vencer.

Ela pega uma foto de quando tinha 3 anos, depois de sua grande cirurgia, para finalmente corrigir o estreitamento da artéria. Kaye está sentada na cama com ela, e ela está segurando uma tigela e sorrindo.

— Hum, o que vamos escrever aqui? — pergunto.

— Podemos escrever que no hospital a minha comida preferida era sorvete e gelatina — Rae diz.

— Era mesmo — digo, surpresa. — Tinha me esquecido. E Kaye trouxe uma extra para animar você, não foi? Vamos escrever isso.

— Mãe — Rae diz. — Quando a vovó morreu, quem cuidou do vovô?

Baixo os olhos para as fotos.

— Hummm... A irmã do vovô, tia Jean, acho, e alguns dos amigos e vizinhos do vovô.

Ela espera. Posso ver sua hesitação, pensando se deve dizer mais ou não.

— Você não?

Largo as fotos.

— Não. Não muito.

Ela toca minha mão, eu a encaro.

— Você sabe, Rae, a vovó morreu uma semana depois de eu começar um novo trabalho em Londres. Tinha acabado de me mudar para um novo apartamento com Sophie. Talvez devesse ter voltado para casa para cuidar do vovô, mas eu não sabia o que fazer. Então, esperei que ele me pedisse, e ele não pediu. E eu não fui.

— O vovô ficou muito triste?

Lembranças daquele ano frio e sombrio, sobre o qual papai e eu nunca conversamos, flutuam de novo na memória.

— Provavelmente sim, eu acho, e agora acho que deveria ter voltado para casa, mas na época eu não perguntei. Também fiquei muito triste e estar em Londres, com meu trabalho novo, me fazia bem.

— Mas aí eu nasci doente e você teve que cuidar de mim?

Olho firme para ela, percebendo as implicações disso.

— Não, Rae! — exclamo, agarrando-a até que o cabelo dela e o meu se misturem, nossos cachos se mesclando numa massa castanha, como os de minha mãe e os meus faziam. — Ah, Deus. É isso que você fica pensando? Rae! Você não deve jamais, jamais se preocupar com isso. Nada nunca vai me fazer tão feliz quanto cuidar de você e ajudar você a ficar melhor. Nenhum trabalho. Nada.

Balanço-a no colo para frente e para trás, como se ela fosse de novo um bebê, e me pergunto no que eu andei pensando. O sol envia raios azulados através das janelas cintilantes de Debs.

Capítulo 31

Suzy

Ela não notou o envelope azul logo. Tinha chegado ontem e ficado na caixa de correio atrás da porta da frente. Em geral, Jez separava a correspondência deles, tirando cartas de negócio para levar ao escritório, mas ele tinha chegado tarde de Birmingham na noite passada, culpando os trens, como ela esperava. Vondra estava verificando isso com a companhia ferroviária bem agora, juntamente com o nome Michael Roachley. Suzy andava pela casa, esperando o telefone tocar com o estômago embrulhado.

A razão de ter notado a carta azul foi uma carta branca que recebera hoje de manhã, quando o correio chegou. Um envelope branco com um selo americano. Na frente, estava escrita à mão e o selo mostrava uma montanha de neve e um esquiador saltando do alto de um dos declives.

Só a visão das montanhas a fez sentir saudade de espaços amplos. A longa e estreita entrada de seu terraço vitoriano a enclausurava, o interior inadequado e opressivo a sufocava. A letra era de sua irmã. Suzy franziu o cenho ao abrir a carta. Por que ela não a deixava em paz? As costumeiras notícias sobre o filho dela e Denver, provavelmente, escritas em um estilo animado, doméstico, com infinitas exclamações. Não, Faye, definitivamente, ela não estava com saudades.

Suzy retirou a carta da irmã e jogou-a na caixa de recicláveis sem ler. Sua irmã podia ir para o inferno.

O selo, no entanto, ela penduraria na geladeira para mostrar aos meninos.

Ela abriu a caixa de correio e cinco outras cartas caíram de lá, além de folhetos e um jornal local. Ela os separou. Havia os costumeiros envelopes digitados para Jez, duas contas, um catálogo infantil que ela tinha pedido para comprar algumas roupas de verão para os meninos, uma solicitação de caridade e uma carta num envelope azul.

Deu uma olhada no envelope para ver se era pessoal ou de negócios.

O nome no envelope a gelou.

Esticando o pescoço para se certificar de que Jez estivesse bem trancado em seu escritório, com a porta fechada, ela colocou o restante da correspondência numa pilha, pegou o envelope azul e sentou-se no degrau de baixo. Examinou-o de novo. Deveria? Ele o estaria esperando? Nervosa, ela usou a unha para cuidadosamente abri-lo. Havia uma carta, também escrita em papel azul.

Ela a pegou e a abriu bem.

Através da parede, ela ouviu um relógio antigo começar a soar o meio-dia com batidas longas e graves. À nona batida, ela percebeu que não tinha sido um engano.

À décima segunda, ela ergueu os olhos, e tudo se encaixou com um choque doentio.

Dobrando-a bem, ela enfiou, com cuidado, a carta no bolso do jeans e entrou tremendo na cozinha com o telefone, já discando um número.

— Vondra? — ela cochichou.

— Suze? Oi. Eu ia mesmo ligar para você, meu bem. — A voz acolhedora e doce de Vondra tinha um tom de triunfo. — Acabei de descobrir quem é Michael Roshlé. E isso não é tudo.

Capítulo 32

Callie

Dou uma olhada em nossa geladeira vazia, pensando se devo pedir a Tom que traga alguma coisa para mim e Rae.

Pergunto-me qual será o humor dele esta tarde.

A campainha soa e ouço Rae correr para a janela.

— Tia Suzy! — ela grita, sentando-se de novo no sofá.

Abro a porta. Pela primeira vez desde que conheço Suzy, ela não está sorrindo. Parece desolada e tem os olhos vermelhos, como se tivesse chorado.

— Ah, Deus, qual é o problema? — pergunto, assustada.

Ela sacode a cabeça.

— Não, não é nada.

Os músculos de seu rosto estão lutando para controlar as emoções. Apesar deles, as lágrimas rolam pelo seu rosto. Com o coração batendo forte, conduzo-a para dentro.

Em dois anos, nunca a vi assim.

— Suzy, o que foi?

Ela enxuga os olhos.

— Desculpe, é só uma coisa com Jez.

— Com Jez?

— E o pai dele.

— Ah. Ah, OK — solto, aliviada.

Ela me olha com curiosidade.

— Só pensei que fosse alguma coisa que eu tinha feito. Sabe, porque estava um pouco azeda ontem.

Ela balança a cabeça e toca meu braço, em lágrimas. Incrédula, não consigo parar de olhar para essa nova Suzy. Aberta. Vulnerável. Nada da maldita praticidade. Como as coisas poderiam ter sido diferentes se ela tivesse sido assim desde o início. Talvez, se tivesse me mostrado sua fragilidade, suas falhas, eu tivesse me ligado emocionalmente a ela. Talvez, então, pudéssemos ter sido amigas de verdade. Talvez eu pudesse ter sido mais sincera com ela desde o início sobre quem eu era.

— Oi, Rae, veja o que Henry mandou a você — Suzy diz, enfiando a cabeça na sala de estar. Ela entrega para ela o DVD da Disney que Rae estava assistindo no hospital, e Rae vai, mancando, pegá-lo, sorrindo. Suzy se inclina e toma o rosto de Rae entre as mãos. — Você parece melhor, querida. Bochechas rosadas de novo. Muito bem.

— Obrigada, tia Suzy! — ela exclama, e segue mancando até o aparelho de DVD.

Tomo o braço de Suzy e a conduzo até a cozinha.

— O que está acontecendo?

Ela franze a testa e sacode a cabeça, depois puxa uma cadeira e se senta. Por um momento, acho que ela vai me dizer alguma coisa, mas não diz. Depois, lança um olhar pela cozinha.

— Uau, ela realmente arrumou tudo, hein?

— Hum... — Sorrio. — Suze, me diga, o que está acontecendo? Nunca vi você desse jeito.

Ela se inclina para pegar papel toalha e assoa o nariz.

— Acho que Jez quer mandar o Henry para um internato.

— O quê?

— É. E depois Otto e Peter, provavelmente.

— Isso é absurdo. Ele disse isso...

— Não. Mas ele tem um encontro com o diretor de sua antiga escola no clube do pai dele, na semana que vem, e ontem ele disse que Henry não iria ficar muito mais tempo na Palace Gates Primary.

— Que loucura. Aquela escola parecia horrível. Eles vão ser uns reprimidos...

Minhas palavras pairam no ar.

— Como Jez? — ela responde.

— Não. Desculpe. Olhe, só porque ele quer colocar os meninos lá não quer dizer que pode. São seus filhos também.

— Você já conheceu o pai dele? — Suzy pergunta com pesar. — Acho que ele está envolvido. Provavelmente se ofereceu para pagar a mensalidade. Jez sempre faz com que ele pareça um velho bobo, mas o pai tem um controle imenso sobre ele. Nunca o perdoou por se casar comigo. Eu, às vezes, acho que Jez fez isso só por despeito.

Fico pasma. Suzy nunca tinha falado comigo assim sobre Jez, nunca. Desde que a conheço, ela parecera cega para as falhas dele, sempre tagarelando sobre como era maravilhosa a relação deles, deixando-me com raiva de mim mesma pela ponta de inveja que isso gerava.

Ela se recosta com uma longa fungada e me lança um olhar tão intenso, com aqueles inacreditáveis olhos de jade, que eu desvio o olhar sob o pretexto de verificar se liguei o chá.

— Parece que estou perdendo todo mundo...

— Não, não está — digo, confusa, lutando para encontrar as palavras certas.

Ela sacode a cabeça.

— Argh. Preciso parar de falar.

A culpa me envolve quando penso em minha parte nisso e na dor que posso ter causado. Não aguento. Preciso saber.

— Suzy — digo, segurando a mão dela. — Isso tem alguma coisa a ver comigo, também?

— Como assim?

Hesito.

— Ah, Deus. Não sei.

Há um silêncio.

— Bem... — arrisco. — É, a maneira como me distanciei um pouco recentemente...

Ela olha para o chão.

— A questão é... — tento. — Andei me sentindo realmente presa em casa e... — Noto o rosto dela. Não é justo. Não estou falando a verdade.

Ela me olha, curiosa. Trocamos olhares e eu percebo que, se não tomar cuidado, ela vai ver as mentiras escritas na minha testa.

A porta se abre e Rae chega mancando.

— Oi, Rae — Suzy diz, fazendo um esforço para soar alegre de novo. — Tenho mais uma coisa para você. A mãe de Hannah convidou você e Henry para uma festa de patinação no gelo amanhã à tarde, no palácio.

— Mesmo? — Rae grita, arrancando o convite da mão de Suzy. — Adoro patinar no gelo!

Faço uma careta para Suzy. O que ela está fazendo?

— Rae — arrisco. — Querida, desculpe, mas não acho que você esteja pronta para fazer nada desse tipo agora. O médico disse pra você descansar pelo menos até segunda.

— Mamãe! Você disse isso, não o médico. Ele disse que estou bem.

Arregalo os olhos, sem fala, pega na minha própria mentira.

— Por favor, mamãe? — Ela pede. — Por favor, por favor, por favor!

Suzy não troca olhares comigo. Rosno, intimamente. Ela me colocou numa situação impossível. Deveria ter me perguntado primeiro. Tento racionalizar, pensando que ela está justificadamente chateada devido ao comportamento de Jez e não está raciocinando direito. Mas vai ser muito difícil dizer a Rae que ela não pode ir.

— Bem, que tal você ir à festa, mas não patinar? — Suzy diz, olhando direto para Rae, e não para mim. — Você pode se agasalhar e ficar com a mamãe só olhando a patinação dessa vez, depois ir para a festinha. A mãe de Hannah disse que ficaria bem contente se você fosse.

Olho para ela, espantada.

— Vamos ver como você vai estar amanhã — murmuro, evitando o olhar de Suzy.

— Na verdade, posso ficar e tomar conta de você quando levar Henry, e deixar a mamãe descansar. Ela deve estar cansada depois de ter ficado no hospital.

Alguma coisa sobre a qual não tenho controle está acontecendo bem aqui na minha cozinha e eu não consigo evitar. Não posso deixar que Rae vá. É muito cedo. E Tom vai me matar.

— Hã... — começo a dizer, atrapalhada por não querer mais magoar Suzy.

— Então, combinado. Preciso ir. Passo aqui e a pego amanhã — Suzy diz, tocando meu ombro.

E ela sorri e pisca para mim, depois vai embora, deixando-me com uma Rae contente.

Pela hora do almoço, estou tão aflita para sair do apartamento que mando Rae se agasalhar bem e a levo para um passeio de dez minutos até a loja da esquina, para buscar leite e pão.

A rua está tranquila. "Todo mundo está no trabalho, vivendo a vida", as calçadas vazias parecem dizer isso. As portas estão fechadas e trancadas, as latas de lixo, tampadas, as cortinas, na metade da janela. Os gatos passeiam pela rua, parecendo que têm mais objetivos na vida do que eu.

Não percebo os três andaimes. Percebo apenas um tinir de metal e uma conversa gritada e amistosa que se perde num eco e depois silencia assim que passamos. Inclino a cabeça, mantendo os olhos numa faixa vermelha de borracha e em antigos chicletes grudados na calçada suja e esburacada. E sei o que vem em seguida. Em minha visão periférica, sinto os sorrisos assim que um faz um gesto obsceno com as mãos, e depois um riso abafado.

O que posso fazer? Que direito tenho eu de me virar e perguntar se eles viram que estou com uma criança? Não tenho direito nenhum. Nesse momento, não sou nada. Nenhum objetivo, nenhuma meta, nada. Presa fácil para os mal-intencionados.

— Vamos, querida — digo, puxando Rae suavemente. Os dedos dela protestam. Eles têm protestado desde que peguei a mão dela quando saímos de casa. Ficam duros na palma de minha mão, recusando-se ao toque dela. “Deixe-me, não sou um bebê”, eles insinuam. O que só me faz segurar a mão dela com ainda mais força, apertando-a um pouco mais do que deveria. Para me mostrar que não ganhei, ela projeta o lábio inferior e arrasta os pés.

— Não faça assim, Rae — digo. — Você sabe por quê.

Mas a birra continua durante todo o caminho até a loja, no corredor de verduras, e até chegar ao caixa, só parando quando o dono, um turco, lhe dá um pirulito.

— *Hosça kal*! — ela grita, como ele lhe ensinou, e acena, mancando.

— *Güle, güle*, querida! — Ele ri, acenando também enquanto saímos da loja.

Sorrio de volta como se estivesse grata, quando, na verdade, estou chateada por ele ter lhe dado um doce quando ela não estava se comportando bem. Mas ele já não está mais olhando. E nem liga.

Em dias assim, sei que não importa que minha culpa em relação à Suzy seja profunda, não consigo abrir mão dela. Ainda não. Porque tem horas em que eu anseio pela gentileza dela como se fosse um bálsamo.

Chegamos em casa antes do almoço, com leite e legumes para fazer uma sopa.

— Veja, mamãe, um bilhete — Rae diz, pegando no capacho um envelope branco. — C-A-L-L-EE.

Ela abre um sorriso largo quando a admiro lendo e sai para assistir ao DVD de Henry pela segunda vez, deixando-me desempacotando cenouras e cebolas na cozinha.

De quem é? A letra não é conhecida: redonda e certinha, como se escrita por uma criança.

Abro o envelope, tiro a folha de papel. A caligrafia é perfeita.

Cara Callie,

Provavelmente está muito chateada comigo e de novo eu peço desculpas por qualquer culpa que tenha no acidente de Rae na outra noite...

Verifico o nome no final:

Debs.

Que diabos é isso?

Mas eu realmente preciso afirmar minha inocência. Estou convencida de que sua amiga não me disse para segurar a mão de sua garotinha. E tem mais.

Continuo lendo, mal conseguindo acreditar no que ela escreveu.

Fiquei preocupada com um comentário que sua filha fez quando saímos da escola na quarta-feira. Ela disse: "Quando eu encontrar a mamãe, preciso fingir de novo que detestei a escola?"

Fiquei confusa, já que ela sem dúvidas passou um dia agradável com sua amiga Hannah. Perguntei-lhe por que ela deveria fingir para você. E ela respondeu: "Porque a tia Suzy mandou".

— Ah, sua idiota maldita! — resmungo abafado. — Suzy teria dito a Rae para não ficar chateada na minha frente.

Por favor, compreenda, não estou tentando fugir de minhas responsabilidades pelo ferimento de sua filhinha, pois ela estava sob meus cuidados. Só queria que soubesse que talvez precise verificar de novo com sua amiga a versão dela, para saber se tudo está de acordo. Debs.

Essa mulher é louca?

Dou uma olhada no jornal gratuito em cima da mesa da cozinha. Há uma história sobre um homem que foi assassinado por um vizinho doente mental, que tinha parado de tomar os remédios. E se Debs tiver feito a mesma coisa? E se ela for perigosa? Mordendo os lábios, telefono para o número do meu quadro.

O telefone do policial cai direto na caixa de mensagens.

— Olá, é Callie Roberts de novo — falo, brava. — Desculpe, mas essa mulher, a Debs, está começando a me assustar. Ela acabou de deixar um bilhete na minha porta em que acusa minha amiga Suzy, vizinha do outro lado da rua, de estar mentindo para mim. Além disso, ontem à noite, eu não mencionei o ocorrido, mas ela estava gritando com Suzy pela caixa de correio, diante dos filhos dela. Preciso saber o que está acontecendo, por favor. Pois ela mora logo do outro lado da rua e trabalha na escola dos nossos filhos. Por favor, me liguem.

Fui olhar pela janela. Debs está do lado de fora de sua casa, no portão da frente, espiando, atordoada. Ela olha à esquerda e à direita, depois vai até a caixa de reciclagem e a examina.

— Doida — cochicho, abraçando a mim mesma.

Capítulo 33

Suzy

Jez tinha trabalhado no escritório a manhã toda, com a porta fechada de novo. Ela sabia que ele desceria por volta da uma da tarde atrás de um sanduíche, portanto, preparara *penne* com cogumelos e arrumara a mesa, para ele não ter escolha.

Quase no horário, ouviu os passos dele na escada.

— Oi — ela disse, baixinho, mantendo-se de costas para ele enquanto colocava a salada numa tigela e enchia a jarra de água.

— Tudo bem? — ele perguntou. Ela o sentiu às suas costas lançando um olhar para a mesa posta e a panela no fogão, tentando entender por que ela estava cozinhando. Tendo, obviamente, decidido que não valia a pena perguntar, ele sentou-se à mesa e abriu o jornal que ela deixara sobre o balcão.

De propósito, Suzy não sorriu. Isso o enervaria. Em geral, ela enchia o silêncio entre eles tagarelando com os meninos, ou perguntando a ele sobre camisas que precisavam ser passadas, ou como tinha sido a viagem de trem. Hoje, o deixaria em dúvida. Pelo canto dos olhos, enquanto arrumava a massa, ela o viu olhando-a duas vezes.

— Pronto — disse, trazendo dois pratos de massa e voltando para pegar a jarra de água.

— Para que tudo isso? — ele resmungou.

Ela deu de ombros e sentou-se do lado oposto, observando-o voltar-se para o jornal e preguiçosamente levar à boca um bocado do *penne*. Os talheres dela ficaram intocados ao lado do prato.

— O que foi? — Jez perguntou, tirando os olhos do jornal para ver o que ela estava fazendo.

Ela deu de ombros.

— Estava pensando — disse, pronunciando cada palavra com segurança e devagar para garantir que ele a ouvisse bem — como seria bom se tivéssemos uma garotinha.

Jez fez uma pausa ao levar um segundo bocado de massa à boca, depois continuou comendo. Voltou os olhos para o jornal.

— Então? — ela disse, tentando pescar o olhar dele.

— Então, o quê? — ele disse.

— O que você acha, Jez? Sobre a ideia de termos uma menininha? Quero dizer, você acharia bom?

Ele enfiou o garfo em um, em dois, depois em cinco pedaços de macarrão e os meteu na boca. Enquanto mastigava, encheu o garfo novamente.

— Estou espantado com a pergunta — respondeu, calmamente, ao terminar. Mesmo quando Jez falava assim, sua voz ressoava pelo cômodo. — Não fez isso das outras duas vezes.

A implicação disso pairou no ar, enquanto ele pegava outra garfada de comida e olhava o restante. A acusação finalmente era enunciada. A trapaça dela, revelada.

— Foram acidentes — Suzy explicou, tentando manter a voz calma. — Acidentes acontecem. Acontecem bastante. Aparentemente, Rae foi um acidente, Callie me disse.

Ele baixou o garfo e a encarou.

— Eu não vou ter mais filhos, Suzy. E não quero falar mais disso. Talvez, se você tivesse de ganhar o dinheiro em vez de gastá-lo em Brent Cross todos os dias, pensasse duas vezes também... aliás, os meninos não precisam de mais sapatos.

— Bem, talvez se você não estivesse planejando colocar todos os seus filhos naquele seu internato estúpido, o dinheiro fosse suficiente.

— O quê? — ele disse.

— Você ouviu.

Ela se levantou e, devagar, se postou na frente dele.

— Jez, tente tirar os meus filhos de mim e vai ver o que acontece.

Eles se entreolharam. Finalmente, fora dito.

— Parece que você se esqueceu de quem eu sou, Jez — ela disse. — A garota lá do lago que não tinha medo de nada, lembra?

Ele baixou os olhos para o jornal.

— E eu acho que você se esqueceu de que estamos na Inglaterra, Suzy.

— Vou sair agora — ela disse. — Perdi o apetite. Mas essa conversa não terminou.

Com deliberadas passadas largas, ela subiu as ladeiras íngremes que se insinuam até o Alexandra Palace. Belos sobrados vitorianos, como o dela, delineavam o percurso, e qualquer espaço entre eles era preenchido com extensões laterais, garagens ou altos portões de acesso lateral. Pelas janelas, ela podia ver televisões de plasma, arte moderna, sofás de couro: os ornamentos de uma opulenta classe média britânica. Cada porta tinha uma cor diferente, do cereja ao turquesa; os números nas portas variavam do tradicional bronze à moderna ardósia com tipografia ousada. E floreiras com gerânios rosa-avermelhados, samambaias e lobélias preciosas.

Cada casa de uma variedade diferente, mas todas da mesma raça, ela pensou. De pessoas que deixaram para trás as famílias a fim de vir para a cidade em busca de dinheiro e metas, e dispostas a viver em espaços restritos e intoleráveis para conseguir isso. Uma imagem de borboletas espetadas na cortiça veio à sua mente.

“O que havia de errado com essas pessoas?”, ela pensou, fixando o olhar através de suas janelas. Não se faz isso com a família. Não se deixa simplesmente as mães, e os pais, e os avós e os primos. São nosso sangue. E se não cuidamos de quem é do nosso sangue, quem vai cuidar? Principalmente, não se manda as crianças embora, como se não valessem nada. As crianças não são inúteis. São preciosas.

Suzy andou até um antigo armário de cozinha que tinha sido jogado na calçada durante a noite e o chutou com tamanha força que ficou lascado.

Deus, era tão difícil fazer suas pernas funcionarem direito aqui. Cinco minutos depois, ela chegou à entrada do palácio, entrou e começou a andar morro acima. Era melhor assim. Não havia lugar em Londres para estirar os tendões, músculos e pele, nem ar puro suficiente para revigorar os pulmões. Não havia céu amplo para descansar os olhos, apenas uma opressiva mancha acinzentada. Era impossível encontrar um caminho vazio por mais de um minuto antes que ele ficasse entupido de carrinhos de bebês e bicicletas na calçada e cachorros nas guias; de trabalhadores sempre fazendo buracos nas ruas; de carros tracionados se espremendo em caminhos estreitos deixados pelos trabalhadores.

Ela impeliu o corpo com mais esforço pela ladeira íngreme para sentir o estiramento.

Então, parou.

Essa atitude trouxe à sua mente a imagem da velha de Northmore. Sacudiu a cabeça com fúria, tentando se livrar dela.

Aquelas pernas. Aquelas pernas. Aquelas imensas pernas grossas.

E agora a carta da irmã.

Não admira que tenha acordado no meio da noite, com falta de ar.

Tentou não pensar nas imagens em sua cabeça, forçando-se a passar pelo parque dos veados e pelo lago de patos e ir até onde dois meninos de skate estalavam suas pranchas nas pistas e rampas, sob o olhar ameaçador da parede do palácio.

Fez uma pausa para tomar fôlego. Gratos pela plateia, os meninos puxaram as franjas desajeitadas para trás e fizeram cara séria, esforçando-se mais ao erguer para o alto os joelhos ossudos e fazer giros completos. O de cabelos pretos a fez pensar em Henry. Seu filho teria a idade dele antes que ela percebesse. Porém, este menino ainda morava na casa dele. Ele iria embora desse parque dali a pouco e abriria a porta de sua casa com um rabugento "oi" seguido de um beijo hesitante na mãe, antes de ir para o quarto cheirando a chulé e esconder seus segredos de adolescente. Um quarto onde se sentiria seguro. Henry teria há muito ido embora de casa, moldado num pequeno Jez, escondendo as lágrimas por um beijo da mãe no travesseiro de algum dormitório no meio da noite.

— Não — ela gemeu entre os dentes.

Não adiantava. A lembrança daquelas pernas não sumia.

"Mamãe, aonde estamos indo?", ela havia perguntado naquela tarde quente. O assento de couro estragado, no velho Buick sujo do homem, queimava a dobra de seus joelhos. Na luminosidade da tarde de um verão no Colorado, o cheiro de óleo do carro a enjoava e a deixava zonza. Ela empurrou uma pilha de roupas salpicadas de tinta e manuais de mecânica listrados de preto, que bagunçavam o banco de trás, e tentou se erguer um pouco.

Quando sua mãe não respondeu, ela lançou um olhar para o homem.

Ele a olhou pelo espelho retrovisor. Seus olhos lembravam-lhe dos olhos de bandido dos filmes de caubói.

"Aonde estamos indo?", ela perguntou, vendo pelas janelas encardidas uma região que não reconhecia. Não parecia o caminho para a loja onde vendiam sorvete. A rua onde viraram era ampla e quieta. Urtigas cresciam diante de casas térreas. A pálida rua cinzenta parecia que tinha rachado sob o sol. Um pátio com uma bandeira americana hasteada estava cheio de carros e motocicletas enferrujadas. Havia uma imagem desbotada de uma arma na janela. "Cuidado com o dono!", estava escrito embaixo dela.

Quando o homem virou na entrada de uma casinha com um pórtico de madeira despencando e com a tinta descascada, ela se sentiu afundando.

"Venha", sua mãe dissera, abrindo a porta e pegando a sua mão. Suzy viu o homem tirar uma bolsa do carro. O braço comprido de sua Pantera Cor-de-Rosa estava saindo por uma abertura. Hipnotizada, ela se deixou levar até a porta. Jamais viu quando ela abriu. Só deu de cara com o monstro. Tão larga quanto alta, com um masculino cabelo curto, olhos salientes por trás de óculos sujos. O peito do monstro caía sobre a cintura, amortalhado por um vestido com cara de tenda. Sua boca se mexia como Suzy tinha visto o bebê de uma amiga fazer no peito da mãe. Molhada, num sugar repetitivo.

"Não...", ela começou a choramingar quando sua mãe a empurrou na direção da mulher e do cheiro de comida de cachorro que vinha de dentro da casa.

"É só até o bebê nascer, querida", sua mãe disse, e depois se foi.

"Nããoo!", Suzy tinha gritado, tentando correr atrás dela. Porém, antes que se desse conta, o monstro a tinha arrastado para dentro, colocando-a sentada e aquelas pernas grossas e fedidas vieram por trás, em sua direção, apertando suas bochechas até elas doerem. Apertando seu rosto até as lágrimas não poderem mais correr.

"Fique quieta!", o monstro rosnou. "Quieta!"

Ah, hoje Suzy poderia chorar. Realmente poderia. Poderia ir até aqueles meninos magrelos, gritando e berrando bem na cara deles. E se houve uma coisa que o monstro a ensinara, foi isso. Não adianta chorar.

Ela tentara, claro. Tinha gritado e berrado pela mãe, e voado na barriga mole do monstro com os punhos. Mas, então, o monstro simplesmente lhe dera um tapa na cabeça com uma pata suada e a trancara num armário com aranhas e baratas. Ela ficou ali horas, tendo que fazer xixi num canto e comer o doce do bolso, roubado de uma escola nojenta, meio lotada de outras crianças, com quem ninguém parecia se importar. Ela tentara gritar também, quando o monstro segurou sua cabeça embaixo de uma torneira, na esperança de que algum policial aparecesse e a levasse de volta para a mãe e denunciasse o monstro. Contudo, nunca apareceu nenhum policial na rua. Monstros, Suzy logo aprendeu, escapavam impunemente. Exatamente como aquele de ontem, na rua do hospital, de pernas gigantescas, ofegando rua acima. Como ela tinha rezado para que o guarda de trânsito pegasse aquela velha nojenta, mas bem no fundo ela sabia que ele não conseguiria. Os monstros sempre ganham.

Então, Suzy pensou, chutando uma pedra no caminho, não adiantava mesmo chorar. Cerrando o maxilar, ela virou-se à direita e desceu por uma trilha.

Não. Havia um jeito muito melhor de lidar com gente como a mãe dela, que traiu exatamente quem deveria amar.

Acompanhando os fundos do palácio, ela entrou no estacionamento do rinque de patinação e cruzou-o, antes de sair na parte da frente do palácio e descer os degraus de pedra que levavam até a rua. Esperou um ônibus passar antes de atravessar a rua e enfiar-se pelo parque. Continuando a descer pelos degraus em direção às árvores, ela virou à esquerda nas árvores taludas que davam para a área selvagem. Ali existia uma alameda escondida, ela se lembrava, onde ela e Callie tinham, num dia de primavera, trazido as crianças para ver as flores silvestres. No meio das árvores, sem uma colina ou vista para orientá-las, elas ficaram perdidas e acabaram numa alameda tão estreita que precisaram colocar as crianças bem no meio para impedir que as pernas delas fossem arranhadas pelas amoreiras silvestres e urticárias. Ela parou. Bem, onde era? Experimentou alguns caminhos diferentes, tentando se lembrar da localização exata. Um azevinho chamou sua atenção. Ao lado dele, havia um espaço.

Ali estava. Ótimo.

Verificando que ninguém a estava vendo, ela virou à direita ao lado do azevinho e desceu a alameda. Sim. Era bem escondida. As pessoas que passeavam com cães e os corredores usariam pistas mais largas. Esta não passava de um atalho para o clube de críquete. Apenas o pessoal da manutenção do parque, com suas caminhonetes, e pessoas jovens com motivos para se esconder iriam até lá.

E havia um banco velho, ali, sob um carvalho com ramos grossos e baixos.

O lugar é perfeito!

É aqui que vai ser.

Voltou à creche por volta das 14h30 para pegar Otto, Peter e o carrinho, e depois foi buscar Henry na escola. Os gêmeos estavam felizes, engrolando sons alegres um para o outro durante todo o caminho, e lhe dando tempo de fazer planos.

Quando chegou na escola, a maioria das crianças estava fora da sala de aula, vestindo os casacos. Suzy ignorou os pais delas e foi até a porta da sala.

A Srta. Aldon estava esperando. Em geral, ela chamaria Henry ao ver Suzy chegando. Hoje não.

— Sra. Howard, tem um tempinho?

Suzy se armou. Nunca era bom sinal ouvir tal frase.

— Sim — respondeu.

Desse ângulo da porta da sala de aula, ela conseguiu ver Henry sentado, sozinho, no fundo da sala, de ombros arqueados e olhos no chão.

— Receio que houve outro incidente — disse baixinho a Srta. Alson. Seu rosto parecia estar ao mesmo tempo se desculpando e irritado. — Henry puxou a cabeça de Luke para trás com muita força no parquinho. O quadro de adesivos sobre o qual conversamos não está funcionando, parece. Então, acho que vamos marcar uma reunião com a senhora, seu marido e a direção para conversarmos sobre o que fazer. Desculpe perguntar, mas está acontecendo alguma coisa em casa que devamos saber?

Suzy a encarou.

— Como ousa? — cochichou.

A Srta. Aldon empalideceu.

— Desculpe, mas temos que perguntar...

— Para sua informação, não. Não há nada acontecendo em casa, nada que seja da sua conta. Suponho que estejam levando em conta que ele está bem chateado por Rae não estar aqui — ela disse. — Henry tem dificuldades quando Rae não está por perto.

— Bem, também queria falar sobre isso — disse a Srta. Aldon, parecendo mais preocupada. Seus olhos à procura de uma aliada. — Recebi relatos das assistentes do parquinho dizendo que Henry tem sido muito destrutivo com as outras amizades de Rae. Parece que ele acha que ela só pode brincar com ele. Seria alguma coisa que a senhora encoraja em casa? Ele fica agitado quando ela brinca com outras crianças, como Hannah, por exemplo. Não posso comprovar a queixa, mas Hannah falou mesmo ao supervisor do recreio que Henry ameaçou cuspir nela se não deixasse Rae sozinha.

Suzy mordeu os lábios.

— Desculpe, Srta. Aldon. Já ouvi o suficiente. Se Henry está exagerando, talvez você devesse verificar como ele é tratado pelos outros meninos da classe. Henry é sempre deixado de lado em tudo pelas outras crianças, inclusive por Rae, aliás. Não o deixam jogar bola nem o convidam para festas. Então, se está querendo escolher meu filho, sugiro que verifique como supervisiona todas as crianças em sua sala e, enquanto isso, eu vou marcar uma reunião com a direção para falar da negligência nos cuidados com meu filho. Não é a melhor hora, imagino, já que alguém da equipe da escola está sendo investigada pelo que aconteceu com Rae sob seus cuidados.

E, para finalizar, fez sinal a Henry, pegou a mão dele e foi embora.

Ninguém falou no caminho de casa. Henry estava cabisbaixo e andava a passinhos rápidos ao seu lado, quieto. Até os gêmeos pareceram perceber que não era uma boa ideia brincar e recostaram no carrinho com expressões sonhadoras no rosto.

Suzy entrou em casa, tirou os gêmeos do carrinho, colocou-os no sofá, ao lado de Henry, deu-lhes copos de suco, ligou a televisão e foi até as escadas.

— Jez?

Não houve resposta, então ela gritou duas vezes até ele aparecer no alto da escada.

— O que foi?

— Vou sair. Você tem que cuidar dos meninos.

— Você está brincando? — ele resmungou. — Estou esperando pelo chamado de uma conferência.

— Que dureza — ela disse.

— Suze. Nem...

Mas ela já tinha ido, batendo a porta da frente.

Capítulo 34

Callie

Rae está tão animada com a festa de Hannah amanhã que nem consegue ficar quieta. Já trocou a roupa que quer ir à festa três vezes antes de decidir, com minha rigorosa aprovação, pelo vestido prateado de fadas que Kate lhe deu de Natal, jeans com meias quentinhas, tênis e um casaco. Observo Rae separando o vestido para amanhã, com cuidado, e tento não pensar nisso. Tenho a esperança, acho, de que a festa seja cancelada. Ou que eu ainda consiga um bom motivo para que ela não vá sem que fique prostrada de tristeza nem chateie Suzy mais do que eu obviamente já fiz. Estou paralisada. Gostaria que Tom estivesse aqui para me ajudar. Ele está vinte minutos atrasado.

A campainha toca, me assusto. Abro a porta, nervosa, e dou de cara com Suzy. Suas bochechas estão bem rosadas.

— Ainda bem que é você — digo. — Pensei que fosse Debs.

— Por quê?

— Ah, já conto — digo, apontando para Rae.

Suze franze as sobrancelhas com empatia e me afaga o braço.

— Querida, você parece exausta. Escute, estou indo passar uma hora em Brent Cross. Você quer alguma coisa?

Uma silhueta surge atrás dela à entrada. Tom chega pelo portão da frente. Vê Suzy e hesita.

“Há coisas que precisam ser ditas”, sugere a expressão de seu rosto.

Suzy está falando, mas eu não consigo ouvi-la.

— Suze?

— O quê?

Aponto. Ela para de falar, vira-se e vê Tom. Eles se olham sem expressão.

— Hã, Suze — arrisco. — Você se importaria de ficar com Rae uns cinco minutos enquanto Tom e eu...?

— Claro, querida — ela diz, alegre, ignorando Tom e entrando em casa.

No pequeno saguão, fecho a porta de meu apartamento, depois que Suzy entra, e fico do lado de fora.

— Você está muito sério — digo, cautelosa.

Ele arregala os olhos.

— É mesmo. E por que será que estou sério, Cal?

— Ah, sei lá, Tom... — digo, com um tom de brincadeira na voz, tentando recuperar a conexão que tivemos ontem.

— Ontem à noite, talvez? — ele diz, rudemente.

— Como assim, ontem à noite?

— Sim, ontem à noite.

Do que ele está falando?

— O que tem ontem à noite?

— Você vai ficar nessa, é?

— De verdade — murmuro, confusa. — Não sei do que você está falando, Tom.

— Ah. Bom. Que tal: quando saí daqui, fiquei no meu carro uns dez minutos falando ao telefone.

— E então?

Os olhos dele me queimam. Aí me dou conta. Milhares de pedacinhos de um quebra-cabeça são jogados no ar. Eles voam pelo ar, viram-se, e caem direto no chão, espalhando-se ao acaso, fora do meu alcance.

— Então, você sabe o que eu vi.

— O quê? — murmuro, já sabendo que não adianta.

— Você sabe o quê.

Capítulo 35

Suzy

Suzy entrou na sala e se sentou ao lado de Rae, com um imenso sorriso. Ótimo. Dez minutos sozinha.

— Oi, lindinha — ela sorriu, pondo os pés de Rae em cima de suas pernas.

Rae sorriu e voltou a olhar para a televisão.

— Henry está tão animado com a festa, mal pode esperar — Suzy disse.

Rae sorriu e concordou com a cabeça.

— Desculpe, querida — Suzy continuou, pegando um dos pés e o afagando. — Eu achei que sua mãe a deixaria ir.

Rae lhe lançou um olhar.

— O quê?

— Vire-se, querida, assista à TV. Vou massagear seus pés.

Rae fez o que ela mandou.

— Mas eu quero ir — murmurou.

Suzy deu de ombros e fez uma expressão de desculpas.

— Desculpe, querida, eu sei. Ela só está sendo meio chata. Não sei por quê.

Rae sacudiu a cabeça, chorosa.

— Coitadinha. Sei que Hannah vai ficar chateada se você não for.

Rae mordeu os lábios.

Suzy suspirou.

— Sei, querida. É difícil. Se você fosse minha filhinha, eu a deixaria ir.

Rae manteve o rosto virado para a TV, mas seus olhos viraram na direção de Suzy, que pegou o outro pé dela e o massageou delicadamente.

— Sabe, Rae. Vou ter uma menininha um dia desses também. Mal posso esperar. Vou levá-la ao shopping para comprar roupas e para ver todos os filmes que ela quiser, e vou fazer a maior festa de aniversário do mundo. Maior até que a da Hannah. Vou buscá-la todos os dias na escola com um biscoito e um beijo. Ela vai ser a menina mais amada do mundo.

Rae estava olhando para frente, com os olhos cintilando e a testa franzida.

Suzy inclinou-se e afagou o rosto dela.

— Coitadinha. Não é culpa sua. Escute, não posso garantir, mas quer que eu tente ajeitar isso com sua mãe?

Rae confirmou com a cabeça.

— Está bem, vou fazer o possível. Deixe comigo. Mas talvez você tenha que ajudar, lindinha. Você se lembra do que conversamos... quando você não queria que ela fosse trabalhar? Lembra o que fez?

A garotinha se virou.

— Mas eu queria que ela trabalhasse. A mãe da Hannah trabalha.

— Rae, a mãe da Hannah a deixa no parquinho para as pessoas ruins fazerem mal a ela. Você quer que sua mãe faça isso?

Rae sacudiu a cabeça, chorosa.

— Isso mesmo. Então, você sabe o que fazer.

Um barulho do lado de fora fez Suzy erguer a cabeça e olhar pela cortina. Callie ficou na entrada, pálida, enquanto Tom batia o portão da frente ao sair.

Capítulo 36

Callie

Passo a noite de sexta num estado de horror. Converso com Rae, preparo sua massa preferida com molho de tomate. Leio uma história para ela, troco o curativo de sua perna, deito-me com ela um pouco, tagarelando sobre a festa de amanhã. Durante o tempo todo, vejo-a me avaliando atentamente, mas deixo isso de lado.

Porque estou fazendo força simplesmente para respirar.

Tom conseguiu. Ele descobriu o pior segredo de todos; a verdade horripilante que escondo em cantos sombrios. A verdade que mais me tira o sono à noite.

São 9 horas da noite quando fecho a porta do quarto de Rae e pego o celular.

— Sou eu — digo. — Precisamos conversar.

Percebo pelo grunhido em sua voz que não é uma boa hora.

— Vou ver o que posso fazer.

Ando pelo apartamento, arrumando as coisas com mãos que parecem grandes e desajeitadas. Sem cuidado, coloco uma caneca numa prateleira, sabendo que não a coloquei direito, mas deixo-a assim mesmo. Ela cai com tudo no chão, espatifando-se. Levo-a ao lixo no quintal do fundo e destravo o fecho do portão de trás antes de voltar à cozinha.

Estou de pé, esperando, com as mãos no balcão, quando ouço um toque na porta dos fundos.

Abro a porta. Ali está ele. O pai da minha filha. Assim como ontem à noite, a imensa silhueta preenche o vão da porta. No entanto, dessa vez sua expressão é tensa e séria.

— Entre — cochicho, observando o quintal para ter certeza de que ninguém está de olho.

E Jez entra.

Conduzo-o à minha sala, vestindo meu roupão.

— O que foi?

Fechando a porta, para o caso de Rae ouvir, viro-me para encará-lo. O constrangimento físico está de volta, tão depressa quanto desaparecera, na noite anterior. Quando Jez volta a ficar distante desse jeito, ele tem uma maneira de se mostrar em toda sua estatura, erguendo-se acima de mim. O corpo dele se torna de novo um rochedo íngreme, inatingível.

— Jez, pode se sentar? — pergunto, desejando que ele não fizesse questão de reestabelecer os limites toda vez. Sei onde estão os limites. A desleal mentirosa que finge ser a melhor amiga da mulher dele.

Jez ergue as sobrancelhas, depois se afunda no meu sofá, fazendo as almofadas se mexerem devagar para os lados. Abre os joelhos e entre eles apoia as mãos entrelaçadas. As mãos que me seguraram pelos punhos com tanta firmeza ontem à noite estão, agora, de novo, longe do meu alcance, e esse gesto me indica isso. Hoje elas estão aprisionadas com caras abotoaduras. Os cachos escuros que tombavam com fúria sobre minha pele ardente estão controlados mais uma vez, puxados para trás. O brilho de suas botas de couro trata com condescendência o meu surrado tapete verde. Se nada disso estiver bem claro para mim, Jez o demonstra ao tirar uma felpa grudada em sua calça.

— Então — ele suspira fundo. — Como está Rae?

— Está ótima.

— Nenhuma complicação?

Balanço a cabeça.

— Ótimo. Precisa de alguma coisa?

Balanço a cabeça.

— Depositei 200 libras na conta esta manhã, para alguma necessidade.

Agradeço com a cabeça.

— Então, o que foi?

Como não digo nada, ele ergue as sobrancelhas grossas com impaciência e coça uma de suas impecáveis costeletas. Não faça isso, a expressão de seus olhos indica. Não me pressione.

— Preciso lhe contar algo — digo, tentando manter a voz firme.

— O quê?

— Tom viu você aqui.

Um ligeiro tremor passa pelo rosto dele.

— Ontem à noite? Poderia estar emprestando café. Moro do outro lado da rua.

Pisco.

— Jez, ele não é bobo. Está furioso por isso estar acontecendo de novo. Principalmente por você estar aqui quando Rae acabou de chegar do hospital.

— Certo — resmunga. Ele dá um puxão nos punhos, inspira fundo e depois dá mais um suspiro tão profundo que o sofá range. Tento encontrar seu olhar, mas ele faz o que sempre faz: olha-me por um segundo, com os olhos pretos e misteriosos como uma floresta à noite, e quando penso que o tenho, ele baixa as pestanas, isolando-me e me deixando diante de longos cílios pousados sobre a curva da face, que desce até a curva dos lábios dele, chateada comigo mesma por querer mais. De qualquer coisa.

— Bom, o que ele vai fazer?

— Não sei. Nada, espero, mas não sei. Está furioso. Quando veio na hora do almoço, Suzy estava aqui. Pensei que fosse direto até ela lhe contar. Foi embora sem ver Rae.

Jez sacode a cabeça, olhando para o chão, como se estivesse repreendendo um cachorro levado.

— Você não pode deixar que ele faça isso, Callie. E os meninos?

— Jez! — digo. — Não é bem a situação ideal para nenhum de nós, é? Não posso controlar o que ele faz. Por isso, estou avisando você.

Ele se levanta.

— O que foi? É só isso? — retruco. — Aonde você vai?

— A lugar nenhum. Preciso de uma bebida.

De repente, percebo que ele ficou completamente aturdido. Anda devagar junto das cortinas, fechando-as ainda mais. Vou à cozinha e volto com a última taça de vinho. Ele a pega sem agradecer, engole o vinho e me encara.

— Existem coisas acontecendo entre mim e Suzy que você não sabe.

— O quê? A tal história do internato?

Ele me lança um olhar surpreso, depois sacode a cabeça.

— Não. Sim. Outras coisas. Mas a questão é, Callie, que se ela descobrir agora, isso iria...

Ele termina o vinho com um segundo gole e, por fim, me olha nos olhos.

— Isso só ocorreu a você agora, Jez? — pergunto, amarga.

— Não. Mas isso tem que acabar — ele diz.

— O quê? Como da última vez? — murmuro.

Ele dá de ombros, virando os olhos baixos para a janela.

— E da outra antes dessa — eu continuo.

Ele larga o copo e franze a testa. Um suspiro suave abre seus lábios devagar e eu preciso me segurar para não me aproximar e beijá-los, odiando minha fraqueza.

— Não. Tudo isso tem que acabar completamente. Isso, entre mim e você. E você sendo amiga de Suzy. É muito arriscado.

Seguro a respiração.

— O que você quer dizer com "completamente"?

Ele parece estar sofrendo.

— Não tenho certeza, mas alguém andou fuçando minha conta bancária. Andou fazendo perguntas. Tenho que pensar nos meninos.

— O que você quer dizer com "fuçando sua conta"?

— Alguém que Suzy contratou. Ou talvez não. Eu não sei. Mas sei que preciso cortar isso pela raiz. Vender a casa. Me mudar. Antes que ela descubra.

As palavras dele me atingem como um soco na cara.

— Mas o que ela pode descobrir? — pergunto, baixinho. — A certidão de Rae tem o nome de Tom. E se ele contar a Suzy que estamos juntos, nós negamos. Dizemos que Tom está sendo maldoso. Ela já acha que ele é um horror comigo. — As palavras saem da minha boca com facilidade. Afinal, já pensei em tudo isso milhares de vezes nas altas horas de noites insones durante os dois últimos anos.

— É muito arriscado — ele murmura, sacudindo a cabeça.

Jez se levanta e vem na minha direção. Sob a luz brilhante da sala, percebo como seu rosto está pálido. Há círculos escuros ao redor de seus olhos. Uma mexa ondulada conseguiu se soltar e cai delicadamente pela sua testa.

Eu continuo lutando contra o desespero.

— Escute, me deixe fazer o que estava tentando. Volto a trabalhar. Ganho algum dinheiro. Paro de depender tanto dela. Mudo-me para outra rua. Gradualmente, me afasto dela. Eu me recupero. Depois... — baixo os olhos — ... vejo o que acontece.

Jez suspira.

— Sei que você acha que a conhece, Callie, mas eu lhe digo: se ela descobrir, do jeito que vem agindo recentemente... não sei o que vai fazer.

— Você acha que ela pode levar os meninos?

Quando Jez vai me responder, o celular dele toca. Ele o verifica.

— É ela. Eu disse que ia comprar vinho na loja da esquina. — Ele começa a andar na direção do vestíbulo.

— Não. Não vá — balanço a cabeça, em pânico. — Não vá desse jeito... eu... eu...

Espio com cuidado através das cortinas da sala. Vejo a luz da casa de Suzy brilhando do outro lado da rua.

Por um instante, imagino que essa luz se apagou. Penso num futuro em que ela não esteja mais lá, nem Jez. Quando não haverá ninguém ali a quem recorrer quando eu estiver tão sozinha que acho que vou morrer. Meu peito se aperta, oprimindo os pulmões.

— Jez? — sussurro forte, seguindo-o até a cozinha. — Jez?

Ele para.

Conhece esse tom da minha voz. Essa dor deplorável.

Ele se vira.

— Por favor. Pare. Fique, só uns instantes. Não diga isso, não até...

Ele pega minha mão e o toque dele faz o que sempre faz, não importa o quanto eu me odeie.

Inspiro profundamente e solto o ar devagar.

Ele se inclina e me olha, por fim. Jez conhece o poder que seu olhar tem sobre mim. Os bosques sombrios se separam e revelam poços escondidos em horas encantadoras.

Os lábios dele se aproximam dos meus. Eles roçam minha pele. São cálidos e têm gosto de vinho, fazendo o meu corpo arquear de um modo que não consigo controlar. Ergo o rosto na direção dele, incapaz de esconder isso. Porém, eu não devia pedir nada a Jez. Ele me vê, e para. Com uma das mãos, pega a minha e, sem aviso, a puxa para minhas costas, prendendo-me contra a parede.

Fico ali, imóvel. Então Jez aproxima os pés dos meus. Empurra o peso de seu corpo contra o meu. Não é como o peso de Tom, doce e confortável com lugares seguros onde me esconder. O corpo de Jez é como uma armadura.

Ele encosta o rosto em minha orelha e respira fundo.

— Callie, eu tenho que decidir quando e como — ele murmura.

Ainda virando meu braço para trás, ele passa a outra mão ao longo do lado esquerdo de meu corpo, dos meus seios ao quadril. Um longo afago, para cima e para baixo.

Espero, paralisada, para ver o que ele decidiu fazer. Sua feição abranda, atenta e serena.

Odeio a mim mesma. Odeio que ele faça isso comigo. Odeio o fato de que, quando ele decide quando e como, estou tão fragilizada que não tenho controle algum.

Então, sem avisar, ele tira minha camiseta e me beija a boca com força. Dentes contra pele.

Capítulo 37

Callie

Passam-se algumas horas antes que eu consiga ir para a cama, depois que ele vai embora.

O relógio do forno faz tique-taque, acompanhando o ruído da geladeira.

Ando pelo apartamento devagar, sem rumo, lambendo o lábio arranhado, odiando essas paredes que alguém pintou. Lembro vagamente que um dia houve algo de bom nesse apartamento. Algo a ver com a luz. Então, Suzy me pediu para pegar algumas coisas na casa dela, enquanto estava no hospital tendo os gêmeos, e eu entrei com Henry e Rae a reboque e dei com Jez andando nu e com jet-lag, depois de chegar da Austrália de avião. Jez, o homem que jamais pensei que fosse ver de novo. Aí esse apartamento se tornou um lugar sem luz. Um lugar de segredos. Um lugar onde mentiras são trancadas à noite.

Mapeio cada cômodo, empacotando mentalmente tudo o que Rae e eu temos. Não é muita coisa. Tanto trabalho para tão pouco.

É isso. Fim.

É possível haver um fim para algo que não teve começo?

Entro no quarto de Rae, sento e descanso a cabeça no edredom dela para vê-la dormindo.

Ela resmunga. A curva de seu lábio superior está delicadamente afundada no travesseiro, e eu perambulo no escuro, recordando a primeira vez que vi essa curva.

Sexta à noite, no Soho. Estou no Jack's com Guy, Sophie e todos os rapazes do estúdio, tão embriagada que as ruas do lado de fora não passam de riscos de luz prateada e vermelha dos carros da noite, e de néon azul, do clube de strip do outro lado.

— Oh-weyo-wey. Oh-wey-yo-weh! — Sophie canta, agarrando minha mão e me fazendo erguer o prêmio de engenharia de som que recebi nesta noite de premiação da publicidade.

— Psiu! — repreendo, vendo Guy nos lançar um olhar. Ele está apertando a mão de um homem que acabou de entrar, com um riso caloroso, enquanto me lança olhares severos. Ainda que estivesse bastante satisfeito comigo, e ainda que tenha pagado pelo champanhe para celebrarmos, ele espera que eu represente a Rocket o tempo todo e isso não significa eu e minha colega vomitando no chão de seu clube privado.

— Pronto, gente, o táxi está lá fora — Rob grita, deixando que nós, bêbados, nos organizemos em grupos de diferentes regiões de Londres para voltar para casa.

— Espere um minuto, Sophie — eu digo. — Preciso pegar meu casaco. — Ao retornar, percebo que todos se foram.

— Sophie, que grande amiga! — murmuro, sabendo que ela vai pensar que fui para o norte de Londres com Guy no outro táxi e nem vai dar pela minha falta até chegar em casa. E ela deixou o meu prêmio em cima da mesa.

O bar ainda está meio cheio; então, vou até o balcão, peço a Rob para chamar outro táxi para mim e compro uma água tônica para ficar um pouco mais sóbria enquanto espero.

Fico segurando o bloco de prata podendo, finalmente, olhar para ele. Sinto as lágrimas brotando e sei que, chegando em casa, posso me arrastar até a cama e deixá-las rolar, longe dos olhos dos colegas que acham que eu deveria estar grata por ter meu trabalho reconhecido de modo tão público.

E só consigo pensar que minha mãe não vai ver isso. E sem ela me empurrando para aproveitar todas as oportunidades que nunca teve, eu não teria essa coisa boba.

Enquanto olho para o troféu, percebo um homem alto tomando o lugar ao meu lado, tirando o casaco e pedindo um uísque.

— É seu? — ele pergunta, olhando o prêmio.

Confirmo com a cabeça.

— Parabéns — ele diz.

— Hum... — murmuro, bebericando minha água. — Você estava lá? Na premiação?

— Eu? Não. Estou aqui — ele diz, apontando para o andar de cima. — A negócios, vindo dos Estados Unidos.

Viro-me para olhá-lo de cima a baixo. Está vestindo um terno bem cortado, e daquele ângulo só consigo ver uma costeleta escura e um maxilar bronzeado sob os cabelos.

— Engraçado, você tem sotaque inglês — sussurro, bebendo água, me esforçando para não apoiar a cabeça no balcão até o táxi chegar.

— Sou de Londres — ele sorri, pegando o uísque da mão de Rob com um sinal de cabeça. — Moro em Denver.

— Denver. É mesmo? Uau! O que há de errado com Londres, hein? — resmungo, numa tentativa embriagada de fazer uma piada. Decido descansar o queixo na minha mão.

— Não, eu gosto de Londres. Tenho negócios em Denver.

— Deus, eu amo Londres — falo e soluço. — Adoro.

E minha cara escorrega de minha mão. Ele sorri e aponta para meu copo vazio.

— Posso lhe oferecer outra bebida?

— Hum... — resmungo, tentando me recompor e também focalizar o rosto dele.

Quando consigo focalizar a imagem, inicialmente acho que o conheço. Depois, vejo que não. É que o rosto dele é um rosto que eu iria ver um dia. Há uma combinação familiar de pele, cor e ossatura que sempre esteve a caminho de um momento como este. Por um segundo, só por um segundo, a certeza disso ameniza a dor pela falta de minha mãe.

— Desculpe, Callie — Rob diz. — O táxi vai levar outros quarenta minutos.

Balanço a cabeça, como se estivesse chateada. No entanto, tudo o que consigo pensar é que desejo que a tristeza vá embora um pouco mais.

É só quando acordo, na manhã seguinte, ao lado desse homem, no Jack's, que percebo a aliança na mão em cima do travesseiro.

Está apontando sua boca, que se abriu durante o sono. Há uma curva indolente em seu lábio superior, que eu já aprendi a gostar de esfregar com fúria entre os meus lábios. Balanço a cabeça ao me dar conta de que, ainda que tenha visto essa aliança, ela não me impede de querer tudo de novo.

Então, vou embora antes que ele acorde. Antes de descobrir o sobrenome dele ou o número do celular. Pois, assim, se sentir essa vontade maluca de querer beijar esse homem de novo, nunca vou poder encontrá-lo, ainda que queira muito.

Saio sorrateiramente, sem saber da marca que ele deixou em mim.

Rae mexe a cabeça e se vira. Então, eu me levanto e me arrasto até minha cama, ainda de roupa.

Deito e fico olhando o teto. Fico ali por um tempo, me dando conta de que se passaram dois anos e meio desde que olhei para este rosado teto vitoriano e pensei como ele era bonito. Olho para o trabalho intrincado do gesso e minha mente escorrega pelos quatro anos desde aquela fatídica noite no Jack's.

Dia de chuva em Wardour Street. Estou descendo a rua correndo, embaçada pelas lágrimas, procurando em vão por Sophie no Coach and Horses, pois o celular dela não está mais funcionando. E lá está ele, no meio da rua: Guy.

— Caramba, menina, o que há com você?

— Tom quer que eu vá embora — cochicho, enquanto ele me empurra para um café onde duas moças com cabelos à Amy Winehouse e batom vermelho tomam chá. — Ele me deu uma semana para encontrar outro lugar.

— Ah, nossa! — ele murmurou, incapaz de não deixar de olhar o relógio, tendo a cabeça em parte no estúdio. — Deve ter alguma coisa no ar. Você soube que eu e Claire nos separamos?

Bebericando o chá, faço sinal de desolação. Tom e eu já tínhamos ouvido os boatos no Soho sobre Ankya, a fotógrafa polonesa das pernas compridas.

Ele pega o celular.

— Escute, um vizinho meu, no Ally Pally, tem um apartamento barato para alugar. Está um pouco acabado, mas pode servir a você por alguns meses.

Chorosa, concordo com a cabeça, enquanto ele começa a dar telefonemas a vizinhos para achar o telefone do senhorio.

— Aqui está — Guy sorri, anotando o número e se levantando, com ar de missão cumprida. — Que pena! Acabei de vender minha casa para um cara com quem estudei, caso contrário, seríamos vizinhos!

Foi quando entrava no meu novo apartamento na Churchill Road, dois meses mais tarde, tonta pelo choque de trombar com um Jez nu, na casa de Suzy, que uma imagem finalmente surgiu na minha cabeça.

Da noite em que celebramos meu prêmio de engenharia de som no Jack's.

De Guy cumprimentando um homem que ali chegou com um sorriso caloroso de surpresa e reconhecimento, pouco antes de ele, e de todo mundo, ir embora para casa.

Um homem alto, de casaco preto, que, cinco minutos depois, tiraria o casaco e me ofereceria um drinque.

O cara que trombaria com seu antigo colega de escola, Guy, numa noite no Jack's, e mencionaria que estava de mudança com a família para Londres, vindo dos Estados Unidos, e estava procurando uma casa para comprar.

Aparentemente, Guy me contou, pois essa venda particular entre os dois colegas de escola o livrara de uns tantos milhares de libras em impostos, de modo que ele e Jez dividiram a diferença.

Que bom negócio!

Está frio esta noite ou sou eu? Puxando o edredom, apago o abajur e tento bloquear qualquer outra lembrança dessa bagunça que fiz em minha vida.

Mas há uma que não consigo bloquear. Da surpresa no rosto de Tom, numa gelada noite de outubro, quando o encontrei sob as luzes brilhantes da London Eye para tomar um drinque e, emocionada, lhe contei que eu estava inacreditavelmente, estupidamente, grávida de Rae, dois meses depois de começarmos a sair juntos desde a festa de Sophie.

— Eu tive uma caxumba violenta quando adolescente — ele disse, incrédulo. — O médico falou que isso não aconteceria.

Quis lhe contar sobre a minha única noite com Jez. Realmente quis. Aí Tom sorriu, atordoado. Seu sorriso cresceu, cheio de surpresa e graça. À nossa volta, exércitos de pessoas tensas que pegam o trem diariamente marchavam para Waterloo. Atrás da gente, corria o Tâmisa, listrado pelo dourado líquido da iluminação ao longo das margens. As coisas ficaram distorcidas naquela luz ofuscante, com a escuridão e o barulho. Tom tomou minhas lágrimas como medo em relação a ele e suas intenções. Ele me puxou para um canto, longe da multidão, e cochichou no meu ouvido que tomaria conta de mim e desse bebê o resto da vida, não importava o que acontecesse.

Eu me escondi em seus braços e fiquei ouvindo o que ele dizia. Tudo ficaria bem.

Então, quando abri a boca para lhe contar a verdade, hesitei. Ao hesitar, observei a verdade se soltando silenciosamente de minha boca, vagando numa nuvem indistinta de ar condensado e desaparecendo no céu negro como o breu.

Um segundo de hesitação que se transformou numa sentença, na minha vida, na de Rae e na de Tom.

De novo, passo a língua num tantinho de sangue nos meus lábios. Jez gosta de deixar sua marca. E não é a primeira vez que ela a machuca.

Sábado

Capítulo 38

Debs

Debs começou a ouvir barulhos às 9h45min da manhã seguinte, quando os filhos da americana e seu marido saíram.

Começou com uma batidinha na parede. Uma batida suave que a acompanhou escada acima e depois no quarto.

— Não é nada — Debs sussurrou para si mesma, recordando as palavras de Alison. — Você está ansiosa. É a sua imaginação.

Em seguida, veio o aspirador encostando-se à parede do andar de cima, seu torturante queixume em vibrações através dos tijolos. Na cozinha, era o liquidificador. A cada minuto, por um minuto, guinchando sua histeria aguda. Um rádio ligado no vestíbulo de baixo estava num volume tal que as consoantes claramente enunciadas pelo locutor foram apagadas por um ronco sibilante.

— Fique calma — Debs cochichou para si mesma, limpando as cortinas do banheiro uma a uma com um pano molhado, tirando o pó de um lado e do outro. — É apenas o barulho normal. É o tipo de barulho que as famílias fazem.

Mas, por volta das 13h30, não havia mais intervalo entre os barulhos. Uma televisão berrava no andar de cima, junto com um secador de cabelos. Eles tinham se harmonizado num contínuo e penoso zumbido, como a obra de alguns jovens compositores de vanguarda, com a percussão feita pela explosão de portas que batem.

Então, às 2 horas da tarde, um novo barulho.

De início, Debs não entendeu o que estava ouvindo. Deitando-se na cama, na tentativa de ler um livro, ele se insinuou através da parede com um propósito perverso. Horrorizada, ela deixou o livro de lado. Inconfundível.

— Não — ela gemeu, empurrando mais os tampões de ouvido até apertar a cartilagem e puxando mais o travesseiro para perto da cabeça.

Ela não poderia estar imaginando isso. Não mesmo.

Capítulo 39

Suzy

Logo depois de desligar a TV de seu quarto, Suzy desceu devagar, passando as mãos pelo cabelo ainda úmido, observando que Jez não tinha voltado do almoço com seus pais e as crianças em Hampstead. Naturalmente, aquela era a primeira vez que ele levava, sozinho, os três, e ela só conseguia sentir um desconforto.

A casa estava vazia e tranquila. Engraçado. Se uma pessoa estranha entrasse ali, naquele momento, veria um lar. Mas, olhando com cuidado, dava para ver a mentira deslavada. Era só espaço. Espaço entre tijolos e argamassa, vidros e azulejos. Espaço por onde as pessoas andavam, com a presunção de que tivessem criado algo especial do nada, algo significativo e permanente. Um lar.

Aquilo ali, porém, não era um lar. Era uma ilusão.

Sentou-se no degrau para olhar a foto dos três meninos e tirou do bolso o pedaço de papel azul pela vigésima vez desde ontem.

Numa certa noite, dois anos atrás, começou a perambular em sua memória: ela bêbada pela primeira vez desde o nascimento dos gêmeos. Estava na cozinha diante de Callie, tentando conservar os olhos abertos, à medida que sua nova amiga esvaziava a terceira garrafa de vinho delas e resmungava sobre o fato de o encontro com Tom, quando ele veio pegar Rae, tê-la feito perceber, por fim, que ele não iria jamais querê-la de volta.

— Não acredito que ele me chamou de Callie — ela falou, de forma quase ininteligível. — Ele nunca me chamou assim. Tom nunca chama as pessoas pelo nome. Quando soube que meu nome era Calista, me chamou de Flockhart, como a artista, e depois ficou só Flock. E hoje à noite ele me chamou de Callie de novo, como se fôssemos desconhecidos.

Callie estava tão bêbada, que tinha adormecido no sofá. Tão bêbada, Suzy pensou, abrindo o pedaço de papel azul que segurava, que ela presumivelmente tinha se esquecido do que lhe contara naquela noite. Suzy também tinha passado mal, pois se enganara completamente em relação à quantidade de álcool que poderia aguentar depois de um longo período sem beber. Só agora se lembrava.

A fatura do encanador a encarava: "Flock Ventures" rabiscado no canto, com o endereço de Jez embaixo. Vondra levara dois minutos para confirmar seu maior medo, num telefonema ao celular do encanador.

— Quis que eu fizesse em nome do pai da filha — ele gritou no telefone. — Por isso enfiei pela porta, para poupá-la desse trabalho.

O pai da filha dela.

Suzy olhou para a foto dos três meninos e para a curva suave dos lábios de Henry. A curva que ele partilhava com Jez. E com Rae. Tão óbvio, agora que ela sabia.

E ela tinha confiado em ambos. Jez e Callie.

— Você nunca aprende, Suzy — cochichou para si mesma, levantando-se e indo para a cozinha.

Capítulo 40

Callie

Rae quer ir ao parque, mas decido que mais um dia no sofá vai lhe fazer bem. Sei que só estou sendo medrosa. Não importa.

Ela está ali, assistindo pela quarta vez ao filme que Suzy lhe deu. Tom deve chegar em cinco minutos.

Seco o cabelo, inclinando a cabeça para baixo de modo que os fios molhados caiam como uma cortina sobre meu rosto. Fico ali o máximo que posso, passando a língua pelo novo machucado em meus lábios.

Meus olhos estão inchados porque vivo acordada. Pelo meu próprio pesadelo de vida.

— Mãe! Papai está aqui! — Rae grita.

Puxo o cabelo para trás e olho meu reflexo no espelho. Meus olhos estão molhados de medo. Ouço Tom entrando no apartamento. Tento me compor. Pelo menos posso impedir que ele conte a Suzy.

Entro na sala e dou com Tom fechando a porta e dando um abraço forte em Rae.

— E aí, como está hoje, monstrinho?

— Bem — ela murmura, abraçando forte as pernas dele e olhando para cima. — Mas a mamãe está me fazendo ficar em casa o tempo todo.

— Rae! — digo. No momento não preciso da opinião de Tom maculando ainda mais minha imagem. — Só para ter certeza de que você...

— A mamãe tem razão — Tom diz, brincando com o queixo de Rae. — Você vai voltar para a escola na segunda, vai reencontrar todos os seus colegas. Agora, vá assistir à TV um pouco enquanto converso com a mamãe.

— Não... quero ficar com você... — Ela choraminga.

— Vai lá, menina — ele diz, fingindo lhe dar um chute. — Já vou ficar com você.

Fico diante dele e me sinto também como uma criança. Sem defesa e dependendo de sua compaixão. Ele me guia com os olhos até a cozinha, me acompanha e fecha a porta.

Vou até o balcão, me viro com os braços cruzados, tentando controlar os nervos. Tom se senta à mesa.

— O que foi? — ele me diz depois de um instante em que não falo nada.

— Preciso saber o que você vai fazer.

— Nada de chá antes?

Encolho os ombros, indecisa, e vou preparar o chá, tremendo. O que ele está fazendo?

— Ah, pelo amor de Deus, Tom — digo, me virando. — Diga. Preciso saber.

Ele sacode a cabeça.

— O que não entendo, Cal, é o seguinte: o que você está fazendo com ele? O cara é um safado. Ele não só é casado com sua amiga, aliás, mas ainda usa aqueles malditos ternos e o gel no cabelo!

Viro-me furiosa e vejo as mãos dele na cabeça, como se tivesse desenhando um imenso topete. Os olhos sonolentos escorregam devagar para os lados.

Ele está me gozando?

Por um instante, fixo o olhar no rosto dele. Faz tempo que Tom não me provoca.

— Não o julgue — digo, sentando-me perto dele e apoiando a cabeça nas mãos. — Nunca julguei Kate.

— Ela não é mulher do meu melhor amigo.

— Suzy não é minha melhor amiga — digo, na defensiva.

— É mesmo?

— Não. É alguém em quem me apoio. Companhia quando estou sozinha. Não tive muita escolha, como talvez tenha percebido.

Tom me observa.

— E a Sophie?

Dou de ombros.

Ele suspira.

— Isso me incomoda pra caramba, Cal. Além do fato de ele estar em volta de Rae, o fato de ele usar você desse jeito. Ele sabe que você está sozinha. Sabe que não pode contar pra mulher dele. Que droga! Quando você estava no Rocket, costumava enfrentar os idiotas do Soho que tentassem atrapalhar seu trabalho. O que é isso, deixar o cara abusar de você?

Dou de ombros e baixo o olhar.

— Ele não abusa de mim.

— Tem certeza?

Suspiro.

— É complicado.

— Aposto que sim. Uma hora você me diz que ele é um cara com quem você teve um único encontro na semana antes de me conhecer. Depois descubro que o cara está morando do outro lado da rua e está, de novo, na sua cama.

— Ah, pelo amor de Deus! — exclamo, batendo a mão na mesa. — Já disse. É uma coincidência. Foi tudo por causa do Guy. Se isso faz você se sentir melhor, ele não me reconheceu.

— Então, por que você tinha de contar a ele?

— Porque tinha. E se os gêmeos tivessem problemas no coração também?

— Tá bom. E o que ele vem fazer aqui no meio da noite se não significou nada?

Hesito.

— Não tenho que explicar isso a você.

— Tem sim, cacete. Já que minha filha está no quarto ao lado, você tem. Já que a mulher dele mora do outro lado da rua.

As palavras dele pairam no ar. A água fervendo quebra o silêncio.

— O que foi, você acha que estou quebrando alguma regra? — retruco, levantando-me e me dirigindo ao balcão. — Sabe, Tom, você está falando com alguém cuja mãe teve um mal-estar e morreu. Alguém que tem medo, todo santo dia, de que a filha seja a próxima. — Pego duas canecas e coloco-as rudemente no balcão azulejado. Jogo os saquinhos de chá dentro delas e começo a despejar a água com tanta fúria que ela espirra, queimando minha mão. — Ou seja, que regras são essas, Tom? — pergunto, agarrando a colher e apertando sem parar os saquinhos de chá. — Todo mundo a minha volta... vejo as pessoas planejando férias, escolhendo a escola, indo ao grupo de leitura, comprando um carro. E quando estou entre elas parece que sou selvagem. Não tenho nada. Um apartamento horrível. Nenhum emprego. Nenhum futuro. Elas percebem isso. Ninguém nem me convidou para a festinha dos pais no final do ano escolar. Você sabe como me sinto? Parece que não existo.

Tiro os saquinhos amassados e jogo-os com tanta força na pia que eles se espatifam no aço inoxidável e se arrebentam, revelando milhares de folhinhas. Em seguida, pego o leite na geladeira e despejo com tanta rapidez que ele transborda. Sem limpar a sujeira, volto à mesa e jogo a caneca diante de Tom, pingando chá na lateral. Continuo de pé, encarando-o.

— Então, como vê, não parece que estou quebrando alguma regra, porque não há nenhuma nesse pesadelo em que vivo. Vou bracejando por aí e emprestando dinheiro do papai. Pedindo dinheiro a você para consertar o carro, a Jez para consertar o banheiro. Sendo amiga de gente que seja um pouco gentil comigo e, acredite, não tem muita gente. Em toda essa confusão, ele é a única coisa que me faz bem. Pelo menos por alguns instantes.

— Ah, é?

— É.

Continuo de pé. Furiosa. Observando-o.

Tom toma um gole de chá. Depois faz uma pausa longa. Parece que está decidindo se diz alguma coisa.

— O que foi? — pergunto.

Ele torce a boca, pensativo.

— O que foi?

— Acho que seu leite está vencido.

— O quê? — Olho minha xícara e vejo uns floquinhos nojentos flutuando nela. — Ah, meu Deus! — grito, girando na direção da porta. — Tudo bem, Tom, você venceu. Estou um lixo. Nem fazer chá direito eu consigo. Vá se danar!

E começo a me dirigir para a porta. Mas antes que eu chegue nela, sinto a mão dele na minha manga, me puxando.

— Cal, pare. Venha aqui. Não tem problema. Escute, sente — ele diz.

Fico onde estou, obstinadamente, surpreendida pelo sorriso insinuado na voz dele. Viro-me para verificar. Ele puxa minha manga de novo, indicando a cadeira com a cabeça. Viro os olhos e me sento, mordendo os lábios.

Ele suspira e passa a mão pelo rosto.

— Escute, não estou querendo julgar você, Cal. Eu...

— Parece que sim.

— Não estou. Como disse, fico louco da vida que ele esteja se aproveitando.

Levo um instante para perceber que é consideração o que vem da boca de Tom. Observo, fascinada, enquanto suas narinas se alargam de um jeito que fazia todo mundo rir no bar porque sabíamos que uma piada estava a caminho.

— Não contei, mas ela ficou bem rabugenta comigo na outra noite, quando eu a coloquei na cama...

— Rae?

— Hã, hã. Ela me disse que estava brava porque eu a tratei como um bebê no hospital quando a carreguei na saída. E que ela odeia ser pequena porque todo mundo a trata como se fosse bebê. E disse...

— Ah, é?

— Que ela gostava quando você ia trabalhar e estava chateada comigo porque eu disse pra você não ir.

— É mesmo?

O sorriso de Tom surge, finalmente. Não resisto, sorrio também. Constrangida, tapo a boca com a mão. Há muito não sorríamos juntos por causa de Rae. Movo-me na cadeira embaraçosamente.

— Tom? — digo. — Se vai ser gentil comigo, vou avisando que vou chorar. Ando me sentindo a pior pessoa do mundo.

Ele retorce a boca como se tentasse decidir se deveria falar.

— Está bem. Escute, Cal. Vou fazer uma proposta, mas tenho algumas condições.

— O quê?

— Bem, estava conversando com Kate pelo telefone, ontem à noite...

— Sim...

— E... ela me disse que você parecia exausta...

— Que gentil.

— ... e que achava que você lidava com muita coisa. E disse que ficaria furiosa se tivesse que parar de trabalhar.

— Ah.

— Na verdade, ela me lembra você, às vezes — ele diz. — Ela é competente, sabe. E louca para seguir adiante. Sei que é minha namorada, mas você tinha que ver a cara dela quando vimos que ela teria que fazer algumas das minhas tomadas em Sri Lanka.

Era simpático da parte de Kate.

— Então... — ele continua. — Decidi...

— O quê?

— ... que quando esse contrato de Sri Lanka tiver terminado, vou procurar um emprego num estúdio fixo. Aqui.

Arregalo os olhos.

— Londres?

Ele confirma com a cabeça.

— Mas você trabalha com vida selvagem. É o que faz.

— Sim, bem, como disse, decidi. Então, se ficar por perto um pouco mais, achei que você talvez pudesse voltar a trabalhar. Eu não ganharia tanto, então você provavelmente teria mesmo que trabalhar.

Mal acredito no que ele está propondo. Vejo uma enxurrada de possibilidades. Poderíamos ser uma família de novo. Não na mesma casa, obviamente. Porém, uma família que se encontra aos domingos para passear, e no Natal, e no aniversário de Rae. E se Tom me ajudar mais com Rae, posso assumir outro contrato com Guy. Poderia sair dessa confusão. Começar a melhorar as coisas.

Pisco os olhos lacrimejantes de novo.

— Todo mundo fica me perguntando se você está trabalhando de novo, sabe. Ainda consideram você. Ligue para Guy e veja o que ele diz. Se quiser, tiro algumas semanas e levo Rae no verão para você começar e, depois, ajeitamos alguma coisa em setembro.

As lágrimas rolam. Cubro os olhos com as mãos.

— Você não precisa...

— Sim... bem, ela ainda é a minha garotinha.

Conservo as mãos no rosto. Porque sei que, se olhar para ele agora, verei a tristeza em seus olhos, lembrarão do que fiz.

É uma noite fria de inverno. Rae está com três anos. Estou escovando os dentes no espelho do banheiro quando a porta se abre e Tom entra, tirando o casaco, com a pele rosada da caminhada desde o metrô, pela rua gelada.

— Boa noite? — pergunto, esperando que ele faça o costumeiro: enfiar as mãos pela minha camiseta para me fazer rir ou me beijar em agradecimento por deixá-lo sair num sábado à noite com seus antigos colegas da seção de vida selvagem. — Como estavam todos?

— Bem — ele resmunga.

Entretanto, não se aproxima de mim. Em vez disso, anda pelo banheiro como se procurasse alguma coisa.

Observo-o pelo espelho enquanto escovo os dentes. O rosto dele não está sorridente, os ombros estão rígidos como se carregassem um grande peso.

— Você está bem? — murmuro, espalhando espuma da pasta de dente. — O que foi?

Tom evita o meu olhar. Vira-se outra vez, e de novo, inquieto, como um cachorro à procura de um lugar confortável, antes de finalmente se sentar na beirada da banheira. Inclina-se e põe a cabeça entre as mãos.

— Tom! — exclamo, me virando. — O que está acontecendo?

Ele sacode a cabeça, com os olhos no chão.

— Tom? O que foi?

Ele se endireita, mas continua com os olhos no chão.

— Só uma coisa que Graham disse.

— Que Graham? — pergunto, confusa. — O Graham veterinário do programa?

Ele concorda com um sinal de cabeça.

— O que ele disse?

Tom expira lentamente e fica muito quieto. Nunca o tinha visto assim.

Então, abre a boca.

E minha vida muda.

— Graham foi ao bar... — ele murmura.

—Hã, hã.

— E enquanto ele estava lá, Jamie nos mostrou a foto de seu filho, e todos nós ficamos de gozação porque o menino tem olhos azuis, e Jamie e a namorada têm olhos castanhos...

O sangue congelou nas minhas veias.

Por favor, não.

Viro-me rapidamente para o espelho e continuo a escovar os dentes. Se eu escovar os dentes, tudo vai continuar normal, penso.

— E todos nós ficamos fazendo piadas sobre como o leiteiro tinha obviamente feito alguma coisa quando Jamie estava longe, filmando...

Tom faz uma pausa. Seu rosto está rígido diante da dificuldade de dizer o que vem em seguida.

— ... e então Jamie virou-se para mim e me disse: "Olha só quem fala, colega".

Com minha mão que estava livre, me segurei firmemente na pia.

— E nesse ponto Graham volta do bar com mais uma rodada, e ouve Jamie falando pra todo mundo que Rae tem olhos castanhos, e você e eu...

Ele hesita.

Estou escovando os dentes com tanta força que sinto a gengiva sangrar.

— E Graham, que acha que Jamie está apenas falando de genes em geral, diz: "Não, isso não é possível. O gene para cor de olhos é recessivo. Pais de olhos castanhos podem ter filhos de olhos azuis, mas o contrário não. Uma criança de olhos castanhos tem que ter pelo menos um dos pais de olhos castanhos".

Finalmente, nossos olhos se encontram no espelho. Nossos olhos azuis.

Tom se levanta para ver Rae.

— Tom, sei que você nunca vai acreditar em mim, mas eu realmente não tinha certeza.

Ele olha para a foto de Rae na geladeira.

— Sim, você tinha, Cal.

Não consigo deixar de estender a mão e tocar o braço dele. E, por um segundo, ele permite.

— Você sempre vai ser o pai dela.

Ele puxa o braço.

— Não preciso que você me diga isso.

— Está bem, mas, por favor, não diga a Suzy — eu sussurro.

Ele tamborila os dedos na mesa.

— Não quero esse cara perto de Rae de novo. Esta é a condição — ele diz isso indo até a porta da cozinha e a abrindo.

Mordo meus lábios machucados.

Levo um instante para perceber que ele está dizendo mais alguma coisa. No entanto, dessa vez está com a voz embargada.

— Ou de você, Cal. Não o quero perto de você.

Surpresa, volto-me para olhá-lo, mas ele já vai indo para a sala.

— Tom?

— Já disse. É isso.

Capítulo 41

Debs

Às 3 horas da tarde, ela parou de ouvir os barulhos. A porta da frente da americana bateu, e pronto.

Debs estava no chão do quarto de hóspede, em posição de oração, com a cabeça entre as mãos, mal ousava se mexer.

Durante dez minutos, ela ficou ali contando. Quando o canto dos passarinhos do jardim e o barulho do trânsito foram preenchendo o cômodo gradualmente, ela foi desenrolando as faixas da cabeça que eram os cachecóis de lã de Allen, e tirou os tampões de orelha. A cartilagem das orelhas ficou vermelha e inchada. Hesitando, ela se levantou, tentando não fazer barulho. À porta, pegou delicadamente a maçaneta e a virou, segurando a respiração, intimidando-se diante do clique abafado da fechadura. Inclinou, então, a cabeça na direção do vestíbulo superior só para ter certeza.

Nada.

O silêncio banhou suas orelhas como o azeite quente que sua mãe costumava despejar ali quando ela tinha otite.

Mordendo os lábios, experimentou dar uns passinhos pelo vestíbulo superior até o corrimão, soltando todo o seu peso nele para dar passos mais leves. Se se mexesse assim, esticando os braços pela madeira do corrimão, pouco a pouco apoiando-se nele, ela poderia descer com um mínimo de pisadas.

Três minutos depois, ela andava na ponta dos pés pelo vestíbulo inferior até a cozinha, ao fundo, sem colocar os olhos na parede que dividia com a americana, como o refém que evita encarar o ladrão do banco. Na cozinha, percebeu que sua garganta estava áspera e resolveu fazer chá. Ligou o fogão, firmando a mão sobre o botão automático para abafar o som.

Por fim, expirou longamente e se sentiu com coragem suficiente para pegar uma xícara e um saquinho de chá.

Clique. Desligou o fogão.

— Argh! — exclamou num som reprimido, antes de cobrir a boca com a mão.

Foi então que deu com o próprio reflexo na prata do bule de chá. Olhar enlouquecido, as duas mãos na boca.

Ah, Senhor! O que estava acontecendo com ela?

Serviu-se de chá, tirou o leite da geladeira, fechando-a com um "psiu" suave e foi de novo atrás de uma xícara, lembrando-se, de repente, da noite anterior. Allen tinha espalhado com cuidado os pedacinhos do bule da mãe dele sobre o balcão, enquanto ela, atrás dele, estava envergonhada.

— Devo ter servido a ela milhares de xícaras de chá nessa coisa — ele disse, juntando dois pedaços da alça.

— Não fiz isso de propósito, querido — ela tinha dito. — Mas já que estamos falando disso...

Ela finalmente tinha conseguido expor seus sentimentos em relação aos pertences da mãe dele. A forma como eles se intrometiam em sua nova vida de casada. Como ela gostaria de vendê-los ou de colocá-los num depósito.

— O que quiser, querida — ele respondeu, se sentando com as palavras cruzadas.

Tinha sido tão bom. Ela assumira o controle, como Alison tinha sugerido. Enfrentara o medo. Consertara alguma coisa.

E agora estava indo para a própria cozinha na ponta dos pés, apavorada de novo.

Debs pensou: "Isso não pode continuar. Precisa ser consertado também".

Desesperada, vasculhou a mente em busca de uma solução. Num instante de clareza, soube o que tinha que fazer. Iria convencer Allen a vender a casa. Esta noite. Ela o convenceria esta noite. Sim, custaria milhões mudar de novo, provavelmente tudo o que ela havia economizado e investido nesta casa se perderia em mais uma rodada de comissões, advogados e impostos, mas, dessa vez, ela assumiria o controle, garantindo que conseguissem o que era certo. Eles se mudariam de Londres, talvez para a região de Hertfordshire, e então Allen poderia viajar para o trabalho. E dessa vez eles seriam desprendidos. Procurariam um bangalô. Talvez com um jardim amplo, numa alameda, onde os Poplar não a pudessem encontrar. Onde ela não enlouquecesse imaginando se seus vizinhos a estariam perseguindo, simplesmente porque não haveria vizinho nenhum.

Por um instante, essa decisão acalmou seus nervos abalados. Era uma solução. Terrível, mas, mesmo assim, uma solução.

Então, um pensamento a abateu. O aeroporto de Luton não era em Hertfordshire? Não haveria aviões voando sobre...

Ah! Com uma brusca inspiração ela de repente, por fim, percebeu a loucura em sua própria voz.

— Não — disse, sacudindo a cabeça diante do que se tornara. Nada disso.

Capítulo 42

Callie

Vinte minutos depois de Tom sair, estou levando o lixo para fora e vejo Suzy vindo de sua casa. Desprevenida, escondo o rosto. Não sei se consigo lidar com ela agora.

— Oi! — ela chama, atravessando a rua.

— Oi — digo, conservando os olhos baixos, como se estivesse olhando para algo que tivesse caído.

— Tudo bem? — ela pergunta, confusa.

— Sim — respondo —, só cansada.

— Rae, querida! — ela chama, passando por mim e entrando direto no apartamento.

Onde ela está indo? Levanto-me e a sigo.

— Ah, o policial ligou pra você ontem? Sobre a Dona Doida?

— Ah, tinha me esquecido disso. Não.

— Precisa ir atrás dele, querida. Vou lhe dizer uma coisa maluca — ela aponta a cabeça. — Não vou deixar as crianças no jardim.

— É mesmo? Tá bom.

— Bom — Suzy franze a testa de modo desolado e afaga meu braço. — Você está bem? Está acontecendo de tudo esta semana, hein? Vi Tom aqui hoje cedo. Vocês estão bem?

— Sim... é, ele resolveu voltar para Londres em tempo integral para me ajudar com a Rae. Então, posso voltar a trabalhar.

Suzy arregala os olhos e sorri.

— Que bom, querida! Já não era sem tempo.

E continua a afagar meu braço. O calor do atrito penetra em meus músculos exaustos, e meus ombros caem como paus de barraca. O cansaço me percorre e, de repente, sinto vontade de me sentar.

— Querida — ela murmura —, você parece acabada. Deixe-me levá-la?

— Quem?

— Rae. Para o rinque de patinação? Jez vai dar uma parada na loja de telefones de Muswell Hill, no caminho de volta de Hampstead, com os meninos. Vou pegar Henry com ele na rotatória da Broadway, e depois levo Henry e Rae para o palácio.

A festa de Hannah. É hoje. É agora.

— Ah, não sei, Suze. Não tenho nenhum presente...

— E quem disse que a tia Suzy não arrasa? — Suzy brinca, tirando da bolsa uma caixa da boneca Polly. — Comprei em Brent Cross. Achei que você não ia ter tempo pra isso.

— Obrigada — resmungo. — Mas não sei. Ela está cansada e...

Não a quero perder de vista.

Suzy se ergue e me pega pelos ombros.

— O que é, querida? Não confia em mim?

Olho para o rosto gentil de Suzy e todas as emoções das últimas doze horas despencam de uma vez. Lembro-me do que Jez disse sobre a tensão dela. Percebo que para mim chega. Não posso mais magoar essa mulher.

— Sim. Sim. Claro que sim...

— Então, eu faço isso para você. Você teve uma semana maluca. Coloque as pernas para cima, assista a um filme. E aí se o policial ligar, você pode falar com ele direito, sem a Rae por perto. Vai estar uma bagunça no rinque de patinação.

Ontem à noite, quando finalmente adormeci, sonhei que Rae passava por mim esquiando, com os lábios azulados, e eu ficava gritando para ela parar e ela não se virava.

— Ah, como você está linda, querida! — Suzy fala com Rae por cima do meu ombro. — Está pronta? — E pisca para a garota.

Deparo-me com Rae vestida para a festa, com o rosto radiante de animação. O pânico toma conta de mim.

— Na verdade, não. Desculpe, Suze. Eu só...

— Não! — Rae grita, olhando para Suzy. — Mamãe, não! Eu quero ir. Não é justo. Eu nunca posso fazer nada legal. Nunca. Nunca vou a festas. Hannah quer que eu vá.

Seus lábios tremiam enquanto ela falava. Na semana passada, tudo o que eu conseguia pensar era em como eu queria que Rae, afinal, tivesse uma oportunidade de vida de fato. Agora estou fazendo exatamente o oposto ao deixar que minha ansiedade em relação a riscos remotos estraguem a vida dela de novo.

— Querida — Suzy diz, olhando para mim. — Ouça a tia Suzy... — Sorrio sem vontade. — Você sabe que eu a protegeria com minha vida. Se estiver preocupada, vá atrás de nós depois de falar com a polícia. Jez vai mais tarde com os gêmeos, aí então seremos dois.

Rae começa a berrar e pular sem parar.

— Está certo — resmungo, reagindo contra as vozes em minha cabeça.

Vou até uma prateleira arejada e pego uma bolsa que Debs marcou "inverno", tirando dela um casaco.

— Suzy, é frio lá dentro. Se ela ficar gelada, coloque isso sobre a blusa.

— Claro, querida.

Ela me olha e toca o meu braço de novo.

Suzy ergue Rae para mim. Rae e eu nos beijamos, e eu penso como o beijo dela é suave. Macio e doce como um pêssego. Quero devorá-la. Conservá-la aqui comigo. Segura.

— Diga adeus à mamãe — Suzy diz.

E eu a deixo ir.

Capítulo 43

Debs

Embora os barulhos tivessem parado, Debs precisava fugir de casa. Então, pegou alguns cravos franceses dourados que Allen tinha colhido numa creche em Cruise Hill vindo para casa, no sábado, depois do críquete, e decidiu plantá-los no canteirinho do jardim da frente para tentar relaxar.

Levou uns instantes para perceber que estava ouvindo vozes.

A americana.

Abaixando-se, Debs espiou através da cerca viva. Suzy estava à entrada de Callie, segurando Rae pela mão.

Através das folhas, Debs viu Suzy e Rae acenarem para Callie, e ouviu a porta da frente bater.

— Consegui! — Rae ria. — A mamãe me deixou ir!

— Garota esperta. Eu disse a você.

— Vamos para Ally Pally, tia Suzy? — Ela ouviu a garotinha dizer.

Não ouviu a resposta de Suzy, mas as duas cruzaram a rua e ficaram perto de onde Debs estava escondida. Ela ficou paralisada como um ratinho nas garras de um gato. Estavam tão próximas que poderia tocá-las pela cerca. Então, ouviu um bipe, e o som de portas se abrindo. Viu dois pezinhos desaparecerem da calçada e a porta do passageiro fechar.

Em seguida, ouviu um cochicho. Um cochicho esquisito.

Ela apurou o ouvido e ouviu a americana falando consigo

mesma num falsete. Levou um instante para perceber que se tratava de uma imitação desagradável da voz de Rae.

— Mamãeeee, meee deeixa! — ela sussurrou. A voz tomou o tom normal, mas permaneceu abafada. — Ah, sim, vamos ver o que mamãe faz quando a titia Suzy ficar bem cansada de se ferrar, doçura.

Ela abriu a porta do lado do motorista e seus pés desapareceram no carro. Debs instintivamente se adiantou, à toa, na direção da menina trancada no carro. A cerca viva farfalhou com esse movimento, fazendo-a arfar.

Os pés da americana voltaram para a calçada e apontaram para Debs.

Debs apertou os olhos.

— Olhe para mim.

As palavras eram frias. Debs abriu os olhos e deu com Suzy encarando-a através da cerca viva.

— Estou de olho em você — a americana disse friamente. — Espiando nossas crianças. Não viu o meu bilhete, é? — Ela ergueu o punho. — Os dentes vão parar atrás da sua cabeça, maldita! Não vou dizer isso de novo. Quer que eu deixe o recado na sua secretária eletrônica?

Com isso, Suzy se virou e entrou no carro, deu a partida e foi embora.

Ah, meu Deus!

Debs se sentou no calçamento do seu jardim.

Ah, meu Deus!

Ela tinha razão o tempo todo.

Desesperadamente, a cabeça de Debs estava a mil. A mulher era um monstro. O que deu em Callie para deixar Rae com ela? Os olhos de Debs se dirigiram à porta de Callie. Por um segundo, ela pensou em correr até lá, bater na porta e contar para Callie o que Suzy tinha acabado de falar. E o que tinha ouvido esta tarde através das paredes.

Porém, a jovem nem tinha respondido ao seu bilhete de ontem. Se Debs aparecesse na porta dela arengando sobre bilhetes em giz verde e estranhos telefonemas, ela talvez chamasse a polícia.

Isso era horrível.

Havia Allen, claro...

Considerou entrar em casa e pegar o telefone. Ele acreditaria nela?

— Ah — ela gemeu. Para que ter um marido se ele não acredita em uma palavra sua?

O clique de uma porta do outro lado de sua casa a surpreendeu. Começou um som de algo raspando. Curiosa, Debs lançou um olhar à direita, através da cerca viva, e viu uma mulher de uns 60 anos, de cabelos brancos emoldurando um rosto largo, ajoelhada no jardim do número 17, olhando alguma coisa.

— Ah, olá — a mulher disse, olhando-a. — Você acabou de se mudar?

— Sim — Debs disse, constrangida por ter sido flagrada olhando pelo arbusto. Ela se levantou rapidamente e foi até um buraco dos arbustos. — Olá, Debs.

— Beattie — a mulher disse, limpando a mão enlameada na testa e estendendo-a para cumprimentá-la pelo meio dos galhos dos ciprestes. — Olha que coisa estranha. Acabei de chegar de Suffolk e alguém rearranjou todas as pedras do meu jardim.

— Ah... — Debs arfou.

— O que foi, querida?

— Eu... eu... — Ela tentou falar, mas as palavras não saíram e a sua respiração ficou irregular.

— Eu... eu... — falava abruptamente e desistiu quando os soluços interromperam as palavras e as lágrimas rolaram de seus olhos.

— Ah, coitada! — a mulher exclamou. — O que foi? Você está bem?

Debs sacudiu a cabeça, incapaz de falar.

— Escute, venha aqui — Beattie disse, guiando-a pelo portão. — Venha aqui um instante. Vamos ver se podemos ajudá-la.

Baixando os ombros, Debs fez o que ela mandou. Saiu pelo seu portão e encontrou a nova vizinha esperando-a no dela, com as mãos estendidas.

— Sinto muito — Debs soluçou. — É que...

— Não. Não se preocupe — a mulher disse. — Venha e se sente um pouco.

Ela guiou Debs pelo braço para dentro da casa, que cheirava a algo recém-assado. As paredes eram pintadas de tons verdes sofisticados, e havia nus e paisagens de bom gosto nas paredes. Debs achou um lenço no bolso e tentou secar as lágrimas enquanto acompanhava a mulher até os fundos da casa, que, diferente da dela, tinham sido derrubados e se transformado numa cozinha grande, aconchegante, com uma comprida mesa de pinho, uma imensa fruteira na mesa e um laptop aberto e funcionando. Havia fotos de netos no aparador e livros enfileiravam-se nas paredes.

— Então, o que posso lhe oferecer? — Beattie disse, gentilmente. — Uma xícara de chá?

— Seria ótimo, obrigada — Debs fungou. — Desculpe. Deve achar que sou louca. Tenho andado sob grande tensão recentemente. Já estava um pouco indisposta quando Allen e eu nos mudamos, e agora parece que me meti num confronto horrível com a vizinha do outro lado, que deixou tudo ainda pior.

— A americana do outro lado? — Beattie perguntou, séria.

Debs concordou com a cabeça.

— O meu marido acha que estou ficando louca, que estou imaginando coisas, só que eu acho mesmo que ela é bem instável. Tem havido um monte de barulho na minha casa, e o meu telefone não para de tocar, e acho que ela encheu minha caixa de recicláveis com as pedras do seu jardim. E o pior é que me colocou numa situação em que eu quase machuquei a criança de outra vizinha, acidentalmente, o que é horrível porque sou professora e a única coisa em que sou competente é em cuidar de crianças pequenas, e a mãe da menina está chateada comigo, e provavelmente vou perder o meu emprego por conta disso, e...

Ela engoliu as lágrimas.

— E você acha que essa mulher fez tudo isso? — Beattie perguntou.

Debs hesitou. Ah, não! O que tinha feito? Agora essa mulher simpática ia pensar que ela era louca também.

— Não me surpreenderia — Beattie disse, balançando a cabeça.

Debs assoou o nariz.

Levou um instante para perceber o que Beattie acabara de dizer.

— Como? — ela sussurrou.

Beattie preparou o chá e separou duas canecas.

— Eu disse que isso não me surpreenderia. Bom. Vamos comer um pedaço de bolo. — Ela arrumou um bolo de limão num bonito prato de porcelana e trouxe duas canecas fumegantes.

— Acho que é uma mulher muito esquisita. Os Henderson foram embora por causa dela, embora provavelmente não quisessem que eu lhe contasse isso. Ela bateu na porta deles logo depois que chegaram, uns dois anos atrás, e lhes pediu para não estacionarem na frente da casa dela. O senhor Henderson achou que talvez isso se devesse ao fato de ser americana e não perceber que numa rua como esta, sem restrições para estacionar, a gente pode parar onde quiser. Mas parece que ela se tornou bem desagradável e repetiu que não queria o carro dele na frente de sua casa. Ela queria o espaço para o carro deles. Eles acharam que isso era meio absurdo, mas na vez seguinte em que pararam na frente da casa dela, ela saiu de casa e gritou com eles. Sheila Henderson disse que foi bastante assustador. Depois, ela colocou o aspirador perto da parede deles e o deixou lá o dia todo. Às vezes, ela dava descarga no banheiro durante a noite, quando eles estavam tentando dormir. Então, no verão, ligou o rádio no máximo na janela. Eles acham que ela pode ter tentado envenenar o cachorrinho deles também. Um dia, encontraram, no jardim, uvas e chocolate, que são tóxicos para alguns cachorros. No final, eles a denunciaram, mas disseram que teriam que flagrá-la. Ela era esperta demais para isso. Tenho certeza de que você compreendeu, mas esta é uma rua muito agradável. Todo mundo entra e sai da casa um do outro, então todos os vizinhos souberam. Não demorou muito e até as mulheres estacionavam na rua principal tarde da noite só para evitar o espaço da casa dela.

Debs gelou.

— Mas ela está cuidando da menina do outro lado da rua.

— A menina que trombou com o filho da Mary? — Beattie disse.

Debs arregalou os olhos.

— O filho da Mary?

— Sim, Mary da rua vizinha. O filho dela caiu da bicicleta outro dia, só contou a ela ontem que uma menina estava lá também. Mary deu um pulo lá ontem para saber se ela estava bem, mas a mãe não estava.

O rosto de Debs ferveu.

— Qual o problema, querida?

— Ah, minha nossa! É ela. Em tudo.

— Como assim?

Debs levou a mão à boca. Como pôde ter sido tão burra? Sua paranoia imbecil a impediu de ver o que estava bem diante de seus olhos. Ela tinha razão o tempo todo. A americana era louca e talvez perigosa também.

E estava com Rae.

— Beattie — ela disse, olhando-a. — Isso é muito importante. Você precisa me contar agora tudo o que sabe.

Capítulo 44

Suzy

O rinque de patinação estava cheio quando chegaram às 4 horas da tarde. O imenso estacionamento, à direita do Alexandra Palace, estava quase lotado com a multidão de fim de semana, com pessoas usando o minigolfe, a pista de skate, o lago e o café. Henry e Rae, animadíssimos com a perspectiva, tinham gritado desde Muswell Hill, onde um taciturno Jez havia esperado na rotatória em sua 4x4. Suzy tivera que os mandar calar para conseguir se concentrar no tráfego e chegar em segurança.

— Você é nariguda! — Henry gritou.

— Você é bigodudo! — Rae revidou cheia de alegria.

— Crianças! — Suzy chamou ao puxar o breque de mão. — Vocês vão ter que se comportar se quiserem ir à festa. A mãe da Hannah tem um monte de crianças para cuidar e vai precisar que vocês fiquem bem bonzinhos.

Eles gargalhavam com espontaneidade e sacudiam, juntos, as pernas de tanta animação.

Bem, qual seria a melhor forma de fazer isso, ela pensou. Dirigiu até encontrar uma vaga perto do portão. As crianças soltaram os cintos. Suzy saiu do carro e abriu a porta para que os dois pudessem saltar. Do banco da frente, ela pegou os presentes que tinha comprado para Hannah e os entregou às crianças. Cada um segurou um, e, rindo, foram até a entrada de mãos dadas.

— Cuidado — ela gritou enquanto trancava o carro.

Suzy abriu as grandes portas azuis e as crianças a atravessaram correndo. Caroline estava esperando na entrada que dava para o rinque de patinação. Mostrava um sorriso para todo mundo, escondendo nas pantalonas pretas as pernas que seriam sempre grossas, não importa o quanto corresse.

— Oi! — ela disse, acenando para as crianças. — Hannah está louca para ver vocês!

Suzy chegou por trás das crianças, pondo a mão no ombro de Rae para lembrá-la de entregar o presente.

— Muito obrigada — Caroline disse, o sorriso mudando imperceptivelmente ao se virar para Suzy. — Callie não veio com vocês?

— Não. Está descansando. — Suzy esperou até que Rae e Henry tivessem corrido ao encontro de Hannah, que usava um vestido de princesa, todo resplandecente. Hannah abraçou Rae e elas pularam sem parar.

— Na verdade, Caroline — Suzy disse —, vou ter que levar Rae para casa de novo. Estou começando a achar que ela não está pronta para isso.

Caroline olhou para Rae. O rosto dela estava animado e vivo; os olhos, brilhando.

— Ah, que pena, ela parece tão bem!

— É. O problema é esse — Suzy disse. — Se se anima demais, pode ficar doente de novo.

— Ah, bem, vamos levar Henry para patinar então — Caroline disse, fechando um pouco a cara. Henry só estava ali por causa de Rae, e ambas sabiam disso. — A festa acaba às cinco e meia.

Suzy sorriu. Atraiu a atenção de Rae e a chamou.

— Querida, você parece cansada — ela disse.

— Estou ótima.

— Não sei. Venha até o carro um instante para que eu possa verificar, tá bom?

— Ah, tá — Rae respondeu, confusa.

Suzy a pegou pela mão e foi até Henry.

— Querido, me dê um abraço. — O garotinho, tão animado, já estava ansioso para ver o que as outras crianças estavam fazendo. — Henry — Suzy repetiu. — Olhe para mim. Me dê um beijo. — Ele virou o rosto para a mãe, mas não os lábios, e seus olhos vagueavam na direção do rinque. Ela conseguia sentir os músculos dele dobrando-se contra ela, empurrando-a. Exatamente como o pai dele. — Henry, escute. Papai vem pegar você mais tarde. Escute, quero que seja um bom menino com ele, tá bom? — Mas ao não ouvir nenhuma resposta, ela o pegou e o abraçou com força de novo. — Amo você, filhote — ela disse.

Porém, Henry já estava meio fora dos braços dela, contorcendo-se para livrar o resto do corpo.

— Me solta! — ele gritou, batendo no braço dela.

Ela viu a expressão de Caroline.

— Bom, vamos embora, querida — murmurou para Rae, guiando-a para a entrada antes que Caroline mudasse de ideia em relação a Henry.

Lá fora, o céu, antes claro, parecia que tinha sido sombreado por um lápis. Pingos pesados de chuva atingiram a cabeça delas. Rae virou-se para trás.

— Mas eu quero ir para a festa — começou a choramingar.

Suzy abriu a porta e a conduziu para dentro do carro.

— Agora não, querida. Agora vamos sair um pouquinho.

Capítulo 45

Callie

Não consigo parar de olhar para o relógio. Falta pouco para as 4 horas e a festa vai terminar às 5h30. Eles vão levar quinze minutos para se despedir, encontrar o carro e vir para casa. Uma hora e quarenta e cinco minutos. Dá para aguentar. Suzy vai estar lá, e Jez. Se precisarem de mim, posso chegar lá em cinco minutos.

Preciso deixar Rae fazer isso. Dei-lhe a vida, agora preciso lhe dar a oportunidade de viver.

Para tirar a cabeça da ausência dela, ando pelo apartamento e arrumo as coisas. Desde que Debs colocou tudo em ordem, tenho que admitir, relutantemente, que gosto mais e que comecei a usar as pastas dela: ao abrir a última conta de gás de manhã, o envelope foi para a reciclagem e a conta foi pendurada no quadro. Com a mesa arrumada, minha mente ficou mais clara. A confusão está passando.

Repentinamente, meu telefone toca. Arrebato-o, no caso de ser Suzy ligando do rinque de patinação. O número aparece como "particular", deve ser o policial respondendo.

— Desculpe, demorei muito — ele diz. — Não há muito que possa lhe contar, infelizmente. Pois não podemos acusar Debs Ribell de nada... Não há evidências de que ela tenha empurrado sua filha na rua, e a menina não sugeriu que isso tenha acontecido. Não tenho mais nada para dizer no momento.

— Mas quando eu lhe disse que me preocupava com o comportamento dela, tive a impressão de que você sabia de mais alguma coisa.

— Desculpe, mas qualquer informação prévia que eu tenha sobre a Sra. Ribell é confidencial — ele repetiu, de um jeito bem profissional. — Não há muito o que eu possa dizer.

— Isso é absurdo! Ela está por essa rua gritando comigo e minha amiga, e assustando as crianças. O que mais ela precisa fazer? Machucar alguém?

Ele faz uma pausa e eu o ouço respirar fundo.

— Escute. Antes de qualquer coisa, nada pode ser feito a menos que a senhora a denuncie. Portanto, ela foi verbalmente ou fisicamente invasiva com a senhora?

— Não.

— Ela fez alguma ameaça?

— Não! — respondo, frustrada. — Bom, ela arrumou a minha casa sem que eu pedisse.

Ele não diz nada.

— E ela me deixa aflita. Não confio nela.

— Bem, não há nada que possamos fazer. Sinto muito. Não podemos prendê-la por arrumar sua casa nem por deixá-la aflita.

Para crédito dele, ele não disse isso com um sorriso audível.

— Mas ela trabalha na escola da minha filha. Escute, você precisa me contar o que sabe. De jeito nenhum vou deixar minha filha na escola de novo enquanto essa mulher estiver lá. — Ao falar de Rae, sinto muito vontade de vê-la. Assim que terminar esse telefonema, vou correndo para a festa.

Outra pausa.

— Escute, a senhora já a procurou no Google? — ele pergunta.

Claro.

Dois minutos depois, estou à porta de Suzy e Jez, tocando a campainha. Ninguém. Jez ainda deve estar em Muswell Hill com os gêmeos.

Reviro nos dedos as chaves sobressalentes da casa deles, imaginando o que fazer. O celular de Suzy está caindo direto na caixa de mensagens, o que significa que ela está no rinque de patinação e o desligou.

Será que ela se importaria? Não seria a primeira vez que eu entraria para usar o computador, já fiz isso para comprar ingressos para meu pai ou coisas assim. Porém, seria a primeira vez que o faria sem pedir.

Olho para a porta da frente. Foi Suzy quem me pediu para checar a Debs na polícia, afinal.

Fazendo caretas de desconforto, coloco a chave na fechadura e enfio a cabeça para dentro a fim de verificar se não há ninguém lá.

Ainda estão fora. Tenho certeza de que, dadas as circunstâncias, eles não se importariam.

Na ponta dos pés, subo os dois andares até o escritório de Jez, abro a porta e ando pelo carpete até o computador. O lugar tem o cheiro dele. A leve fragrância de algo caro que ele usa quando se barbeia. Meu corpo inteiro se arrepia. Recosto-me no couro gasto, imaginando só por um segundo que esse couro macio é o corpo dele a me envolver.

O computador está ligado. Cautelosamente, teclo "Deborah Ribell, professora" no Google.

Levo um minuto para perceber o que estou vendo. É uma notícia repetida em todos os jornais nacionais de formas diferentes.

Setembro de 2008, elas dizem. Seis meses atrás.

Meus olhos deparam com a manchete:

Professora de Hackney é culpada de agressão

E ali há o nome de Debs. Nas páginas on-line de um jornal local.

18 de setembro de 2009

Hoje, uma professora de Hackney confessou-se culpada em uma denúncia de agressão a uma menor no Tribunal do Júri de Hackney.

Fico boquiaberta.

Deborah Ribell, professora de inglês da Queenstock Academy, admitiu ter agredido uma estudante de 15 anos, conhecida como Criança D, duas vezes no rosto, em Victoria Park, no dia 10 de agosto. A sentença foi suspensa para que o advogado da Sra. Ribell possa apresentar um pedido de atenuação. O caso continua...

Uma porta bate do lado de fora e me assusto. Levanto-me e olho pela janela do sótão e vejo Debs fechando a porta de sua vizinha.

Ela anda até a calçada, cruza a rua e vai dar na minha porta.

— Que diabos?... — sussurro.

— Callie! — ela chama, com voz aguda, batendo na minha porta. — Callie! — ela bate sem parar, apertando a campainha três ou quatro vezes. Afasto-me da janela para que ela não me veja, e continuo a observando. Quando ninguém responde, ela sai dali com um olhar enfurecido.

— Aaaaaaaaargh! — ela grita, batendo o portão e subindo a Churchill Road.

Ah, meu Deus! Suzy tinha razão. Ela é maluca.

Será que foi por isso que Rae caiu? E se Debs perdeu a paciência com Rae por ter corrido no caminho de casa depois da escola?

E se bateu nela?

Horrorizada, volto ao computador para ler o restante das notícias e vejo uma pequena mensagem pulando no meio da tela.

De onde isso veio?

Curiosa, eu a leio.

"Vc tá aí?", diz a mensagem.

Olho em volta, constrangida, como se a pessoa pudesse me ver. Seja lá quem a enviou, deve saber que o computador de Jez está conectado. Não há nenhuma assinatura, mas, então, eu vejo o endereço da mensagem na parte superior do retângulo: "SashaGraciosa".

Espero um pouco, porém mais nada acontece.

Uma mensagem para Jez. De SashaGraciosa.

Querendo saber se ele está.

Tentando passar por cima da sensação esquisita que isso me provocou, desço o cursor para ler a reportagem seguinte. Estou clicando no link quando meu telefone toca. Atendo sem olhar, achando que é Suzy.

— Oi? — respondo. — Onde você está? Não consegui falar com você. Escute, você não vai acreditar, mas...

— Callie? — A voz é conhecida, mas não consigo identificá-la.

— Sim?

— É Caroline, mãe de Hannah.

— Ah, oi! — digo, surpresa. — Está tudo bem?

— Mais ou menos, Callie. Desculpe. Acho que Henry está passando um pouco dos limites. Ele empurrou outro menino no rinque. Meio difícil. Não tenho como lidar com isso. Tentei falar com Suzy, mas o celular dela está desligado. Rae já está bem o suficiente para você vir buscá-lo?

— Desculpe, Caroline, o que você disse de Rae?

— A Suzy não a deixou com você?

— Não. — Eu me levanto e olho de novo pela janela para ver se acabaram de chegar, mas não há nem sinal delas. O carro de Suzy não está na rua, tampouco. — Desculpe, mas por que ela faria isso? Não estou entendendo, Caroline.

— Ah, que estranho! Suzy levou Rae direto para casa quando deixou Henry. Disse que Rae não estava bem. Desculpe, pensei que ela a tivesse levado para sua casa.

Olho o relógio, desvairada. Elas já estão fora há meia hora. Onde estão?

— Caroline, como assim "Rae não estava bem"? Ela estava respirando esquisito? — Eu enfatizo.

— Não, não. Na verdade, Callie, achei que ela estava ótima. Não entendi bem por que Suzy a estava levando, para ser sincera. Escute, não se preocupe. Vou segurar Henry aqui até saber...

Mas eu não estava mais ouvindo. Desci correndo as escadas.

Capítulo 46

Debs

Uma chuva pesada estava caindo. Ao chegar no palácio, Debs limpou os óculos, mas eles embaçaram assim que os recolocou no nariz.

Ofegante, começou sua busca. Olhou em todos os lugares que conseguiu imaginar: no estacionamento do rinque de patinação, nos gramados ao lado dele e ao longo do passeio na parte da frente do palácio. Até entrou no rinque de patinação e espiou pelas imensas portas de vidro, porém não havia nenhum sinal dos cachos castanhos de Rae no rodopio de crianças. Então, ela foi para os fundos do palácio e explorou o parquinho, onde pais e crianças desapareciam numa confusão de botas e capas, esvaziando-o rapidamente, já que a chuvarada continuava.

— Onde elas estão? — Debs murmurou.

Completou uma volta pelo lago dos patos, mas o único movimento ali era o da chuva caindo nele e espirrando a água barrenta no ar. Depois a área de skate, com suas rampas lisas e silenciosas. Nada.

Tudo estava vazio. O palácio era assim. Num minuto apinhado de vida; no seguinte, um lugar vazio, pontilhado de cantinhos sombreados, frestas ameaçadoras entre arbustos, curvas de tocaia e colinas com sabe-se lá o quê depois do cume, tudo embaraçosamente longe dos olhos dos passantes. O cardigã molhado de Debs parecia grudado em seu corpo, assim como as calças. O cabelo curto colou no rosto. A chuva entrou em seus sapatos, deixando-a com meias úmidas e incômodas.

Onde estavam aquela mulher e Rae?

Ela se virou e soltou um grito agudo quando um bull terrier veio em sua direção. O dono, um homem de rosto carrancudo com capuz à prova de água, o chamou sem pedir desculpas.

Malditos nervos! Estava cansada de ser intimidada.

— Rae! — gritou com voz fraca, como se isso ajudasse.

Subiu de novo até a parte alta do palácio, que tinha vista para Londres e para o trecho íngreme do parque em frente ao palácio. Com certeza, elas não estão ali. Com essa chuva não haveria nada a fazer. Nenhum estacionamento, nenhum abrigo. Só árvores e caminhos pelo bosque.

Bosque.

Ela estremeceu. Não ia num bosque desde o dia em que aquela pavorosa menina Poplar e seu namorado nojento a tinham enfrentado no Victoria Park, acuando-a quando fazia um passeio num sábado de manhã para refrescar a cabeça. Xingando e rindo, e mostrando as fotos que ela não aguentava olhar. Imagens repulsivas de algo que tinha sido tão tímido, cuidadoso e precioso, e que tinha sido transformado por essa jovem perversa e seu astuto namorado em algo tão público, repulsivo e pavoroso que Allen estava a ponto de se mudar para o quarto de hóspede a fim de evitar que Debs tivesse, um dia, que considerar fazer aquilo de novo. Sabe-se lá se ele poderia tentar de novo ou por que ele ainda estaria com ela, depois daquele pesadelo humilhante.

O coração de Debs acelerava. Ah, ela estava cansada disso! De ser aterrorizada. De levar a vida na dependência do comportamento dos outros. Por que sua mãe nunca lhe tinha dado fibra?

Naquela tarde, a americana tinha colocado pornografia para tocar. E Debs tinha permitido. Tinha permitido que ela aumentasse o volume e a torturasse com sons arquejantes e gemidos que fizeram com que Debs se sentasse na beira da cama, tapando os ouvidos.

Ela olhou para a vista de Londres. Basta, Debs, ela pensou. Está na hora de se defender.

Pegando o celular, ela se sentou num banco e ligou para Allen, no jogo de críquete. Esperando que o celular estivesse desligado, se surpreendeu ao ouvir a voz dele.

— Sou eu, querido — ela disse, na voz mais segura que pode emitir. — Escute, por favor. Sei que esses últimos meses têm sido difíceis para você, desde que tudo aconteceu, mas receio que esteja errado em relação a eu estar imaginando coisas. A vizinha do outro lado confirmou. Tenho provas. E agora ela pegou a garotinha e tenho certeza de que a está assustando. Estou no Alexandra Palace neste momento, procurando por ela.

Ela o ouviu suspirar.

— Allen. Por que ficou comigo? Depois de tudo o que aconteceu?

Essa era uma pergunta que ela nunca ousara fazer. Eles tinham traçado o caminho, desde o primeiro encontro num restaurante, com exemplares do *Guardian*, Debs tão nervosa que quase vomitou num vaso de plantas, até o casamento, sem dizer muita coisa.

— Vou ser o próximo a jogar, querida, quando a chuva parar — ele murmurou.

— Por favor, Allen. Me diga agora. Era melhor do que simplesmente ficar sozinho?

— Não.

— Bem, e então?

— Ah, Debs, por favor, querida...

— Allen! — ela disse à meia-voz, batendo um pouco o pé. Sacudiu o queixo de um lado para o outro, fazendo os óculos mexerem. — Querido, desculpe, mas se você e eu vamos fazer esse casamento funcionar, então tem que conversar comigo. Porque, porque, desculpe, querido, mas eu, eu... — O tom de voz começou a subir. — Não aguento mais. Não aguento mais. Estou morta de medo de você, se quer saber. Piso em ovos a sua volta o tempo todo, só esperando que você me diga que foi um equívoco. E não aguento mais isso. Se não gosta de como eu sou, Allen, então, bom, talvez devesse me dizer e a gente acaba logo com isso. Não consigo viver assim, me sentindo julgada todo dia por minha estupidez, ou pelo jeito que lavo as meias e observo as coisas, ou pelo que minha irmã disse...

— Não diga isso — ela o ouviu sussurrar. — Não diga isso.

— Mas você diz! E, quer saber, talvez tenha razão. Talvez eu seja uma aposta ruim. E você nunca deveria ter se envolvido comigo. Acho que o único motivo de ainda estar comigo é porque, quando se deu conta de que eu era uma aposta ruim, você não quis cair fora, porque é educado demais. Porque é esse o tipo de pessoa que você é, Allen, não é? Alguém que cuida de outras pessoas. Pessoas capengas. E é isso o que sou, capenga.

Ela o ouviu respirando fundo.

— Não.

— Como? — ela fungou. — Não minta.

— Não, Debs, eu me casei com você por causa do contrário disso.

— Não, não foi.

— Sim, foi. Eu me casei com você porque... bem, o jeito que eu via você trabalhando tanto com aquelas crianças, quando tanta gente já desistira delas. E o jeito como sua irmã é tão difícil com você, mas de alguma maneira você sempre a perdoa. E porque você gosta tanto dos seus livros, ainda que sejam tantos que eu não tenho onde colocar meus troféus de críquete.

Ela não resistiu. Um sorriso brincou nos seus lábios.

— Admiro isso, querida. O quanto você sabe sobre eles e como gosta deles. E me incomoda que você não aceite a minha proposta de tirar um ano e fazer o seu mestrado em inglês, pois sei que você sempre quis isso. Não é algo que eu pudesse fazer, mas adoraria vê-la fazendo. E você não se sai mal nas palavras cruzadas tampouco. Talvez não seja tão boa quanto eu, mas...

Para sua surpresa, ela de repente riu furtivamente diante da brincadeira inesperada.

— Debs. Você não precisa se preocupar, querida. Tudo vai ficar bem.

— Será, Allen? É que eu estou tão cansada — ela suspirou.

— Sei que está.

— Não, Allen, não sabe. Estou muito cansada de ser provocada por gente que não tenta ser nem um pouco gentil em nenhum momento. Sinto que quero enfrentá-los, não importa o que aconteça. Quero que as coisas voltem a ser como eram entre nós. Você se lembra? Levamos tanto tempo para nos encontrar e aí, e aí aquela menina... Que direito ela tinha...

— Sim, querida.

— OK, Allen. A questão é: preciso que acredite em mim. É assim que isso vai funcionar. Preciso que acredite em mim. Então, vou pedir: você pode, por favor, vir ao Ally Pally me ajudar?

Ele fez uma pausa.

— É isso o que quer?

— Sim, é. Na verdade, Allen, acho até que pode me salvar.

— Está bem.

— Obrigada, Allen. Desculpe se isso causa um problema no seu jogo.

— É só críquete, querida.

Houve uma pausa quando ambos sorriram diante dessa brincadeira imprevista.

Agora, encontrar aquela mulher.

Debs andou pelos degraus de pedra que davam no parque, forçando-se a deixar o medo quando se embrenhou pelo bosque que levava à área selvagem, distanciando-se da rua. Ela ia encontrar aquela menina e ver se estava bem, mesmo que fosse a última coisa que fizesse na vida.

Capítulo 47

Suzy

A chuva caía no para-brisa do carro como as bombas de água que Henry jogava no jardim. Milhares de suaves bombas de água. Não havia chuva desse tipo no Colorado. Lá, ela vinha em ondas imensas, poderosas, que encharcavam as planícies e despencavam entre as montanhas formando pesadas cortinas de água. Abatia a gente sem dó, lavando a terra com um desfile de trovoadas, que, de tempos em tempos, iria girar pelos ares em nuvens que rodopiavam violentamente num furacão escuro, que poderia ser visto a quilômetros de distância. Não, a chuva em casa era selvagem, viva. Não era essa educada chuvinha britânica. Não era possível se defender dela com uma sombrinha de plástico.

A saudade do Colorado vinha agora em contrações regulares e longas. Londres deveria ter sido um novo começo. Um lugar para ser uma pessoa normal, finalmente, com uma família normal e amigos normais, longe dos mentirosos, traidores, aproveitadores e dos demônios de casa. No entanto, parece que aqui também existem mentirosos e traidores. Pelo menos no Colorado ela podia sair pela vastidão e caminhar para valer até que tudo fosse entorpecido pela exaustão e a paz finalmente reinasse no silêncio amplo das planícies. Em Londres, não havia por onde escapar. Ela mal conseguia respirar nesse ar poluído.

Suzy deu partida no Fusca. O caminho parecia vazio. A chuva tinha espantado os corredores e cuidadores de cães, deixando-a sozinha afinal. Saiu devagar da rua principal do palácio e desceu pela alameda que atravessava o parque, escondida por fileiras de árvores altas.

— Perfeito — murmurou, virando à direita numa imensa clareira, tomando ainda mais o rumo da área selvagem, com a porta do carro raspando ligeiramente nos pés de framboesa e salpicando a estrada de vermelho. Continuou a dirigir devagar até encontrar a entrada da alameda escondida. Quando chegou lá, desacelerou e olhou para trás. Ali. Ninguém poderia vê-la ali.

— Tudo bem, querida? — ela disse.

Rae olhou para ela com um olhar curioso. Estava tremendo um pouco no vestido de festa fininho; a blusa fora esquecida no rinque de patinação.

— Posso ir para a festa agora? — ela perguntou, docilmente.

— Não, querida. É muito perigoso para você no momento. A mamãe quer que eu a leve para casa. Ela está sendo chata de novo, eu acho. Mas sabe o que mais? Fiz uma coisa bem estúpida.

— O quê?

— Bom, peguei o caminho errado quando saímos do palácio, então virei na alameda do parque para voltar e tinha uma van imensa lá.

— É? — Rae disse, confusa.

— Hã, hã, então não pude passar por ela, e depois a alameda ficou bem estreita, e não pude voltar, aí continuei dirigindo pra tentar um caminho de volta, e agora nós estamos realmente encrencadas.

— Estamos perdidas? — Com olhos amedrontados, a garotinha olhou pela janela para o mato molhado em volta delas.

Suzy segurou a mão de Rae, que estava fria. Encarou-a durante algum tempo, vendo as lágrimas começarem a se formar nos olhos da criança. Inclinando-se, ela acariciou o rosto de Rae.

— Acho que sim.

Então, virou-se e olhou para o banco sob a árvore.

Capítulo 48

Callie

Chego na porta do rinque de patinação encharcada de chuva, o peito apertado.

— Algum sinal? — pergunto arfando, empurrando a porta principal e indo até Caroline.

— Não — ela diz, parecendo preocupada, enquanto tentava dar bolo às crianças que pulavam ao seu redor, com os braços estendidos, e toda a educação perdida diante da briga por mais açúcar. Henry está num canto, aborrecido. — O que posso fazer?

— Pode ficar com Henry? Por favor? Preciso descobrir onde estão.

Ela concorda, escondendo muito bem a irritação.

Fico ali, sôfrega, pingando, apertando teclas do celular. Suzy e Jez ainda não estão atendendo. Deixo uma mensagem para Tom. Também ligo para o pronto-socorro do Northmore. Nada.

Onde está ela? Voo pela porta.

— Rae! — grito no estacionamento.

Corro até o muro que dá vista para a cidade e para o parque. À esquerda e à direita.

— Rae!

Nada. O comprido caminho está vazio. Imensos pingos de água agridem meu rosto. A água jorra quando um carro passa correndo pelas poças lá embaixo.

Onde está ela? Que inferno! Onde está ela?

De minha boca, irrompem soluços intensos.

Preciso dela. Preciso saber que está segura. Preciso protegê-la.

Capítulo 49

Debs

Allen ligou para ela quando chegou à entrada do estacionamento do rinque de patinação.

— Estou no bosque, querido — ela disse, ofegante, afastando um galho. As folhas estavam espetando as mãos e o rosto dela. A calça e os sapatos estavam encharcados. — Consegue chegar ao clube de críquete? Encontro você lá em três minutos.

Ela conseguiu sair das amoreiras silvestres molhadas e subir para a sulcada trilha de um veículo que levava da rua do palácio aos campos de futebol e críquete, na base do parque, em frente ao palácio. Um minuto depois, ouviu o carro de Allen esmigalhando a estradinha de pedra.

— Aqui! — ela gritou, acenando o braço molhado.

Ele parou e abriu a porta do passageiro.

— Você está ensopada, querida!

Ela saltou para dentro do carro, espalhando fios de água. Ele ficou na expectativa. Debs o olhou, limpando a água dos braços, depois inclinou-se e segurou o rosto dele com ambas as mãos. Para seu alívio, ele não se encolheu. Corajosamente, ela levantou os óculos dele e o fitou.

— Allen? — ela disse.

— Hum — ele sussurrou.

— Não gosto desses óculos. Quero ver seus olhos. Eles fazem com que me sinta segura.

Ele concordou com a cabeça.

— Certo. Você pode continuar olhando por aí? — ela perguntou, se afastando. — Ainda não cheguei na reserva... começa ali adiante, na beirada do campo de críquete. Eu levo o carro, pode ser? Um pouco de calor me faria bem. Levo até o outro lado do palácio onde fica o centro do jardim.

— Claro, querida — ele disse, parecendo ligeiramente deslumbrado. Desceu do carro em seu anoraque verde.

— O que está planejando fazer se encontrá-las?

— Não sei ainda. Talvez apenas observar até que ela leve Rae para casa em segurança. Depois, vou levar aquela Beattie, a vizinha, para falar com Callie.

— Tá bom, querida. Tome cuidado, então.

— Obrigada, Allen — ela falou com um tom esganiçado, tocando o braço dele. Os óculos dele pingavam água, assim como os dela. Eles ficaram olhando um para o outro através das lentes embaçadas.

— Que dupla! — ele disse.

E, para surpresa dela, inclinou-se e lhe plantou um beijo molhado de chuva nos lábios.

— Já volto para pegar você — ela falou, corando. — Se você as vir nesse meio tempo, telefone. — Ela entrou no carro, ajustou o banco para suas pernas mais compridas e partiu, com um sorriso nos lábios.

Debs chegou à encruzilhada no final da estradinha. Virou como se fosse pegar a rua do palácio à direita. Estava prestes a continuar, quando viu alguma coisa lá no fim da estradinha, à direita, que atraiu sua atenção.

Chegou bem junto do meio-fio e deu outra olhada. Um brilho amarelo estava se mexendo por trás de uma árvore, lá no bosque.

Eram elas! Onde estavam indo?

Debs olhou em volta desvairadamente. Não tinha espaço para fazer uma conversão. Sem tempo para pensar, desligou o carro, saltou e correu até as árvores.

Ali estava. Amarelo. Metal amarelo.

— Ah! — Debs arfou, correndo atrás dele.

Enfiou-se correndo entre as árvores, ao longo de uma trilha que a levou para adiante do carro, e pela ladeira íngreme abaixo.

Ela corria às cegas, sem saber o que faria quando chegasse lá.

Avançando pelo meio de galhos espinhentos e molhados, deu numa pequena alameda.

Um barulho atrás dela a fez se virar.

Suzy estava sentada em seu carro, no final da alameda, falando com Rae.

Então, ela se virou para olhar a rua e viu Debs.

O olhar das duas mulheres se cruzou através do para-brisa molhado de chuva.

Capítulo 50

Callie

— Olá. Você é a mãe, não é?

Levo um susto. Estou descendo a colina correndo, às cegas, tentando compreender. Se Suzy saiu do palácio e não chegou em casa, onde ela estaria? Pelo menos, refaço o caminho que ela teria feito de carro, para ter certeza de que o carro não quebrou nem bateu. Apuro os ouvidos para escutar sirenes.

Paro e vejo o homenzinho esquisito, vizinho do outro lado da rua, acenando para mim.

— Você perdeu sua criança?

— Sim! — grito. — Você a viu?

— Venha aqui — ele faz sinal na chuva.

Cruzo a rua correndo, escapando dos carros por um triz. De perto, ele se parece com uma toupeira molhada, com um nariz comprido e olhos gentis e tristonhos.

— O senhor sabe onde ela está? — grito em meio ao martelar da água.

— Não sei, mas minha mulher tem certeza de que ela está com sua vizinha no parque — ele diz, apontando na direção das árvores sombrias e molhadas. — Ela a está procurando neste momento. Por que não vamos juntos por este caminho?

Olho para ele, horrorizada.

— Do que está falando? Por que sua mulher está procurando a minha filha? — grito. — O que há de errado com vocês?

Antes que ele possa responder, um grito agudo de “Não!” vem do bosque.

Capítulo 51

Debs

O que a americana estava fazendo? Ela ligou o carro e começou a acelerar, encarando Debs como um monstro através do para-brisa. O rosto dela estava fixo num sorriso crispado, os olhos, arregalados e furiosos.

Com precisão, ela apertou um botão e olhou para Debs quando a janela baixou.

— Preciso falar com você — Debs gritou, nervosa. — Poderia desligar o carro, por favor?

Porém, a americana simplesmente continuou encarando-a, virando o carro. Seus olhos turquesa brilhavam ameaçadoramente nas sombras cinzentas formadas pelas árvores molhadas. Apavorada, Debs observou Suzy apertar o pé mais fundo dessa vez, e lentamente virar a roda em sua direção. Ela conseguia ver a menininha no banco de trás, chorando e puxando o cinto de segurança.

— Por favor — Debs gritou —, você poderia desligar o carro, Suzy? Ou pelo menos poderia deixar a Rae sair, por favor. Ela está assustada.

No entanto, antes que Debs pudesse dizer mais alguma coisa, Suzy enfiou o pé no acelerador e avançou na direção dela, com as rodas do carro raspando no caminho molhado quando ganharam impulso, atirando areia e folhas para cima.

— Não! — Debs gritou, saltando de lado.

O carro não a acertou por pouco, batendo num banco com um baque enorme que fez o capô ser lançado pelos ares. Um airbag abriu-se com estrondo.

Houve um momento de silêncio, quando o vapor subiu pelos ares com um sibilo.

Debs fechou os olhos por um instante.

Suzy lentamente ergueu a cabeça. O sangue escorria do seu nariz. Ela olhou de novo para Debs, com os olhos ainda faiscando.

Capítulo 52

Callie

— Ali! — Allen grita, apontando para um ponto de onde surgia um jato de fumaça branca no meio das árvores.

Corro tão rápido pelo mato molhado que, cada vez que tropeço, o passo me joga na direção do obstáculo seguinte, atravessando o bosque com os braços e pernas voando em todas as direções, e o corpo quase horizontal contra o vento.

— Rae! — grito.

Chegamos à trilha e olhamos desesperadamente para os dois lados.

— Callie, socorro! — Ouço a voz de Suzy gritando. — Por favor, nos ajude!

— Por aqui — Allen grita, pegando meu braço enquanto tropeçamos pela terra molhada até a trilhazinha.

Eu paro, desamparada.

O Fusca de Suzy está amassado contra um banco, e o metal amarelo do capô violentamente ondulado. Debs está diante dele, sacudindo a cabeça.

— Ligue para 999! — grito para Allen. Corro até a porta de trás. — Rae? Rae?

— Callie, ajude. Ela tentou nos matar — Suzy soluça na frente, com o rosto apertado pelo airbag. — Ai... Acho que meu braço está quebrado. Ela veio correndo e gritando, e me fez bater. Rae está bem? Por favor, Cal. Dê uma olhada nela primeiro.

Vejo Debs tentando vir na direção do carro.

— Fique bem longe da minha filha! — berro. Puxo freneticamente a porta de trás do carro, tentando enxergar dentro dele através do vidro escuro.

— Está trancada, Suzy! — grito.

— OK, querida — ela murmura, procurando a fechadura com a mão.

A porta se abre com um som pesado, e enfio minha cabeça dentro no carro, apavorada.

Então, acontece esse momento. Esse momento quieto e assombroso, quando vejo que Rae não está ali. Que o assento de trás está vazio, que os cintos estão dependurados em seus lugares. Hoje não, eu penso. Dessa vez, não é conosco. Não é comigo, não é com minha filha, não com minha família.

Um vestido prateado amarrotado no chão do carro.

Então minha estrutura entra em colapso. Uma onda sanguínea corre pelas minhas veias. Os sistemas param.

Capítulo 53

Debs

— Allen, eu não, eu não... — ela gaguejava na chuva enquanto a ambulância partia.

Ele passou a mão pelo seu rosto redondo e alisou o cabelo dela.

— Acredito em você, amor. Acredito em você.

Então, ele a apertou nos braços macios e roliços, e ela ali ficou, balançando-se para frente e para trás, e ele não a soltou.

Capítulo 54

Callie

— Onde está ela? — Tom grita na minha cara.

Ele irrompe pelas portas do hospital. Eu simplesmente o encaro e aponto uma porta.

— Meu Deus! — grita. Ele coloca as mãos na cabeça. — Cacete, o que aconteceu? Aquela mulher maldita, Cal. Eu falei pra você!

Fico esperando, incapaz de me mexer.

— Onde está ela? — ele grita, agarrando o meu braço.

Respiro uma, duas, três vezes, e me forço a falar.

— A cardiologia acabou de levá-la. Ela caiu atrás do assento de passageiro.

— O que eles estão dizendo?

— Ela está no centro de ressonância magnética. Estão preocupados que...

— O quê?

— Que devido ao impacto no peito dela, a antiga cirurgia da aorta tenha...

— ... se rompido?

Fecho os olhos e confirmo com a cabeça.

— Ah, não! — Ele leva as mãos ao rosto.

É tudo culpa minha. Eu fiz isso. Os bêbados de sexta à noite já estão chegando ao pronto-socorro. Um homem fedendo urina cai e as enfermeiras o deixam ali, xingando em nossa direção.

Um outro está com o colega, com uma toalha no braço sangrando e uma expressão de cachorro selvagem na cara.

Demônios, penso. Bem aqui. Rodeada de demônios. Pelo que fiz.

— Por que você não denunciou aquela maldita mulher? — Tom diz, me encarando com um olhar desesperado. — Eu disse a você que ela era esquisita.

— Por que você não fez isso, Tom? — eu murmuro. — Somos dois.

Ele revira os olhos e nos encostamos na parede. Desolados.

— Há uma sombra em volta do coração dela — diz o jovem médico. — E nós ouvimos um sopro.

— Isso é normal — Tom diz, tentando ter esperança. — Muitas crianças têm sopro depois da cirurgia.

— Eu sei — o médico diz. — Mas, nesta situação, com essa sombra, queremos transferi-la para o...

— Setor de cardiologia pediátrica. Nós sabemos — eu disse.

Ele nos olha com compreensão.

— Por segurança.

Ambos concordamos com a cabeça.

— Ligamos para lá e o Sr. Piper está esperando.

Nós dois encolhemos os ombros, resignados.

— Tentem não se preocupar — ele diz, de saída.

Eu me abalo um pouco, as lágrimas começam a rolar pelo meu rosto, e ando para cima e para baixo por esse corredor horrível. E é então, quando pareço não aguentar mais, quando tudo parece estar desmoronando, que sinto o escudo gigante dos braços de Tom me envolver. Eu achava que se imaginasse o pior, todo dia, então nada nunca iria acontecer. Ouvi isso um dia, que as pessoas que sempre imaginam o pior sobrevivem porque estão sempre preparadas. Têm um plano de fuga do avião pronto na cabeça. A saída de emergência do hotel registrada na memória. Um galho em que segurar se caírem na correnteza de um rio.

Parece, porém, que estou equivocada.

— Receio não ter boas notícias. Achamos que a sombra é sangue vazando da aorta. Nesse caso, vamos ter que consertar isso de novo — o cirurgião diz.

Sacudimos a cabeça, entorpecidos.

De novo aqui.

Cirurgia cardíaca. Não era para isso acontecer de novo.

Com os braços de Tom ao meu redor, vamos até Rae e seguramos firme suas mãos. Ela está sedada, quieta.

Meu coração dói como se tivesse sido esticado.

— Rae, você é uma menina tão forte — cochicho. — Desculpe ter levado tanto tempo para perceber isso. Mas prometo: vai correr tudo bem com essa operação. E quando tiver alta, a primeira coisa que vamos fazer é planejar seu aniversário, tá bom? A mãe de Hannah acabou de ligar para dizer que ela está louca para ver você. Minha menina preciosa, seja forte.

Inclino-me e beijo seu cabelo. Está úmido e puxado para trás. O rosado das bochechas sumiu. Seguro as mãos de Rae, debatendo com o silêncio dela para que firme os dedos e os puxe desafiadoramente de novo. Porém, suas mãos estão sem energia.

Ah, minha filhota! Nosso raiozinho de esperança.

Em seguida, Tom está do meu lado, beijando-a, e as enfermeiras tentam levá-la. Contudo, não consigo soltar as mãos dela, e Tom e as enfermeiras têm que insistir.

Capítulo 55

Callie

Não sei há quanto tempo estou esperando que Rae saia do centro cirúrgico. Podem ser dez minutos ou dez horas. O tempo, eu aprendi, passa num ritmo diferente em hospitais.

Tom e eu ficamos lado a lado, presos aos nossos assentos, com os braços se tocando. Embalo-me suavemente no calor dele. Concentro-me no som de minha respiração. Cada expiração parece durar uma eternidade. Profunda e lenta, como o vento num campo vazio.

Já estivemos aqui antes.

Lembro-me agora. Desse limbo. Desse voo no meio de uma tempestade. Tentando ficar firme contra a turbulência e os trovões. Agarrando as poltronas. Rezando pela aterrissagem.

Simplesmente esperando, respirando, rezando e esperando.

Não sei quando Suzy aparece, mas deve ser bem depois da meia-noite. Como ela me tira do meu transe, percebo, de repente, que Tom não está. Imagino se ela esperou que ele fosse ao banheiro ou que fosse perguntar a um médico, pela décima vez, o que está acontecendo.

Há gesso no nariz dela. Seus olhos estão machucados e o braço está numa tipoia. Ao vê-la, sinto vontade de afundar-me nela. Voltar à vida normal de vinte e quatro horas antes, de casa, da Churchill Road, de Rae esperando para ir à festa.

— Ah, querida — ela murmura, tomando o assento de Tom com vivacidade. — Mal consigo acreditar nisso. Sinto muito.

— Como ele está? — pergunto, apontando o braço dela.

— Quebrado — ela diz. — Dói pra caramba. Mas eles me deram um remédio.

Franzo o nariz, em sinal de compreensão.

— Ah, querida — ela repete, descansando a cabeça no meu ombro. — O que eu posso fazer? Só não entendo por que ela estava sem o cinto de segurança. Eu o coloquei no rinque de patinação.

Balanço a cabeça e fungo.

— Provavelmente, é culpa minha. O que temos no carro fica enroscado no peito dela, é muito velho. Deixo-a tirar para desembaraçá-lo.

Ela balança a cabeça, afagando meu braço.

— Jez está com as crianças? — pergunto.

— Os pais dele acabaram de chegar para ajudar. — Ela revira os olhos. — Deus nos defenda. Ainda bem que vão para a África do Sul na segunda.

— Você falou com o policial? — pergunto.

— Aquele cara, o jovem, acabou de chegar. Andaram questionando a Dona Doida. Cal, você tem que dar uma canseira no cara. Quero dizer, quantas vezes você tentou falar com ele sobre ela esta semana?

Olho para ela.

— Três?

— E o que ele fez?

— Ele disse para eu procurar no Google.

Suzy fica boquiaberta.

— Só isso? Foi assim que ele levou você a sério?

Observando sua expressão irritada, de repente me lembro. Tenho um sobressalto e levo as mãos ao rosto.

— Ah, Deus, eu não contei para você!

— O que, querida?

— Eu pesquisei. Ela foi julgada. Debs. Bateu numa criança.

— Eu sabia! — Suzy grita. — Não falei?

— Ah, Deus... — eu murmuro. — Você tem razão. Não deveria tê-la deixado me distrair assim. Principalmente diante do que você disse que o marido dela falou no jardim. Sinceramente, Suzy, talvez você tenha razão. Acho que ela deve ter batido em Rae e foi isso que a fez cair na rua, na quarta-feira.

Antes que possa impedir, solto um gemido alto e minha mão sobe e me estapeia na testa. O tapa faz minha cabeça cair para trás. Sem que Suzy consiga me impedir, repito o gesto algumas vezes.

— Querida? — ela grita, chocada. — Não! Não faça isso. — Ela se inclina, encolhendo-se com o movimento, e agarra minha mão. — Sente-se. Vamos. Você não poderia saber. Estava toda voltada para as coisas do trabalho. Estava lidando com coisas demais. Escute, agora sabemos. A polícia não pode ignorar isso. Você precisa esquecer isso e pensar em Rae agora. Ela vai sair do centro cirúrgico a qualquer momento e aí vai precisar que você seja forte.

Porém, um surto de pânico começou a percorrer meu corpo, fazendo os membros pularem como um boneco. Levanto-me de novo e ando pelo quarto.

— Eu deveria ter percebido, Suze. Sou a mãe dela. — Ao passar pelo relógio, olho para ele pela centésima vez e emito um longo gemido. — Jesus! Por que está demorando tanto?

Suzy suspira e se ergue, cuidando do braço quebrado. Fica diante de mim, fazendo-me parar, e, com a mão boa, resolutamente segura meu rosto para que eu a encare.

— Escute, Cal, meu bem. Olhe para mim. Sei que isso é um pesadelo. Mas escute. Rae vai ficar completamente boa. Vai mesmo. Nós vamos resolver essa história da Dona Doida com a polícia. Mas hoje você tem que se concentrar. Estou do seu lado, querida. Assim como esteve comigo quando os gêmeos nasceram.

Prometo a você, tudo vai dar certo. Não é hora de falar sobre isso agora, mas decidi, de agora em diante, vou cuidar de Rae depois da escola. Assim, você vai saber que ela está segura. E se precisar ir ver seu pai ou alguma coisa no fim de semana, ela pode ficar comigo também. Isso vai dar a você um tempo e vai me dar a chance de realmente mimá-la. Vamos fazer isso quando Jez estiver com os meninos no pai dele. Aí, eu e Rae vamos ter um final de semana bem de meninas.

Porém, as palavras dela não me acalmam. Apenas aprofundam esse fluxo de pânico. Sinto a cabeça martelando.

Viro-me e vejo Tom no vão da porta com dois cafés. Ele e Suzy se examinam em silêncio.

— Preciso de ar — digo, arfando, passando por ele e saindo.

Não sei bem para onde estou indo. Simplesmente saio tropeçando por um corredor enfeitado com desenhos de crianças, que parece não acabar nunca, como um túnel atravessando uma montanha.

O martelar nas minhas orelhas está piorando. Parece que os pulmões estão cheios de outra coisa, que não ar.

Por fim, chego ao final do corredor e entro na ala nova e moderna, com um imenso átrio de vidro. Sigo andando pelos corredores brancos, olhando pelas janelas escuras. Todos os corredores dos andares acima e abaixo de mim estão vazios, livres de gente que tem o luxo de vir ao hospital durante o dia, e de quem vem umas duas vezes na vida. Só as pessoas como eu, Rae e Tom vêm aqui nas horas sombrias, andando por esses corredores brancos de janelas escuras como peças de um tabuleiro de xadrez.

Ao subir alguns degraus, um soluço forte irrompe de minha garganta. Odeio esse lugar. Odeio estar de volta. Odeio o fato de conhecer esses corredores tão bem quanto as ruas não sinalizadas de minha cidade. Odeio o fato de saber de tudo. De saber que é mais rápido ir até a máquina de café do quinto andar do que pegar o elevador, que fica congestionado no quarto andar com pacientes que vão fazer exame de sangue. De saber que o banheiro para deficientes um andar acima é sempre mais limpo que os banheiros comuns do nosso andar, e que ninguém se importa se eu o utilizo nas horas de pouco movimento. De saber qual o melhor assento para Rae na sala de espera do eletrocardiograma, onde as pessoas que passam pelo corredor não vão encostar nas pernas dela, mas que ainda dá para ver o nome dela no letreiro.

Odeio o fato de ter trazido Rae para cá de novo. De que tenha feito de tudo para protegê-la, e, em seguida, ter feito uma escolha ruim. Voltei ao trabalho e deixei aquela mulher por perto.

Vou até uma lata de lixo de metal, recostando-me quieta contra a parede, e esmurro-a. Um bater de metal explode no silêncio noturno.

— Rae... — soluço com o eco.

— A senhora está bem? — diz uma voz de homem.

Ao me dar conta, percebo que estou tremendo, no chão de ladrilhos limpos e prontos para o dia de amanhã, ao lado das janelas escurecidas de uma floricultura fechada cheia de vasos vazios.

Viro-me e vejo um homem alto de cabelo escuro à sombra da porta da cantina. Por um instante, acho que é Jez. E, por um instante, me sinto aliviada. Pois, se for Jez, posso puxá-lo por esses corredores escuros para algum quarto escuro e deixar que ele me livre da dor por algum tempo.

— A senhora está bem? — o jovem policial repete, vindo em minha direção.

Levanto-me, tremendo. Claro. Claro que não é Jez. Porque Jez não está aqui. Jez está em casa com os meninos.

— Venha, venha se sentar e beber alguma coisa — o policial diz.

Observo o rosto dele e quero gritar que tudo isso é culpa dele também. Que deveria ter me avisado sobre a tal mulher. Entretanto, agora não adianta mais.

Era responsabilidade minha proteger minha filha. E eu não o fiz.

Então, deixo que ele me conduza pela porta até a cafeteria vazia, onde as cadeiras estão dispostas nas mesas e opacas luzes noturnas iluminam algumas máquinas do canto. Uma policial já está sentada à mesa, ao telefone. Sobre a mesa, há uma pasta diante dela. Ela me vê e encerra a conversa, fechando a pasta rapidamente.

— Alguma notícia? — ela diz, levantando-se e pegando uma cadeira para mim.

Balanço a cabeça, desamparada, e ela gentilmente tira meu braço do colega e me conduz à cadeira.

Passam-se alguns minutos antes que os policiais falem comigo. Sento-me em silêncio enquanto se movimentam ao meu redor, pegando, para mim, na máquina, uma lata de uma soda horrível. O líquido gelado desce como uma lâmina por minha garganta. Tomo consciência vagamente de uma conversa murmurada em algum lugar.

Então, eles se sentam diante de mim e sorriem de novo. O policial começa a falar.

— Deborah Ribell está dizendo o mesmo que disse da última vez. Que não foi culpa dela. Está dizendo que Suzy Howard bateu o carro de propósito para machucar sua filha e que, antes de bater, ela deixara claro para a senhora Ribell que era essa a intenção dela.

Olho para ele.

— Do que está falando? Isso é simplesmente um absurdo. Vocês sabem que Debs já machucou uma criança. Por que estão dando atenção a ela?

Olho pela janela escura. No reflexo, vejo-os trocando olhares.

— A senhora tem algum motivo para achar que as alegações de Deborah Ribell não são verdadeiras?

— Mal posso acreditar que estejam me perguntando isso. A Suzy não machucaria ninguém, principalmente Rae.

Ele encolhe os ombros.

— Vamos falar com a Sra. Howard pela manhã. Vamos ver se chegamos ao fundo disso tudo. Mas até onde a senhora sabe, ela não tem por que mentir, é isso?

— Claro que não. Quantas vezes tenho que dizer?

A policial me avalia com atenção. Ela leva algum tempo, escolhendo bem as palavras, eu imagino.

— Gostaria apenas de perguntar: há quanto tempo conhece a Sra. Howard? — ela diz suavemente.

Dou de ombros.

— Dois anos? Dois anos e meio? Somos vizinhas.

— E a senhora a conhece bem?

— Sim.

Ela não diz nada. Percebo que mantém a mão firmemente sobre a pasta diante de si.

— Bem, tanto quanto é possível, acho. Quero dizer, nós cuidamos das crianças uma da outra.

— E a senhora confia nela?

Ergo os olhos para o rosto da jovem. Provavelmente, ainda não tem filhos.

— Estamos em Londres — digo, tentando não transmitir minha irritação. — Não temos muita escolha, temos? Com vizinhos, outras mães... Isto é, não dá pra saber tudo sobre ninguém que conhecemos numa cidade. Mas, sim, confio nela. Nunca me deu nenhum motivo para não confiar.

— A Sra. Howard lhe contou muito da formação dela? De antes de vir para Londres? — o policial perguntou.

— Como assim?

— Posso lhe perguntar o que ela lhe contou?

Não consigo resistir. Dou risada.

— Por que estão me perguntando isso?

— Por favor. Se pudesse lembrar de algo, ajudaria.

Dou de ombros.

— Tá bom, o que querem saber... ela foi criada em Denver com a mãe. A mãe era cabeleireira, ou esteticista, algo assim. As duas costumavam caminhar muito pelas montanhas, esquiavam, essas coisas. Não sei. Como isso pode ajudar? Suzy fez administração, eu acho, trabalhou num escritório. Conheceu Jez quando ele esteve lá a negócios. Teve três filhos. É isso. Ela gosta de nadar. Sabe fazer biscoitos. Isso ajuda?

Recosto-me na cadeira, zangada.

Ambos sorriem.

— Bem, vou lhe fazer uma pergunta — o policial continua. — Por que a senhora acha que Deborah Ribell iria querer machucar Rae? A senhora ou Rae fizeram alguma coisa para provocá-la?

— Não, claro que não — respondo, sacudindo a cabeça enfaticamente.

Então, me mexo de súbito na cadeira.

— Esperem um pouco, sim. Ah, merda, acabei de me lembrar! Rae a atingiu no nariz com um brinquedo feio que ela lhe deu outro dia. Talvez tenha sido isso. Além do mais, eu e Suzy achamos que ela talvez tenha ficado brava por Rae ter corrido na calçada e a tenha puxado ou batido nela, por isso ela teria caído na rua. Acho que Rae não me contou porque eu ficaria zangada por ela ter corrido.

— Certo. Então a senhora acha que esses dois incidentes, ser atingida no nariz com um brinquedo e correr na calçada, enfureceram Deborah Ribell o suficiente para que ela tentasse machucar ou até matar sua filha?

As palavras dele pairaram no ar, rindo de mim.

— Não sei — retruco. — Por que estão me perguntando isso, afinal? Sabem que ela tem um histórico. Vocês disseram para eu pesquisar. Ela agrediu uma criança da outra escola.

O policial parece confuso e balança a cabeça.

— Deborah Ribell recebeu uma absolvição condicional por aquele incidente.

— O que isso significa?

— O juiz a absolveu.

Arregalo os olhos.

— Não na notícia que li.

— Bem, talvez a senhora não tenha lido até o fim.

Suspiro e mordo os lábios.

A policial se inclina mais para frente.

— Callie, Deborah Ribell foi vítima de um assédio pela internet extremamente perverso.

Balanço a cabeça.

Ela continua.

— Foi muito noticiado, por isso não estou dizendo nada que você mesma não possa encontrar. O que ocorreu foi que uma menina da escola se ofendeu com um comentário que a senhora Ribell fez sobre mães solteiras com muitos filhos de pais diferentes, que, na verdade, era uma citação de uma peça. Ela interpretou mal e pensou que a senhora Ribell estivesse "desrespeitando" a mãe dela. Aí, envolveu o namorado. Eles postaram anúncios com detalhes particulares da senhora Ribell em sites em que as pessoas anunciam encontros sexuais.

Endireitei-me na cadeira.

— Acho que você pode imaginar o que aconteceu. Aí, eles realmente capricharam. O namorado, mais velho, insinuou-se na recepção do casamento da Sra. Ribell e seduziu a irmã dela para deixá-lo guardar um laptop na suíte da lua de mel. O que fez, na verdade, foi colocar uma câmera escondida e filmar a noite de núpcias dela.

Eles veem o abalo em minha fisionomia.

— E, depois, a garota espalhou o filme pela escola.

Mordo os lábios.

— Ah, meu Deus! Que horrível. Coitada da Debs. Eu também teria estapeado a menina.

Os policiais sorriem.

Recosto-me na cadeira.

— OK, entendo o ponto de vista de vocês. Porém, isso ainda não significa que ela seja inocente na história. E se ela ficou traumatizada por essa menina e deu de enlouquecer com crianças? Suzy ouviu o marido dela dizendo que ela não deveria trabalhar mais com crianças.

A policial dá de ombros.

— Não há nenhuma prova. Na verdade, os patrões dela foram prudentes ao deixá-la trabalhar na escola, pois entenderam que tudo tinha sido um caso muito incomum e de extrema provocação. O histórico dela sempre foi imaculado. Na verdade, ela é muitíssimo bem considerada. E você não deve se esquecer de que não temos nenhuma testemunha de nenhum dos incidentes.

Suspiro, tomo um gole grande de refrigerante e tento clarear as ideias.

— Sim! Esperem! — digo de repente, batendo a latinha na mesa. — Sim, tem mais alguém. Houve ali uma mulher, naquela noite da Churchill Road, na noite que Rae caiu na rua quando estava com Debs. Suzy me contou, ela disse que uma vizinha ligou para a polícia. Por que não perguntam a ela? Ela deve ter achado sério o bastante para ligar para vocês. Foi por isso que conversaram com Debs, aliás, não foi?

Os policiais de novo trocaram olhares.

— O que foi? — retruco. — Por que ficam se olhando desse jeito?

— É que... — diz o policial.

— O quê?

O policial levanta a mão, suspendendo a conversa, e pega o computador. Mexe nele por uns segundos, depois o vira para me mostrar a tela.

— A mulher que denunciou aquele incidente da bicicleta foi ela... Suzy Howard — ele diz. — Não há outra testemunha.

Encaro-os espantada.

— E foi por isso que queríamos saber o que você sabia sobre Suzy Howard — diz a colega dele. — Porque até agora, em ambos os casos, é a palavra dela contra a de Deborah Ridell.

Domingo

Capítulo 56

Suzy

— Nana, nenê... — Suzy canta suavemente para Otto enquanto ele adormece no berço.

O braço quebrado a estava torturando; o corte na testa, latejando.

No entanto, nada disso importava. Não mais.

Ainda bem que ela tinha conseguido se livrar de James e Diana, mandando-os para o parque com Jez e os dois meninos. Ela, na verdade, tinha descido às 7 horas para pegar analgésicos e encontrara Diana tentando dar uvas para as crianças sem cortá-las. Uvas! As crianças podem engasgar com uvas. Dava para ver que a mulher nunca tinha criado o próprio filho, deixando-o com babás e supervisoras de escola.

Suzy andou pelo piso inferior, imaginando se Jez se livraria rapidamente dos pais dele. Ele ligou para o hospital às 9 horas e lhe contou que Rae saíra da cirurgia, mas estava na UTI.

— OK, bom, vamos esperar, querido — ela dissera, lançando um olhar para a foto dos meninos.

Quando finalmente ficarem a sós, mais tarde, uma das primeiras coisas de que falarão será sobre refazer essa foto. Com Jez nela, dessa vez. Sem discussão.

Teriam um ótimo jantar e conversariam sobre a fatura do encanador, que ela já tinha prontinha para colocar sobre a mesa da cozinha a fim de que ele a visse. Depois, subiriam, e ele, por fim, lhe daria o que ela queria.

De repente, ouviu passos na casa vizinha. Que curioso! A Dona Doida de volta da delegacia. Como será que foi?

Voltou para a cozinha, sorrindo.

Capítulo 57

Callie

O táxi me deixa na porta da casa de Suzy.

Enquanto pago o motorista, consigo ver no reflexo do espelho e na expressão dele que devo estar medonha. Meu cabelo está armado da chuva de ontem. Estou com olheiras incríveis. Uma mancha horrível de café espalhou-se aleatoriamente na camiseta branca quando o cirurgião apareceu de repente, às 2 da manhã, e Tom e eu nos sobressaltamos.

— Obrigada — digo ao motorista, recusando-me a encontrar o olhar inquisitivo dele.

A rua está quieta. Paro um instante na calçada e escuto.

A distância, ouço o ruído do trânsito da manhã de final de semana. Fecho os olhos e escuto intensamente. O zumbido dos fios de eletricidade. Um choro distante de uma criança no parque, do outro lado da rua. Um ruge-ruge de pezinhos atrás de uma lata.

Isso me acalma. Deixo que os sons me purifiquem até que finalmente eu encontre um pouquinho de força em algum ponto íntimo.

Viro-me e olho para a porta de entrada de Suzy.

Os gerânios rosa-choque enchem as jardineiras. Penso nas idas com as crianças ao mercado de plantas, na primavera, para comprá-los, e como eu e Suzy ajudamos as crianças a plantá-los, e como segurei as treliças enquanto ela as pregava na parede e, juntas, enrolamos a glicínia em torno da entrada. Como a vi criando esse lar protetor e acolhedor com seus filhos e Rae, e olhava para as minhas velhas jardineiras enferrujadas e com raízes secas.

Devagar, ando na direção do portão dela e me aproximo da campainha.

— Querida? Ah, graças a Deus! Estava tão preocupada — ela grita, escancarando a porta. — Eles quase não nos disseram nada. Ela ainda está na UTI?

Entro, de cabeça baixa.

— Há muito sangue em volta do coração. Estão esperando pra ver se ele drena.

Ela faz uma cara de horror e depois me puxa para um abraço.

— Ah, querida! Escute, agora acabou. Está feito. Só precisa dar tempo a ela. Venha, você está exausta. Vou preparar uns ovos, aí peço para o Jez levá-la ao hospital depois que você se trocar.

Não me mexo, porém. Fico onde estou, com a porta da frente ainda aberta, e ponho as mãos nas costas. Encosto-me com firmeza na parede, prendendo as mãos.

— Suze. Vim rapidinho. Preciso voltar logo. Mas tenho uma coisa importante para perguntar a você. Tem uma coisa que não compreendo.

— O quê?

— Na verdade, algumas coisas.

— Como o que, querida?

Chego a abrir a boca e quase parar. Se disser, talvez não possa voltar atrás.

Ela me observa atentamente, com a fisionomia preocupada.

Não, acho que está na hora.

— OK, bom, falei com a polícia ontem à noite. E eles me disseram uma coisa estranha. Disseram que foi você quem fez a denúncia da queda de Rae na rua.

Ela me observa sem expressão.

— E eu me lembro de você me dizer que tinha sido outra pessoa. Uma mulher. Uma vizinha. Não entendo.

Suzy aperta os lábios.

— Querida, você não está prestando atenção em mim. Esse cara é um idiota. Quantas vezes preciso lhe dizer isso?

Arregalo os olhos.

— Eu vi, Suzy. Vi seu número de celular na tela dele.

Suzy retorce o rosto e sacode a cabeça de modo estranho. Rapidamente, várias vezes.

— Cal, o que é isso? Sei que se sente culpada em relação a Rae, mas parece que está descontando em mim.

Respiro fundo.

— Não, Suze. Não estou descontando em você. Só estou tentando entender as coisas. Já que estamos tratando disso, ainda não entendi por que você tirou Rae da festa ou como você foi parar lá no parque. Quando Caroline me ligou, ontem, no hospital, ela disse que Rae parecia ótima na festa. Pulando de animação.

Suzy ficou vermelhíssima e arregalou os olhos.

— Meu Deus, Callie. Você está dando ouvidos... Aquela mulher é uma besta. Tem sido uma filha da mãe esse tempo todo que você esteve na escola. Não queria contar a você, mas foi ela quem fez todos os pais se voltarem contra você. Ela é esnobe, Cal. Já a ouvi fazendo piadas sobre seu sotaque. Tentei avisar você.

Continuei encostada na parede.

— E a coisa mais esquisita foi que Aldon, a professora, ligou para o celular do Tom esta manhã para saber de Rae. E ela mencionou que na segunda, terça e quarta teve que repreender Rae e Hannah, pois elas estavam tão entusiasmadas com a ida à escola que saíram correndo da sala antes da hora. Ou seja, isso é completamente diferente do que você me disse, Suzy. Por que todas as histórias estão diferentes?

Fascinada, vejo os músculos do rosto dela se crisparem, como se a pele se levantasse em câmera lenta e depois ficasse suspensa numa expressão que me assusta. Não é uma expressão diferente daquela das gárgulas dos muros dos palácios.

Instintivamente, me encosto ainda mais na parede. Ela, então, fala.

— Você acha que sou uma puta mentirosa, Cal? — pergunta com voz esquisita.

— Não — murmuro, acuada. — Só estou dizendo que fiquei confusa porque muita gente está me dizendo coisas diferentes. Só isso.

Ela ri com desdém.

— E você acredita em todo mundo, mas não em mim? A amiga que ficou do seu lado esse tempo todo...

— Não. Claro que não. — E então me forço a encará-la. — Na verdade, Suze, para ser sincera, eu não sei.

Minhas palavras pairam no ar. Em alto e bom som. Definitivamente, não dá para voltar atrás. Nervosa, olho para as escadas, imaginando se Jez estaria ali.

— Ah, que interessante — ela diz. Sua voz começa a ficar mais alta de modo alarmante. — Isso é muito interessante, Callie. Que você me acuse de mentir.

— Como assim?

Sem aviso, ela sai batendo os pés pelo assoalho até a cozinha.

Hipnotizada, eu a sigo, e a encontro à mesa da cozinha. Não há nada nela além de um papel azul. Ela me olha com um sorriso esquisito.

Baixo os olhos e, de repente, sei do que se trata. Era o que faltava no meu apartamento.

A fatura do encanador.

Então, sinto as pernas amolecerem e tropeço na direção de uma cadeira.

— Onde conseguiu isso? — pergunto, tentando controlar o tremor na voz.

— O seu simpático encanador. Disse que viu o endereço e achou que poderia ajudar levando para o... como foi mesmo que ele disse? Ah, para "o pai da menininha".

O pai de Rae.

Olho para a nota. Ali, com a minha letra. "Flock Ventures", e, embaixo, o endereço do escritório de Jez, sua casa. A fatura que pretendia entregar a ele em particular, como sempre, quando ele pagava alguma coisa para me ajudar. Estava tão cansada do hospital que nem me ocorreu que o encanador veria o endereço e tomaria a iniciativa de enfiá-la na caixa do correio de Jez, sem me perguntar.

Como pude ser tão descuidada?

Trêmula, pego uma cadeira. A adrenalina que bombeou meu corpo por cerca de vinte horas está agora se esgotando rapidamente, deixando meus membros tão fracos que mal consigo mexê-los.

— Suze. Ele não é o pai dela — resmungo, tentando puxar a cadeira. — Tom é o pai dela. Jez é só um cara que conheci num bar há seis anos quando estava chateada pelo aniversário da morte de minha mãe. Aconteceu antes de eu conhecer você, Suzy. Muito antes.

Ela sacode a cabeça.

— Hã, hã, e não ocorreu a você que ele fosse casado, Cal? Você nem se preocupou em perguntar?

— Eu estava bêbada...

— Ah, sim, claro, esse delicioso hábito britânico de beber até vomitar. Claro que estava, Cal. Mas se não estivesse, e tivesse sido decente, teria descoberto que eu estava em Denver, com oito meses de gravidez, imaginando quando é que ele ia chegar em casa.

Desvio os olhos, envergonhada.

— Você vai ter que perguntar a ele sobre isso, Suzy — digo, sentando-me, pois minhas pernas parecem estar desmoronando.

— Ah, eu pretendo fazer isso — ela diz com a mesma voz fria. — Com certeza. Ah, sim, sente-se. Fique à vontade. Quero dizer, a ideia sempre foi essa, né?

Tento mexer as pernas sob a mesa e vejo que mal consigo me mover. Estou presa.

— Mas é claro que eu não ia ficar sossegada — Suzy continua, entrando mais na cozinha. Percebo vagamente que ela tira alguma coisa de uma gaveta. — Arrumei uma amiga para verificar umas coisinhas. E adivinhe onde Jez estava outra noite, quando eu estava esperando que ele voltasse de Birmingham? Sabe do que mais, Cal? Só percebi depois: eu sentia o cheiro dele em você.

Levanto uma perna com uma das mãos, tentando mexê-la. Nada. Não consigo me levantar. Um desejo desesperador de voltar para Rae me invade. Não posso lidar com isso. O que foi que comecei? Preciso sair daqui.

Suzy solta o ar com força e eu ergo os olhos. Os olhos dela estão voltados para baixo.

— Suzy, isso não tem a ver comigo — digo, tentando desesperadamente usar minhas mãos sob a mesa para me endireitar. — Você sabe tanto quanto eu que há algo errado entre você e Jez. Sei que tenta esconder isso, mas consigo ver agora. Não sei o que é. Mas acho que ele é solitário.

— Solitário? — Ela sorri, erguendo os olhos. — É mesmo? Você acha que é a única que ele encontra, Cal? Devia conversar com minha amiga Vondra. Existem pelo menos mais duas como você. Provavelmente, montes de pequenas Raes, em tudo quanto é canto.

Ela sacode a cabeça quando vê minha expressão surpresa.

— Pois é, portanto, qualquer ideia de se mudar para cá e roubar meu marido está suspensa. Parece que tem competidoras, querida. E uma delas é bem jovenzinha, aliás.

— Não era isso o que eu estava fazendo. Nós ficamos amigas antes que Jez aparecesse. Não sabia como contar a você e depois foi demorando e...

De repente, há uma batida na porta da frente. Ambas nos viramos e vimos Debs, espiando, nervosa, pela porta aberta.

— Callie? — ela diz, hesitante. — Você está bem, querida?

— Debs — chamo. — Por favor, agora não.

— Ah, que maravilha, agora vem a Dona Doida também. Vê isso, Cal? Ela gritando na entrada? Isso é mentira também, não é? Sabe, mesmo depois de descobrir que andou dormindo com meu marido... Você sabia disso, Debs, que nossa amiguinha aqui estava transando com meu marido? E eu ainda tentei proteger sua filha dessa maluca. Porque isso é amizade. E, em vez de me agradecer, porque todo mundo sabe, Callie, que você não tem nenhum outro amigo, provavelmente porque nunca para de falar de si mesma, você ainda me chama de mentirosa. Inacreditável!

Vejo que a fisionomia de Debs está paralisada pela incerteza. Os olhos dela variam de mim para Suzy, e voltam para mim.

Ela entra um pouco mais no corredor, hesitante.

— Callie, você está tendo um caso com Jez?

— Debs, por favor, vá embora, não é da sua conta. Falo com você depois.

Porém, ela ficou ali mesmo.

— Callie — ela gagueja. — Você precisa me ouvir. Suzy anda mentindo. Sobre mim, sobre todo mundo...

Suzy dá um gritinho. Saindo de propósito da área da cozinha, passa por mim e vai até Debs, ficando fisicamente diante dela, no corredor.

— Fique quieta. E saia já da minha casa.

Entretanto, Debs continua gritando e tentando me olhar apesar de Suzy.

— Callie, por favor, escute. Minha vizinha, Beattie, vai contar a você. Todo mundo na rua tem medo de falar com você por causa dela...

— Fora! — Suzy berra, tentando conduzi-la para a porta, mas Debs não para de gritar, e sua cabecinha com os óculos imensos fica pulando de cada lado de Suzy.

Meu cérebro exaurido luta para compreender. O que ela está dizendo?

— Ela fez isso na escola também. A filha de Beattie disse que ela conta mentiras horrorosas para os pais sobre uns e outros. — Suzy continua avançando pouco a pouco, fazendo uso da altura, mas Debs não desiste. Finalmente, encontro energia para ficar de pé e ir até elas, curiosa, me apoiando no sofá. — A escola teve que falar com ela sobre isso — Debs continua, com um tom mais desesperado na voz quando Suzy chega com ela até a porta e tenta empurrá-la para fora. — E ela contou mentiras horríveis sobre você também. Aparentemente, todos os pais sabiam que Rae estivera doente e que você era sozinha, e queriam muito acolher você na escola, mas ela os impediu. Disse a eles que você tinha dito coisas terríveis sobre os filhos deles. E que Tom é violento, por isso ninguém permite que seus filhos venham brincar. E ela até espalhou uma fofoca sobre você ter dormido com um divorciado da escola, — Matt, não é? — e ter dito que ele não era bom de cama.

Chego à porta da cozinha e paro.

— O quê? Suzy, pare! Deixe-a. O que ela acabou de dizer? Nunca falei com esse cara...

Suzy se vira. O rosto dela está vermelho, os olhos, arregalados e furiosos. Ainda está tentando empurrar Debs e fechar a porta.

— Pare, Suzy, já disse! Como ela poderia saber disso? Como poderia saber qualquer uma dessas coisas?

Suzy revira os olhos e faz uma careta cômica.

Encaro-a.

— Diga, Suzy. Me diga que não fez nada disso. Diga que não é a razão pela qual toda essa vizinhança ignorou a mim e a Rae durante dois anos.

Um sorriso afetado e estúpido surge no rosto dela, como o de uma escolar que foi pega colando. Ela larga a porta e recua. Debs se recompõe e entra.

— O que há de errado com você? — pergunto, sôfrega. — Por que fez isso comigo?

Suzy solta um suspiro longo e cômico. Observo-a, e é como se ela estivesse se esvaziando e toda a raiva se escoando dela.

— Ela tem ciúme, querida — Debs fala. — Acho que fez isso comigo porque pensou que poderíamos ser amigas. Acho que não suporta que você tenha outro relacionamento que não seja com ela. E não queria que você fosse trabalhar, encontrar outras pessoas, então, tentou assustar você para que pensasse que alguma coisa poderia acontecer com Rae se você se ausentasse. O ciúme é uma coisa horrível. Sei bem disso, querida, minha irmã...

Fico ali, confusa, tentando entender aquilo tudo.

Então, meu rosto empalidece.

— Mesmo que isso seja verdade... E Rae... Suzy, você não... Com Rae? Você não machucaria Rae. Não de propósito...?

Debs ergue os olhos na direção de Suzy.

— Vai contar a ela ou conto eu? — ela diz, com um novo tom corajoso na voz.

Suzy inclina-se ligeiramente para o lado, sem dizer nada.

— Ela apontou o carro para o banco de areia, Callie — diz Debs. — Com Rae dentro dele. E acho que ela iria fazer isso mesmo que eu não tivesse aparecido. Sinto muito, mas é verdade.

Meus pensamentos estão em outro lugar. Tem alguma coisa esquisita no chão. Pequenos pingos vermelhos na direção de Suzy.

Então, ela ergue a mão, e finalmente percebo o que estava fazendo na cozinha.

— Debs, chamo, arfando.

— O que foi? — ela diz.

Indico a mão de Suzy com os olhos. Ela está segurando uma pequena faca afiada de cozinha. Os olhos de Debs me acompanham. Ao mesmo tempo, nossos olhos baixam para a perna esquerda de Suzy, que está rapidamente passando de cáqui a um bordô escuro. Ouço então um barulhinho e percebo que se trata do sangue pingando no chão.

— Suzy — sussurro. — O que você fez?

Sem hesitação, Debs vai direto até Suzy e estende a mão.

— Dê essa faca, Suzy. Agora, por favor — ela diz numa voz gentil. — Está tudo bem, querida. Vai ficar tudo bem. Callie, chame uma ambulância.

Então observo, horrorizada, uma expressão de ternura tomar o rosto de Suzy, e ela se virando para mim, encostando-se, devagarzinho, na parede.

— Eu só pensei que você fosse... — ela diz, com a voz se tornando um murmúrio cansado. — Sabe, você e eu, Cal. Amigas para sempre.

Segunda-feira

Capítulo 58

Callie

Ao lado da cama de Rae, no hospital, eu a observo.

Ela abre um dos olhos, ainda sonolenta, e tenta focar em mim.

Meu rosto se abre num sorriso enorme.

— Estou com sede — ela diz. — Quero suco.

— É melhor beber água por enquanto — respondo, evitando a tentação de subir na cama e abraçar seu corpinho quente para que ele seja parte do meu de novo.

— A Kaye me dá suco.

Sorrio.

— Ah, é? Bom, fico feliz em saber que você está experimentando isso de novo. Escute. Tenho uma coisa pra você. — Enfio a mão na bolsa e tiro um envelope. — É de Hannah.

O rosto dela se ilumina. Ela rasga o envelope e tira um cartão. Na frente, há um desenho de Hannah: ela e Rae. Rae tem olhos imensos que tomam a cara toda, uma bola de cabelos cacheados, um sorriso amplo cheio de dentes. Hannah tem cabelos alaranjados e está segurando a mão de Rae. Ela colocou Rae numa caixa, com capricho, de modo que estão ambas da mesma altura. Há corações em todo o desenho com "MA" dentro deles.

— Isso é "melhores amigas" — Rae diz, sem fôlego.

Acaricio seu rosto, feliz por ela, e, juntas, abrimos o cartão. "Para Rae. Gosto muito de você. Beijos, Hannah."

Rae ri.

Sorrio diante dos olhos brilhantes dela, e olho de novo para as palavras que demonstram o afeto de Hannah.

Inclino-me e a abraço forte, esperando que essa amizade seja verdadeira.

— Rae, querida, escute. Vou ligar para o vovô para saber que horas ele chega. Já volto.

Ponho a cabeça no corredor e faço sinal para Tom, que está conversando com um dos médicos, e ele faz sinal com a cabeça e se aproxima, pondo a mão nos meus ombros ao entrar.

— Tudo bem? — pergunta, acariciando-os.

— Hum, hum — respondo, inclinando-me um pouco na direção dele.

— Onde está indo?

— Não vou demorar. Tem uma coisa que preciso fazer.

Viramo-nos para Rae, que se ergue, radiante, a nos observar.

Trocamos olhares e eu saio.

Vou até a cafeteria, pensando em como ela fica diferente à luz do dia. O sol entra pelos vidros do átrio. A distância, consigo ver a London Eye, nossa imensa roda-gigante. O médico disse que Rae está se recuperando bem, que não vai ficar aqui muito tempo. Vamos ficar livres desse lugar em breve. E de uma vez por todas, dessa vez. Para sempre.

A cafeteria está diferente hoje. Muita gente na fila do almoço; visitantes, médicos jovens de camisas listradas, com o estetoscópio orgulhosamente pendurado no pescoço; equipes de cirurgia de caras cansadas; pacientes com tubos, bengalas e curativos. Não percebi no sábado à noite, mas a cafeteria foi arrumada depois da última vez que estivemos aqui. Está iluminada, nova e limpa. Cheia de conversas no ar. De objetivos. De coisas avançando. De esperança de cura.

Então, eu o vejo. Lá no canto, com a cabeça enfiada num jornal e um grande copo de café na mão. Ainda no maldito terno. No entanto, dessa vez com o cabelo despenteado que cai para frente, insinuando uma sombra escura em seu queixo.

Ele não me vê de imediato. Observo e penso. Penso em como Jez sempre foi um alívio para meu sofrimento.

Então, me concentro na linha rígida de seu maxilar e, finalmente, aceito a ideia de que isso não é verdade. Porque, passada a euforia, Jez causa outras coisas. Ele se desloca pelos meus sistemas, estragando as veias, cortando a respiração, desacelerando os neurônios de meu cérebro, envenenando o coração e entupindo as artérias que me mantêm viva.

Não, penso, observando os olhos dele e começando a me aproximar. Sendo sincera comigo mesma, com exceção de Rae, Jez nunca me fez nenhum bem.

— Como está ela? — digo, puxando uma cadeira do seu lado.

Ele levanta a cabeça, surpreso, olhando imediatamente além de mim, à procura de Tom, provavelmente. Imaginando se haverá algum problema.

— Eles a internaram. Para observação — ele diz.

— Aqui?

Ele faz uma pausa.

— Não. Na psiquiatria.

Ergo as sobrancelhas e ele desvia o olhar.

— Como está Rae?

— Bem.

Ele faz sinal com a cabeça.

— Bom saber disso.

Fico ali sem dizer nada, só olhando para ele.

— Então, Jez, o que foi? Por que ligou?

Ele bate os dedos na mesa e tenta sorrir.

— Preciso lhe pedir um favor.

Arregalo os olhos.

— Você quer me pedir um favor?

Ele revira os olhos.

— Eu sei. Não é muito apropriado para as circunstâncias.

Recosto-me na cadeira.

— Bom, vou dizer uma coisa, Jez. Antes que me peça um favor, por que não responde a algumas perguntas? Então, veremos.

Ele me encara e percebo uma coisa. Pela primeira vez, estou em vantagem. Há uma suavidade no rosto dele que nunca tinha notado antes. Jez está assustado, acho. De repente, ele parece uma enorme criança usando o terno do pai.

Subitamente, sinto uma reviravolta nos sentimentos.

— OK...

— Bom, primeiro, quero saber de Suzy. Quero saber onde a conheceu. Você a conheceu no trabalho?

Ele abaixa os olhos.

— De certa maneira, sim.

— No escritório, em Denver?

Ele se remexe na cadeira, incomodado.

— Não. No trabalho dela.

— Que era...

— Num clu... quero dizer, num bar. Perto do escritório.

Ele parece pouco à vontade.

— Num bar ou num clube? — pergunto, atenta.

Ele suspira.

— Num clube.

— E eu preciso perguntar que tipo de clube?

— Acho que não — ele murmura.

Balanço a cabeça, digerindo a informação. E lembrando-me da pasta que o policial tinha colocado diante de si quando me perguntara sobre Suzy.

— Está bem... E por que se casou com ela?

Ele franze a boca.

— Ela ficou grávida na primeira semana. De propósito. Depois, pareceu uma ideia boa. Só para chatear o velho.

— E quando foi que você percebeu que sua maravilhosa e sexy esposa, com quem se casou para chatear seu pai, era uma doida de pedra?

Ele me lança um olhar agudo.

— Cal, sei o que ela fez a você. Mas está falando da mãe dos meus filhos.

Sustento o olhar dele e insisto.

— Quando foi, Jez?

Ele suspira e se inclina para frente, tirando felpas da manga da camisa.

— Começou logo. Ela começou a aparecer no meu escritório, lançando um olhar feio para as mulheres com quem eu trabalhava. Deu um tapa em mim, uma vez, na frente da pessoa para quem eu trabalhava em Denver, quando ele me deixou em casa tarde, depois de alguma coisa no trabalho.

— Então, por que não foi embora?

— Pensei que fosse a gravidez. Mas depois de Henry, ficou pior. Ela não deixava ninguém chegar perto dele. Queria a mim e ele em casa o tempo todo. Tentei arrumar uma babá para melhorar um pouco isso, mas Suzy disse que ouviu a mulher ameaçar Henry, dizendo que o colocaria no micro-ondas se ele não parasse de chorar. A mulher negou, só que tive que deixá-la ir embora. Aí, Suzy ficou grávida de novo. Foi quando viemos para cá e eu comecei a trabalhar em casa. Pelo menos, quando estou em casa, ela se acalma e não vai atrás de mim quando eu saio para encontrar clientes e amigos. Consigo viver.

— Bom, até onde sei, você com certeza tem vivido — digo. Jez morde os lábios. — Mas você sabia. Você sabia que ela era louca?

— Como, louca? Ciumenta, talvez confusa. Tem a ver com a irmã dela. Ela...

— Irmã? Que irmã é essa?

— Faye. Mora em Denver. Suzy não fala com ela, no entanto, ela me procurou no trabalho um dia e me contou tudo. Ela avalia que a causa de tudo é porque ela ficou com a mãe e Suzy foi entregue a uma maluca de uma tia velha. A mãe só mantinha as aparências quando a escola ou algum serviço social começava a fuçar muito.

Assimilo tudo isso.

— Então, é por isso que você sempre quis colocar os gêmeos na creche? O internato era por isso também? Para afastá-los dela o máximo possível? E o que mais? Afastá-los dela por completo em algum momento?

Ele brinca com um pacotinho de açúcar.

Fico sacudindo a cabeça.

— Então, qual é o favor que você queria me pedir?

Ele me olha e tenta sorrir.

— Ela vai ficar aqui por semanas, talvez meses. Meus pais foram para a África do Sul esta manhã e só voltarão em duas semanas. Não quero que saibam o que de fato aconteceu. Então, vou tentar deixar os gêmeos na creche das 9 às 6 horas, e vou colocar o Henry nas atividades extras. Só queria saber se você poderia ajudar. Preciso terminar um contrato de Vancouver e não vou conseguir uma babá tão cedo.

Arregalo os olhos.

— Deixe-me entender. Você está me pedindo para tomar conta das crianças?

Ele tenta a combinação de sobrancelhas e lábios caídos, que usou na noite em que Rae foi atropelada pela bicicleta, obviamente esperando que surta algum efeito.

— É, os meninos e Rae — ele diz, com um tom que sugere um certo sentimentalismo. — É tudo família. De certo modo.

— Família — rio com desdém. — É mesmo, Jez? É assim que enxerga Rae? Como da família? Por isso que estava em casa roncando à noite, enquanto abriam o peito dela?

Eu me levanto e tento lutar contra o impulso de sorrir.

— Sabe de uma coisa, Jez, você deixou essa maluca se aproximar da minha filha, mesmo sabendo do que ela era capaz. Então, até onde sei, tudo isso aconteceu por culpa sua. Porque era conveniente que eu e Rae ocupássemos a Suzy, assim ela saía do seu pé. Mesmo sabendo o que ela poderia fazer.

O rosto dele se anuvia.

— Então, vou dizer o que vou fazer. Vou recusar sua gentil proposta. Porque o que acho que você deveria fazer, Jez, é deixar esse contrato de Vancouver e cuidar de seus filhos por uns tempos. Talvez não tenha dinheiro suficiente para um belo terno novo, mas você vai sobreviver. Depois do que os meninos passaram, não seria nada mal que tivessem o pai por perto. Além disso, como nós sabemos bem, a gente nunca sabe em quem pode confiar quando se trata de nossos filhos.

Ele pensa uns instantes. Depois, estende um dos braços e toca minha mão.

— Entendo o que está dizendo, Cal, mas estou com um problema. Se não considera a gente como família, então, estou lhe pedindo como amigo.

Afasto minha mão e luto contra a tentação de rir.

— Jez, você sabe tão bem quanto eu o que andamos fazendo, e isso não tem nada a ver com amizade. Mas, se a coisa está complicada, tenho certeza de que Sasha Graciosa terá o maior prazer em ajudar.

Dito isso, saio da cantina. O barulho das tigelas e panelas de metal que vem da cozinha soa como uma selvagem alegria aos meus ouvidos.

Volto ao quarto de Rae e encontro Tom na cama reservada aos pais, roncando suavemente. Rae se virou de novo e o rosto dos dois está apontando um para o outro, a alguns centímetros de distância. O nariz, a testa, o queixo apontam um para o outro, em seus diferentes ângulos genéticos, porém com a mesma tranquilidade na expressão pai-e-filha.

Fecho a porta do quarto e subo na cama de Rae com cuidado, para não acordá-la.

Em seguida, olho para Tom, olho para Rae e vejo também meu reflexo na janela iluminada pelo sol. Então, deito-me entre eles, aproximando de ambos minha mão.